除了野蛮国家,整个世界都被书统治着。

司母戊工作室
诚挚出品

城池

我和我的父亲汪国真

the Gap

My father Wang Guozhen and me

by Huangren Wang

著 汪黄任

人民东方出版传媒
东方出版社

城 池

这五年中，我梦到过爸爸两次。

一次是在五年前他去世后不久，我梦到他在一个类似阶梯教室的地方做讲座。当时，偌大的教室里空空荡荡，只有我们两个人。但在这一场梦境中，他并没有和我讲话，只是自己在台上自顾自地笑着讲。我在台下叫他，他不应，我觉得不对劲，继而大喊大叫，他都好像没听见，仍在乐呵呵地讲学。我更慌了，可能是因为意识到眼前的一切都是假的，只是梦，又不愿意接受。醒来之后已经是深夜，心里怅然，也再不能睡下。

我想我之所以梦到这样的场景，可能是潜意识里还在为没有去听爸爸的讲座现场感到遗憾。爸爸办过的讲座有多次了，我居中沟通的，不过两场而已，但一场都没能参加。一场远在徐州，一场近在开封，我的大学，但是这次因为要帮爸爸代写一份文字材料，错过了，当时也没太当回事，事后再想，悔之莫及。不过想来想去，爸爸要跟我提点的话，平时也都反复讲过多次。千言万语，他都已经借助一首写给我的诗歌，纳须弥于芥子了。

诗中我印象最深的一句是：

去建一座美丽的城市

证明自己是最富有创意的设计师

梦境里，我在一边呐喊，声嘶力竭，而他在另一边却完全感知不到，仿佛我们彼此的感官被完全阻隔开了。岁月与命运在父子俩的内心深处构筑了一座城池，它是固若金汤，不可摧折的。也许我们终于将它打破贯通，但它坚硬的棱角与轮廓始终存在，从没有，大概也不会被彻底抹除。因为有这样一座坚城的阻隔，我和爸爸的悲欢常常不能相通。是这样，总有些在特定年岁里你求而不得的东西，即使若干年后得到，也再难弥补，没有了得偿所愿的震颤。如矢一发，往而不返，要么一得永得，或者一失永失。

这五年里，关于他的传记类作品相继面世。除去个别纯属荒腔走板的作品外，其余的笔触四平八稳，中规中矩，较为忠实的呈现了各个当事人的回忆。然而我们心里有一座城池，外人是不曾触及，因此也是无从描述的。在我看来，缺少它，传记也就成了机械的转录，没有血肉与脉搏。

看他的诗句，很明白，"筑城"也是爸爸对我人生的一种比喻。人生一世，犹若筑城。他自己也是一位生如夏花之绚烂的筑城者。

诗歌是他那座城池的地基，他用了二十年，先后以书法、国画、音乐和最后的几次主持为物料，给他的城池增砖添瓦。但遗憾的是家庭生活不完美，因此这座城池一半雕梁画栋，一半又有点乏善可陈。这样一座长达二十年修筑的城池，一部分也构成了我生命。描摹它，追忆它，也是我写下这些的理由所在。

如今我离开了他的城池，朝向自己生命的旷野，绝尘而去。也许我的城池就在那旷野中的应许之地，又或者，我所在的地方，就是我的城池。

"尽情驰骋的，纵使天地也太狭小。"

谨以此书纪念和缅怀我的父亲汪国真先生，以及从指间溜走的二十年岁月。也感谢长久以来给予我莫大支持的朋友们，篇幅所限，不再一一谢过。你们正如我在旷野的黑夜里看到的星点。

谢谢阅读。

汪黄任
2020.12.12

目 录

第一篇　局外人

1. 李白　003
2. 虎视　016
3. 空气墙　027
4. 名流　037

第二篇　半神

1. 十字路　051
2. 天人　066
3. 惊蛰　080
4. 明暗　096
5. 归宗　110

第三篇　异教徒

1. 旋涡　　127
2. 任侠　　140
3. 裁判所　156
4. 天命　　170
5. 迷狂　　183
6. 泡影　　197
7. 五味　　213

第四篇　老爷子

1. 衰老　　229
2. 主持　　243
3. 演讲　　254
4. 无常　　269
5. 风华　　283

第一篇 局外人（1990—2007）

1．李白

把最后一小块汉堡丢进嘴里随便嚼几下，然后吞进肚里。

感知它通过咽喉、食道，一路畅通无阻地坠入肠胃，我们爽得就像稳稳拿下一个小目标。鸡肉的浓香味依然驻留在唇齿之间，引起全身范围的绵软。这种饥饿被荡除的安适感让我飘飘然，一个葛优瘫，黏在麦当劳座椅上。

也许是果腹一饱给人注射了满满一针管儿的松弛和愉悦，父亲突然变得眉飞色舞。他精神抖擞地在我们的闲谈中总结性地插入一句：

"你爹我百年之后，那也是一个李白式的人物。"

那时我们在聊运气，聊开车。他说他运气一向不错。考驾照时有几次差点不及格，好在都有惊无险，全过了。拿到驾照以后，开车稳当又谨慎；但现在有的年轻人，开起车来就太猛了。比如有一回，他和某县领导去地方上搞活动，开车的是个小伙子，全程让他感觉他油门好像就没松过。

"真快啊，那车就跟快起飞了似的，"爸说，"说实话，我慌了。"

于是他跟司机说,小伙子,你这车速是不是有点太快,安全吗?

那个司机很会来事,回答他,放心吧汪老师。我们都是您的粉丝,能让您出差池吗?您要是有个三长两短,我不就成了历史罪人?放心!

司机的回话让父亲颇为自得,他没再提降速行驶的要求。

很显然,司机话里的恭维让他很受用。文人喜欢名望,并且要进一步去博得更多名望。和所有在各自世代声名鹊起的文人墨客一样,游戏既然开始,就没有谁想过要就此止步。在肉体的必然朽坏到来之前,撒开手脚,赢得生前身后名,冲击自我实现的最上一乘。在时间的浩瀚荒野里圈下属于自己的一席之地,这是一场让人快乐到根本停不下来的盛大围猎。

我不确定他在那个时刻对标李白是认真的,抑或只是酒足饭饱后的一时兴起?也许二者兼有之。

我站起身,指了指吧台。

我说,我没吃饱,还想再来一份。爸看着桌上空空荡荡的餐盒,微笑着用手指冲我点点,老生常谈地告诫我饿了就尽管去要,但是一定要注意膳食均衡,不要逮着肉就一通狂吃。说着,他随手从西装外套的内兜里掏出几张皱巴巴的纸币,五颜六色,面额却不大。

他看手里的钱散乱,一皱眉头,懒得细数,心里粗粗估了一个数，就把纸币囫囵揉了一团给我，剩下的攥成一团儿，又塞回兜里。

我永远记得那些夏天。2014年夏末，天不大热，早晨偶尔是清凉的。我大学的第一个暑假就要结束，过不了几天就要踏上返校的火车旅程。

上午，我们俩睡了个小懒觉，起床洗漱后，徒步去附近华联里的麦当劳吃早餐。点了四份照烧鸡腿麦满分，我三他一。脆薯饼、咖啡各一份。

这顿早餐的配置，对为事业马不停蹄各路转战的爸爸来说，已经足够丰盛。

刚烧好的热白开，里面放两大勺蜂蜜，匆匆搅拌后在杯口吹上几口气，然后一小口一小口啜进口中；这时，从冰箱里拿出，放在桌上晾的前天晚上剩下的馍片大约也不那么凉了。于是他一把拿来，从包装盒里抽出一两片，往蜂蜜水里蘸一蘸，裹着些热气就送进嘴里去了。这种潦潦草草，火烧眉毛的随意搭配，对于他晨起的第一餐才更常见。

用完早餐之后，爸爸要赴约办事，开始他又一天的忙碌。中途开车捎我一程，在就近地铁站放我下来。

我回到学校，父子各司其职，只能靠电话和微信联络，见面要等到几个月之后。

"忙得脚打后脑勺还行。爸，最近抽个时间歇歇吧，还有就是，吃点儿好的。馍片儿能当早饭吃？"

不止我一个人对他说过类似的话。爸听到这些会说,那是那是,不过现在忙,等忙完这一段,我找个时间好好休息一下。再一挥手,表示一切尽在掌握后,反客为主,规训起我来:"我跟你说了多少回了,不注意身体健康,赚再多钱都没用。你看,那个谁谁谁不就是……"

"谁谁谁",早年活跃于江浙鱼米之乡的商业大鳄,就称他为总裁好了。总裁是爸爸谈到健康、养生话题时必定会引以为戒的反面教员。他的人生充满戏剧性,其最后一幕甚至充满了黑色幽默。仿佛一本情节老套的地摊庸俗小说,一板一眼的复刻在现实当中。

此人在当年当地算是妇孺皆知的富豪,腰缠万贯,财大气粗。在商界,他混得风生水起,翻手为云覆手为雨的一方人杰。其人的前半生非常励志:白手起家,穷小子逆袭,摸爬滚打,终于少年得志,一朝成为巨富,迎娶美妇人,走上人生巅峰。一般人如果这么连蹦带跳,三下五除二,坐火箭似的冲上云霄,应该做梦都能笑醒。

可总裁没有。或许他看到了,他看到在他之上,仍然存在一个又一个可望而不可即的高峰。远方的她们是那样诱人,她们面容姣好,婀娜多姿,犹抱琵琶半遮面,静静等待他的倾慕,他的莅临,当然,还有他的征服。

因此,他把锦衣玉食的生活搞成了苦难行军,时常身先士卒,赤膊厮杀。忙得几天几夜天旋地转,渴了喝一口农夫山泉,饿了泡一碗鲜虾鱼板面应付了事。

他的苦行好像是在昭告名利场：他会为他在乎的一切而马不停蹄地拼，过去如此，现在如此，并将永远如此。

然后他死了。累死了。

总裁身故。死亡总喜欢指名道姓地找人单聊，孝子贤孙也好，娇妻知己也罢，一律要退避三舍，谁都不能插半句嘴。他放下了，或者说不得不放下，但他为之打拼一辈子的金银细软还明明白白地在那里。他老婆分得他的巨额遗产，不多久，擦干眼泪，嫁给了之前为总裁鞍前马后效犬马之劳的司机。

是的，在总裁和司机这台戏里，司机就占了这么一丁点儿一晃而过却又至关重要的戏份。按哄小孩儿的童话故事的标配结局就是，"老司机从此过上了幸福美满的生活"。

"拼了一辈子，有那么多钱，平时吃一碗鲜虾鱼板面就算认真的。结果，最后全让别人捡便宜了。你说说，这叫什么事儿啊？！"每次讲完总裁的故事，爸都不免慨叹一番。

前人田地后人收，说甚龙争虎斗？

世事无常。每一个瞬间，无常都不曾暂缓它在世间的降临。因为出场次数太多，它们已经挤得头破血流了。只不过人们通常选择性地无视它的存在，或者索性自我催眠，就好像丧钟从来只为他人而鸣。

总裁与司机，在他们命运相互凝视的故事里，主角既不是倒霉蛋，也不是幸运儿。他们都站在同一条标记着人生悲喜的光谱上,只不过一个在这头儿,一个在那头儿,分别伫立在求而不得与有恃无恐的遥远两极,隔海相望。

人这一生,或精彩,或平庸,或惨淡,都被捆绑在巨大的不确定性上。有些经历事后看充满巧合还有奇遇,像是早就安排好了程序,一饮一啄,莫非前定;但人们一旦总结出一套又一套拙稚的宿命论预测方法,并试图套用在现实世界里趋吉避凶时,却又常常被狠狠教训,撞得头破血流。

一个坏掉的表,一天也会准点两次。除非瞎猫碰上死耗子,玄学的臆测总是不能命中现实。

这个时候,世界变得一点都不可爱了,它的面目甚至是可憎可怖可恨的。它没有一定的章法可循,它是完全混沌、随机的一片徜徉着概率的深海。如果敢打敢赌敢拼外加运气好,或许就能在彼岸的新大陆上留下你的威名和脚印;也可能不过是沦为无定河边骨,一个不名一文的炮灰。

时来天地皆同力,运去英雄不自由。有时正当人一呼百应,在万众瞩目之下,仅仅一步之遥便可登顶岱宗,睥睨众山小了,不料功败垂成,忽然一脚踏空,坠入万丈深渊,摔得粉身碎骨,沦为世俗笑柄;也有人暗暗用功许久,却始终不见时来运转。正当他碰壁碰得东倒西歪,怀疑一切,觉得这辈子到此为止,准备撒手放下时,转瞬间柳暗花明峰回路转,幸福破门而入,势不可当。

总裁,还有无所谓他原谅不原谅的司机,就是这样的极端案例。两个极端值恰巧就挤在同一个狭小的故事中，在聚光灯下同台亮相任人评说，这就格外让人啼笑皆非。

天时不予，人能何为。这世界上有太多起而复扑，扑而复起的人。一旦大功告成，他们多半会不自觉地贪天之功，说一切都靠自己手到擒来，能力之外资本等于零；玩砸了，失败了，说几句"天要亡我，非战之罪"之类轻飘飘的话，将自身责任推得一干二净。

至于到底赢是怎么赢的，输是怎么输的，所谓的人生赢家们对此稀里糊涂的也大有人在。

生之徒十有三，死之徒亦十有三，人所能做的，无非就是使劲挪挪身子抬抬腿，往某一条生死线上凑一凑，能不能凑着那个让你扶摇而上的风口，要看概率，要看造化。所以要将生死看淡，反正一切都会得而复失，总是大梦一场，没有什么会永垂不朽。

未来从来扑朔难测。在作为诗人汪老师事业登峰造极之前，爸爸也不例外。人不是生而知之者，许多事情想不通透，就一定会产生各种各样的困惑。和许许多多的同龄人一样，青年时，他的茫茫前路究竟是何模样，他也看不清楚。他的心里，同样不知所措。

或者说，想法也有一点。但不外乎一些模糊的，切实的或不切实的平凡遐想——起初是成为一名熟练工人，后来是通过高考，进入大学校园，成为那个年代的天之骄子。那时，他眼里看到的未来没有浪漫和诗意。促使他走向考场奋力一搏的第一推动力，是曾经被三班倒生活所支配的恐惧。

爸爸在暨南大学上学时拍过一张照片，从中可以看到，他大学时的样子和后来人们所熟悉的模样差别是蛮大的。那时他还远没有步入中年以后那种身广体胖的样貌，非常清瘦。也许是因为在南方生活，每天难免经过长时间的日晒，他的肤色也远比之后要黝黑。

照片上的他凭栏侧望，注视远方。

他在那张照片里的神情，在我看来是经常流变的，有时能从照片里看到他神态的宁静，有时再看，又会觉得年轻的他眼睛里蒸腾着一股雾气，显得迷茫无措。他在拍照时到底在看什么以及彼时的所思所想，除当事人以外，其他人只能去猜。

但可以确定的是，在暨南大学读书的日子里，他肯定不时被劫后余生的、散发香甜气味的欣快充满。

在1978年，那些从书山卷海中脱颖而出的老三届们，个个都是被称为学霸的，他们是考试之神的选民。

对于爸爸学生时代的生活，偶尔听到他只言片语的描述。如过去被拆掉的郑亲王府；黄鼠狼出没的部委大院；文革接近尾声，叉着腰破口大骂，嗓门儿大到跑到二龙路都能听见的激进左派小姑娘；掀起床在地上四处找钢镚儿的鸡毛蒜皮的小事；还有后来被许多文艺青年奉为偶像的、在大院里神龙见首不见尾的作家王小波（爸爸说王先生看起来是个"黑不溜秋"的人,他的表情总是很严肃,有一股子神秘感),等等等等,这些不可胜数的支线剧情,众星捧月般烘托着他神圣的高考叙事。

他的数学不好,小学三年级时更是差得一塌糊涂,以至于有一次直接考了零分。刺眼的零蛋让我爷爷勃然大怒,拿着皮带抽了爸爸老半天。这件事让他多年以后仍然心有余悸,从此他丝毫不敢再对数学或别的科目有所怠慢,开始了"课前预习,课后再温习,做习题册"的苦修恶补。最后终于迎头赶上,勉强解决了数学问题。

在我的印象里,爷爷宽厚温和,从不发飙。几十年下来,好像只有这样一次对小孩儿动手的记录。不难想见,他所不轻易动用的暴力对爸爸来说一定是极强冲击。这让他非常直观地认识到残酷的事实:如果考试成绩不理想,他将非常倒霉。

如果说爷爷仅有的一次皮带教育,让爸爸产生了朦胧和模糊的危机感,那么中学时期在北京第三光学仪器厂半工半读、三班倒模式下的生活则让爸爸的危机感变得深重和明晰了。在读大学之前,他的生命还很沉重,没有一劳永逸的闲暇与自由,更不会生发出几十年后要比肩史上文豪,以"李白式人物"自许的凌云壮志。

他还是一名工人,在工友圈子里,最吃香的莫过于手艺过硬的熟练工。他也曾短暂地考虑过,如果可以在以后的生活中当上一名高级技工,那也是一个让他欢喜的结果。即使是这样一个目标，也需要多年辛苦打磨，但这显得有些遥不可及。

在工厂干活所引发的疲劳和乏味，是促使他不多久就转向高考的缘由所在。他回忆在工厂做工的日子时就会说："当时在工厂真够受罪的。"

工厂里，工人们的作息被打乱，而要操作好精密仪器，还必须保持长时间的高度专注，容不得半点儿心不在焉。否则，轻则操作失误，重则搞出事故。这样一天两天还受得了，长此以往，让人累得好像只剩下个一触即破的脆壳子。

处在这种环境里，他萌生出强烈的改变现状的渴望。摆在他前面的脱离之路倒是有，不过只有一条，那就是当时刚刚恢复不久的高考。

现在常见的升学曲线迂回操作，如出国、艺考、体育生、竞赛、保送，花样百出的镀金等，在他的选项里都是统统不存在的。要么在考试中获得优胜从而鱼跃龙门，要么被现状裹挟沉沦至死。

退无可退，只有拼一把。即使作息紊乱，即使无精打采，即使精疲力竭，也要抖擞精神，用尽全身气力去置之死地而后生。

扼住命运的咽喉，让自己日后能够自豪地说一声，"我是大学生"，无疑是爸爸当时心里最强劲颤动着的念想。

"如果当时高考失败，我汪国真今天也就是个初中学历的退休老工人了吧？想一想，真是后怕。好在这关总算过来了。"

他总这样说。

爸爸提及在高考战争中的最后胜出，从不吝惜自己情感浓度极高的慨叹与庆幸："你可能想不到，考上大学，我有多高兴。我刚入学不久，就在暨大的校园里，到处地走啊走，走啊走的——当时我们学校其实特别荒，说实话也没什么可逛的。可当时就是逛来逛去，怎么也逛不够。心情激动得呀，特不真实，就跟活在梦里似的，开学一个多月，才差不多缓过来这股劲——你能不能想象得出来？"

说实话，即使他描述到这个份上，我还是想象不出来。

高考是爸爸的摩西，领着他出埃及。而在我迄今为止所经历的每个平凡瞬间里，还没有发生过什么事以至于能让我兴奋得高兴几个月的。回想我被大学录取时的场景，高兴自然高兴，只不过高兴了一个多小时，就再次沉入喊哪些狐朋狗友出去喝酒吃饭、事后是泡网吧还是缓一缓再去拔罐儿这种琐屑事的海洋里去了，没有为之雀跃很久。

爸爸描述的高考带有他们那个时代的神话色彩：因行称义，一得永得，犹如一场生死之间的末日决战，一战定乾坤，要是赢了，后面逆天成神的进程就都算安排上了。不幸输了，只好收拾收拾东西，准备长眠在生活的堕落之渊。我们俩对被大学录取所表现出的差异，说到底是因为大学扩招，大学生遍地走，再不是以前那样的稀罕物。

"老三届"考生经过百里挑一的严酷选拔，他们中的许多人都在日后成为人中龙凤；而对于活在当下世代的我来说，拿到大学学历最现实的理由仅仅是"人有我无，这样不好"。它可以让人踏进社会以后，活得看上去不那么难看。至于逆天改命，仅靠一纸文凭，还是远远不够的。

高考的胜利，和在暨南大学中文系的几年学习让爸爸终身受益。但从后来看，那只能算是一个小高潮，和他在八十年代末、九十年代初事业上的异军突起之间不存在必然因果。毕竟，在1990年之前的人生历程中，他在生活中所扮演过的角色都平平常常，和今天大多数手拿保温杯喝枸杞的中年人所经历过的差别不大：

因数学考零蛋被爸爸打哭并知耻后勇迎头赶上的小学生；在北京第三光学仪器厂三班倒、半工半读的工人；去南方读大学，因为被录取而晕晕乎乎高兴了一个月都没缓过来的大学生；据说是投稿过程一直不太顺利，但也屡扑屡起的无名作者。

我猜测爸爸那时的处境像古往今来的绝大多数人一样，有一些欢快和跳脱做点缀，更多的时候则重复、机械，甚至透着点儿乏味和沮丧。他创作诗歌的初心，主要是借其纾解与平复自己生活中出现的诸多琐碎烦恼。他不会想到，无心插柳柳成荫，他的文字将要直击成千上万读者的内心，使他在诗歌流行于全民市场的时代末期中心位出道，御风而行。

在20世纪80年代的最后几年，作为名不见经传的平凡人物，爸爸迎来他人生中最大的峰回路转。

之后位于顶点的 1990 年，向父亲俏皮地招招手。在它身后，鲜花、掌声与名望们摩拳擦掌，等待着给这位新晋的文化名人一个又一个热烈的拥抱。在乔治·奥威尔所预言的 1984 年，世界并没有走向他所想象的那种糟糕结局。对于爸爸来说，说是好事将近还差不多。他在湖南杂志《年轻人》上发表了他的第一首有影响力的现代诗《我微笑着走向生活》。

从此开始，生活微笑着走向他。

渐渐地，他意识到读者对他的诗反响不错，于是开始将业余时间集中在写作上，从此一发不可收拾。

当时针拨向 1990 年时，爸爸的出版物销量达到了一个里程碑式的高潮，他大火了。这一年汪诗出版的盛况，被出版人形容为"汪国真年"。曾经因为被高等学府录取而高兴得手舞足蹈了小半年的大学生，正在蜕变为一位声名鹊起的诗人，或者按他自己的定义，"李白式人物"。

1990 年向爸爸招招手，爸爸欣然迎向它。自此，生活的轨道改弦更张，天翻地覆慨而慷。

对我个人来说，那不仅是爸爸职业生涯的纪元与高光时刻，更是一切的开端。我的两个家庭，以及我和他父子生涯的渊薮，都在那个繁花似锦而又光怪陆离的 1990 年。

2．虎视

"此有故，彼有；此灭故，彼灭。"

蓝毗尼的王子悉达多凭借缘起法则，在婆罗门与沙门不死不休的思想混战中一枝独秀，脱颖而出。他看到，这世间的万事万物都有它们各自得以出现的因由，因与果的轮回一段推出一段，生灭与你环环相扣。诸行是无常的，所有事物也都变动不居，没有什么会无中生有，也没有什么将永存不朽。

在无端的直线时光轴上，不管向前向后，你都既找不到起始，也看不见尽头。因此，觉者拒绝承认未有之先的第一因存在，拒绝婆罗门口中宣说的，能够导人通向超脱的梵我合一，也就进一步颠覆了三相神统治万物，为世人所顶礼膜拜的合法性。

一切皆有缘起。我爸妈这个平常小家庭的组建，还有我的到来，也不例外。

这个缘起就是1990：如果爸爸没有在1990年大获诗歌出版上的成功，他就不会作为一个著名诗人，在后来被各活动主办方邀请出席捧场；没有这些需要他四处奔波的活动，他就不可能去到河南某个并不起眼的小书店里搞签售。如此，他当然不会和当时恰巧在书店里做事的妈妈相遇、谈恋爱，并成为河南女婿，我的出生也便无从谈起。

在成名后的岁月里，爸爸的足迹历遍山河，他走得多了，也见得多了。走过山山水水，中原地方和他尤其有着深厚的不解之缘。有一次他去河南做活动时就对媒体讲："河南这个地方，我已经来过多次，除了漯河以外的市我都去过，非常熟了。可以说，我比很多河南人更熟悉河南。"

而当媒体问及他的家庭和河南妻子时，他如此作答："关于我和我夫人相识的事，大家如果感兴趣，我以后可以写一本书来介绍。"

他口中这本介绍家庭生活的书，大概是他用来敷衍媒体的虚晃一枪，最终还是没有出来，可能根本没有动笔写的长期计划。既然他没有详述，我在此也不打算越俎代庖。爸妈从认识、恋爱到结婚生子的全过程自他们俩分道扬镳以后，就在漫长岁月中，成了两家人讳莫如深的话题。很久以后，我才从他们的只言片语中清扫时间的蒙尘，理出模糊的轮廓来。

我妈当时作为书店的工作人员，职责是配合好爸爸的那次签售活动。她此前就知道"汪老师"，或许在那个年纪还和许多同龄人一样，是他诗歌的忠实读者。因此最开始，妈妈主动采取了攻势，建立起和我爸爸的联系渠道。在两个人速战速决的爱情攻防战中，爸爸可能是出于对妈妈的钟爱，也可能是出于一个中年未婚男性或多或少的未婚焦虑，很快便转守为攻，发起反冲锋。后来他给妈妈写了不少书信，里面的内容大同小异，大抵都是表达自己的情之深、意之切云云。

妈妈到现在还保留着这些书信。我想对她而言，那已经是角落里一堆食之无味、弃之可惜的旧时光。

总之，爸妈婚恋的整个过程都非常的流畅顺利。我妈刚过适婚年龄不久，他们俩就结婚了。

"诶，国真，醒醒。"

"怎么啦？"

"我觉得我们将来生的一定是个男孩儿。"

"你确定？"

"我确定。"

"你怎么确定？"

"我刚才做了一个梦。"

"什么梦？"

"我梦见一只老虎——那只老虎盯着我，挺吓人的。我听人家说，女人梦见老虎，肯定生男孩。"

有天晚上睡觉，我妈梦见一只老虎。

那只老虎在凝视她，她也在凝视老虎。她平时很害怕猫狗，对虎这种大型猫科动物尤感惧怖，这次却做梦梦到，实属反常。她醒来以后有所知感，遂急忙摇醒已经睡熟了的丈夫告知此事。

妈妈说那时我爸"先是将信将疑,然后又表现得充满期待和雀跃"。事后看这个有些神秘主义的梦,也并不完全是捕风捉影。1994年年末,我居然就真的在西城区复兴医院出生了。现在,我意识到自己已经不太年轻以后,一般习惯在和别人聊天时说自己是"九五年的——经过四舍五入之后"。

孩子降临世间,爸爸表现得漫卷诗书喜欲狂。他翻出自己婴儿时的相片,拿到儿子的跟前,饶有兴致地细细比对,看来看去看不烦。父辈与子代基因的相似非常直观明白地表现在幼儿的眉眼间,那可能是我一生中长得最像爸爸的时候。我长大以后,他还多次和我回忆起当时的情景。

"你刚生下来的时候,我就拿着我小时候的照片在对照着看,太像了,真的是一模一样。尤其是头顶头发的旋儿,方向、形状都像一个模子里刻出来的,我觉得简直是小时候的自己从照片里面爬出来了——后来你长着长着,就像你妈家的人了。咳。"

此外,那段时间他常常喜上眉梢,和身边的人开玩笑说:"我留下后代了——这叫作'任务完成,石头放下'。以后我尽可以安安心心去坐飞机,出事也不怕啦。反正我有了儿子,我家不至于绝了香火。"

无恒产者无恒心。事业和家庭——支撑人们拼打搏杀的两根支柱,中生代念兹在兹的永恒主题。三十多岁的年龄,青春已逝。人无再少年,岁月蹑手蹑脚地摸过来,从背后使坏地一推,他便跟跟跄跄,一脚跌进中年俱乐部。年年岁岁花相似,岁岁年年人不同,以至于他不得不慨叹"不知不觉就到了中年"。

34岁,爸爸在成名之路上狂飙突进,风头一时无两,较之从古至今大多数人一辈子为了活着而活着的艰难处境,可谓是一个少年得志的幸运儿了。然而婚姻与子嗣却姗姗来迟,等到他当上爸爸时,已经38岁了。而立还剩下些尾巴,下一站不惑,距离他也只一步之遥。

幸而不论迟速,人生中的两件大事,事业与家庭总算尘埃落定。我想那时爸爸一定能感觉到肩上的担子瞬间沉重了许多,他要扛过沉甸甸的现在,去追寻蕴含着惊喜与奇遇的未来。或许在那时的他看来,重担已经接过,他的人生愈发厚重并上升着,一切都在趋向让人称羡的圆满。

而圆满之后呢?很不幸的,圆满之后事物的发展趋势并不是静止于此,而是逐渐走向它的反面。

关于新生儿也就是我的名字,家人们左思右想,后来精选出两个备选方案:一个是汪家人想出来的,他们根据家族字辈排行的"英"字,为我取名叫英毅,一定是看中这名字里果敢沉毅的意蕴,希望我叫汪英毅;另一个备选项来自妈妈这边,叫"嘉豪",质胜于文,说实在的还是有些原创精神不足:嘉豪二字,直接借用了20世纪90年代一个小有名气的篮球运动员的名字。

可能是经过一番协商或博弈,到后来,"嘉豪"胜出,被印在我的户口本与身份证上。但"英毅"却也没有彻底消失,它轻易找到了自己的容身之地,并且后来以异常顽强的生命力在爸爸家里存续下来。在爸爸家,人们一般会理所当然地"英毅,英毅"地喊我,选择性忽视身份证上的名字是什么;而在妈妈家,"英毅"只是一个短暂存在过的备选名,作为一个刻板的坟中枯骨,既没有生命力,也没有为它招魂的必要,"嘉豪"才是独一无二的正统与主权所在。

至于爸爸,他不喜欢参与到家与家的任何形式的撕扯与对抗当中,因此他对我的称呼体现出他中庸和明智的行事风格:他一贯叫我"儿子",在私人场合则是"你小子",自称"你爹我"。

名正言顺,且完美规避了一切可能产生的分歧与尴尬。

两个名字,两种寓意,两个源头,被两个家庭各有所执地标记在同一个小孩儿的头上。就好像一切家长里短中常见的庸俗桥段。但于我而言,这本身并非一个独立事件,而是这个短暂完整过的家庭在撕裂之前所呈现出的一个带有征兆性质的细小裂纹。

许多年过后,那时我已经是一名大学生了,爸爸才会言简意赅地讲起这段特定的过去,将其称之为"让人无奈的历史遗留问题"。作为当事人,他不愿或不能去细究其中的原因。

我把这个家庭最终解体的原因归结为"两代人灵魂的叠合"——当两代人形状不一，属于各自世代的灵魂同时凑在一间屋子里，哪怕这间屋子再空阔，也是狭小逼仄的；这些灵魂本身，也彼此不能相容，总有一天，会相互挤压、炸开、四散，就像他们从来没有组合到一起过一样。

上一代人，即我的爷爷奶奶，他们经历相似，在福建极为传统的宗族社会中度过早年生活。20世纪40年代，爷爷考上了厦门大学，新中国成立前入了党，后迁居北京工作。起先爸爸的家庭在和平里住过一些日子，后来则长期留在了大木仓胡同。这个汪家在北京的小分支，以中国家庭最普通和常见的男主外女主内的分工模式运转。由于在特定年代爷爷去了干校，家里的大小事宜，都由我奶奶尽心操持。这一点后来成为全家人习以为常的惯例。她为这个家庭的具体事务立法，小到爷爷一顿饭被允许吃几块猪肉冻（一般来说是一块儿），大到为后辈的婚姻对象把关，一切都按部就班，没有一丝波澜。

爸爸他们是在北京成长起来的一代人，至少从外部来看，他和北京的土著已经毫无显著区别：他们的口音自然而然地带有北京特征，在外饮食也是北方化的。而在他的妹妹看来，他们可能还要比一般的北京人更优越一些，毕竟他们出身于部委大院，而不是胡同串子。

如果将爷爷奶奶那一辈人称之为北京人，则其身份意义远大于乡土意义。他们的闽南口音从来不曾改变，年轻时在南方所受到的传统家庭的熏陶也在他们身上留下了极为鲜明的烙印。所谓传统并不单指生活被加上了一层岁月静好、田园牧歌式的浪漫滤镜。它更具体的表现是,对长幼尊卑秩序的极端重视,对儒教忠孝逻辑不假思索的拥护。在这个家庭里,无论对错,晚辈决不允许和长辈顶嘴,否则即被视为一等一的大事,如此种种不一而足。

这个家庭的价值观,浓缩了小农社会平民百姓的许多渴望。用爷爷的话来总结,汪家对后辈的期望就两条:"传宗接代,光宗耀祖。"

爸爸在他成长起来的这个家庭里是个听话的晚辈,这是熟识他的人所公认的。因为耳濡目染,他价值观里相当大的成分也是儒教式的,从他一生以精忠报国的岳飞为楷模一事便可看出端倪。只是脱离了宗法制流行的闽南乡村大土壤,他体内的儒教基因也随之弱化了。

他曾几次和我讲道:"你小子就偷着乐吧。比起你爷爷,你爹我绝对是个好说话的了。你爷爷奶奶那一辈人在老家长大,那都是很传统的,在家说一不二。听他们训话,别说你了,我都老是提心吊胆的。"

爸爸性情温和,他和人的交往方式更倾向于宽柔,对激进、单刀直入、脸红脖子粗的场面常常敬而远之。也因此,他对当时妈妈身上所带有的年轻人的小散漫,如直接从冰箱里拿酸奶喝等行为不以为意。他们俩的婚姻相对而言自在些,妈妈习惯于和爸爸开玩笑，比如趁他睡着后，偷偷把他的头发扎成小辫子，以此给生活增加些欢乐的点缀。

妈妈的祖籍在江苏，家里从上至下三代人的共同记忆，都离不开原厂址在上海的新华一厂。这个厂子最初因为响应上海援建内地的工程活动，五六十年代即从上海迁移到了郑州。厂内职工包括我外公在内也都纷纷随之北上，他们在郑州生儿育女，并一以贯之地保留了他们源自上海的乡音。新华一厂像是上海在郑州的一块飞地，在这个厂子里，到处都是讲上海话的老辈人。出了厂门，外面照旧是独尊中原官话的世界。后来姥爷被提拔去了省委工作，一家人才迁居到省委家属院中。

工人们历来对儒教不感冒，内心深处也不买孔丘的账。因此妈妈在成长的过程中不常受到等级、尊卑、长幼等森严的或不太森严的教条辐射。她的言行举止、风格等也相对自由些。

我无意在这里评价两代人的两种家庭模式哪种更为优越，毕竟一个家庭内部的相处模式，是为了适应外部环境而演化出来的结果，没有对错，只有不同。真正遗憾的是，两个不同模式的家庭，两代形状不一的灵魂，当时都挤在北京教委大院的那间小屋子里。就像两块质地坚实而形状不同的拼图，他们注定只能分离，而不能强行捏合成一个图案。

即使这两块拼图在狭小的空间里不得不挤在一处，但只要有了相应的契机，它们的结局一定就是从彼此带刺儿的怀抱中逃离，而不是被扎得生疼，却仍然要勉强地抱在一起。

成千上万个门口，总有一个要先走。终于，在几年之后的一个春节，妈妈不愿意再在大木仓胡同那个格格不入的大院里挨下去了。她抱着我回了娘家郑州，虽然一开始只是打算暂住，但此后直到他们俩正式离婚，我们都很少回到教委大院。

1999年，爸遭遇了一场生死劫。他因身体不适去医院检查，却被主治医师告知，"高度怀疑"他已经是肝癌晚期。

那时他四十岁出头，在以往的人生历程当中，他还从没有经历过这种急转直下的巨变。那是他第一次被死亡伏击，并清楚地感知到它势不可当的迫近。这自然让他感到恐惧、惊惶。不过，他还是尽量掩饰着自己的沮丧和压抑，去和他的朋友们一一道别。即使人生旅途要戛然而止，仓促谢幕，他仍然希望能够像大多读书人一样，体面退场。

幸而，后来医生们发现那是一次误诊。他得的病只是血管瘤，而非让人谈之色变的肝癌。经医生精心救治后，他康复出院。虚惊一场，死里逃生，固然值得庆幸，但是从反面看，在经历这场患难之后，爸爸在心理上似乎逐渐形成了一种自我暗示的闭环。他开始暗示自己，认为自己受到了命运之神的某种眷顾或者庇佑。大灾大病至多只会和自己擦肩而过，而再不会迎面撞来，如同这次误诊一样。

顺便一提，这一暗示闭环的危害要到十几年后的2015年，真正的绝症以骤然降临的形式突袭爸爸时，才真正体现出来。

在患病之前，他和妻子的感情已经岌岌可危。虽然他一度获得了巨大的声望，但那是一个流量与经济尚未建立起成熟关系的时代，名利未必可以兼得。如果要在北京购置属于自己的房产，对一个诗人来说依然是捉襟见肘的。

长期的分居磨平了悸动。相濡以沫，不如相忘于江湖。

爸爸说："老这么分着也没意思。要不咱们俩就分开吧。"

妈妈说："那就分开吧。"

爱点燃了，于是一颗水滴在三千弱水中看到了另一颗水滴；爱熄灭了，于是两颗水滴各自归位，转身又融回茫茫无际的大海里。他们离婚后，定下一纸协议，妈妈成了我的监护人。这样一来，我在郑州就再也不是暂住了。到此为止，书写宿命的簿册上墨迹已干，前程已定：我的童年和少年时光将在这座城市里，和外公外婆一起度过。

3．空气墙

我印象中和爸爸的初见，始于五岁或六岁生日之前不久。再往前，我们当然也见过无数次，但想必只有爸爸一个人存储着那些场景和回忆。因为那时我年纪还太小，无法记事，不管发生了什么，它们都被时间冲刷干净，埋葬在不可追及的深渊里。

我那时还没有完全脱离儿童的蒙昧，懵懵懂懂，对过去无可回顾，对未来无从预判。在家里，外公是一家之主，外婆是她的贤内助，相当长的一段时间里，他们俩在实质上扮演着我父母的角色。饶是如此，我仍旧很早就分清，外公是外公，爸爸是爸爸，虽然外公在家中发挥着爸爸的职能，但还是不可以将他和我真正的爸爸搞混了。虽然，想起我的生身之父，我幼小的头脑里只残存着一些模糊不清的印象碎片。他什么时候会出现在我面前，他叫什么名字，是做什么的，此时此刻，他在哪里，在干嘛，心里在思索什么样的问题，我茫茫然一无所知。

我那时五岁或六岁，有一天晚上，在将要关灯睡觉的时候，家人忽然郑重其事地说，要和我"商量"事情。他们说，在这个家里，我的名字再叫汪嘉豪已经不合时宜。爸爸妈妈既然都分开了，而我又是跟着妈妈的，所以应该跟妈妈的姓，改姓黄。

我哼哼唧唧地，不大同意。那时我还没改过名，改名听起来不仅麻烦，新的姓氏我也不适应。此外还有一条，就是我想我改了姓，恐怕爸爸心里会不高兴，即使我还分不清"汪"和"王"的区别，我一直以为自己姓王。

但这一条理由我不能讲，毕竟虽然对于厌倦、分手和离婚之类的复杂概念我还不清楚，但是我下意识地察觉到，爸妈关系并不融洽。所以，在妈妈家替爸爸说好话，是不受欢迎和理解的行为，反过来也是一样。我被迫扮演着一个始终寄居并游走在别人地盘上的流民角色。进入这个角色以后，我就必须得搞清楚状况，到什么山头唱什么歌。一定要等我割据出了仅属于自己的一片山头时，那么，这个山头上是唱摇滚还是唱R&B，就全然随我乐意，随我高兴。

那是我头脑里第一次明确地出现爸爸的概念，也是我头一回顾及爸爸的感受，并隔空对他产生了一点点同理心。虽然那时，有关爸爸的一切还都朦胧不清，但他确实存在，他就在那里。

"你不改，妈妈就会不高兴了，"家人们说，"毕竟是妈妈在养着你。你要学会考虑妈妈的感受。"

话说到这步田地，虽然没有强迫，但如果我再不答应，就是我不近人情了。

我也只好点点头,说:"那好吧,那就改吧。"

那时我心里影影绰绰地出现爸爸的模样,汪嘉豪的心里泛起一阵遗憾和沮丧。

爸爸或者妈妈,他或她,"把你养大",所以你"应该学会考虑他或她的感受",说完,紧跟着几句对前亲家的抱怨,尤其是对对方子女教育路线的不解和不满。这个话术随着我后来在爸爸和妈妈两家之间来往的增多,而愈发频繁地从一张张与我疏远的庸俗小市民嘴里射出,影响我的听觉。

这些在我听起来颇为刺耳的言论,给我造成了长期的困惑和尴尬。在我看来这句话里带有一种潜在的意味,那就是逼迫我最好旗帜鲜明地亮出立场,选好队站。我的亲生父母两人,常常在不经意间被描述为互斥的两极,如同美苏争霸那样钩心斗角,水火不容。而我作为一个附庸,没有资格说三道四,骑在柏林墙上左顾右盼、反复横跳更是毁天灭地的不孝之举。我的天职就是在他们俩之间选一个领头羊,然后死心塌地追随一方而去唾弃乃至攻击另一方,就是这样。

我总是言辞闪烁地躲避着类似的质询,和一个偷情心虚,即将被捉奸在床的坏男孩感同身受。其实我心里不时会憧憬第三条路:和别人家的孩子一样,爸爸妈妈没有积怨,没有矛盾,平安喜乐地在一起,度过生命中余下的时光就好了。毕竟,有谁会真的愿意活在彼此猜疑的戏码里呢?

当然，这只是个不切实际的奢望。生活肆无忌惮地殴打着弱者。谁会在意一个小孩儿在角落里抠着手，神经质念叨的内心戏呢？

不幸中之大幸是，爸爸不爱念叨这些废话。最初几次见面时，他最爱做的事情也不过是静静地看着我的一举一动，同时面带微笑。

"你爸爸来看你了，马上到，"放下电话，家人告知正在屋里疯玩的我，"跟他出去玩一天，吃吃饭，你想要什么玩具，尽可以跟他提。"他的几次到来都没有明显征兆。

我立马安静下来。第一时间涌上心头的感受与其说是雀跃和期待，不如说是紧张。我的紧张和怕生的小孩面对一个陌生人时紧绷起来的戒备状态如出一辙。爸爸，一个熟悉的陌生人，或者陌生的熟人，这两个原本风马牛不相及的概念搅和在一起，让我惴惴不安。

我小声应了一下，立刻回到屋里，随手抓起一本书。我常看的书不多，翻来覆去就几种：一般就是给小学生看的《上下五千年》《格林童话》或《安徒生童话》，了不起有一本《水浒传》。更多的还是时兴的香港漫画，如《神兵玄奇》《老夫子》等。

我随手抓起一本，胡乱翻看。那种状态像极了一个考前突击、心态处于崩溃边缘的考生，把带有文字的东西当作救命稻草，把学习表演给自己看。其实，文字也好，漫画也好，我一点也看不进去,也不知道究竟为什么要翻书,好像爸爸这次来是要考我一大堆问题似的。

隐约听到屋门外的脚步声,有人在靠近我家房门。接着,我听到有人敲我家最外层的铁门。一定是爸爸了。我家的常客会摁门铃,只有造访次数极少的客人,或干脆就是陌生人,才会因为不知道门铃的位置而直接去敲门。

我长吸一口气,然后屏住呼吸。听到客厅里家人和爸爸简短、尴尬而不失礼貌的寒暄,终于,酷似宣告审判的声音来临:"嘉豪,出来吧。你爸爸来了。"

当黄嘉豪走出自己的屋子,几步到达客厅时,心里通常带着点儿淡淡的恐惧。恐惧的原因是,他即将脱离自己熟知的家庭和成员,和一个陌生的、也应当称之为家人的男人共处半天到一天。他无所适从,举棋不定,但见面这关总是躲不过,也只好半低着头,一步一挪地向前走。

"爸爸。"站在客厅正对着爸爸时,我心里升腾起一股仿佛我现在一丝不挂的羞耻感,坐立不安。

"儿子,你长高了。"

我很喜欢听到别人说我长高了,这时我才抬起头,看到爸爸的模样,似曾相识。

这是一个中规中矩地穿着西装、衬衣、西裤与皮鞋的微胖男人,只有一次他脖子上挂着相机,是要给我拍照用的。他在头发上打了啫喱或发油之类的东西,刘海被定型出曲折与弧度，但也许因为旅途劳顿而变得略微有些散乱。他方脸，戴着眼镜，眼睛不大，但目光柔和，没有攻击性。就好像岁月对他网开一面，他的形象一直是这样，即使过去十几年，他也没有变老。

在我小学五年级之前，我不确定他到底来过几次，也许是两次，也许是三次。倒不是因为我那时记性不好，而是因为每一次他来看我，出游的程序、我和他刚见面时的寒暄，还有贯穿全程的沉默实在都太相似了。我分不出来这次他来和上次他来有什么不同。

下一个程序是，我和他徒步走出家属院，在路边拦车，到达他下榻的民航大酒店。我们一起坐在出租车后排位置，然后沉默。可能是经过过分谨慎的思索后，他才会率先打破凝固的空气，娓娓道来地讲，自己是来郑州做事情、谈生意，然后透露给我他之后的行程，次次如一："爸爸接下来带你去我住的酒店。我们在那里吃午饭，中午休息一下，好吗？"

每一次，他都会用一种商量的平和语气和我交流。时隔多年，我再回想起来，发觉至少在那时，我们俩性格中有相近的成分：沉默寡言，在陌生人面前习惯于保持安静。

他面对那时的我，也许在某种程度上就像面对一个和他同样害羞的自我。

"好。"

"你有什么要买的东西，比如玩具、书之类的东西，爸爸给你买。"

"可以吗？"说实话那些年爸爸来看我时，并没有表现出严厉或任何家长式的不妥协，相反，他的到来至少有一种实际作用是能让我精神为之一振的，那就是帮我一次性满足愿望，买到所有我当时望眼欲穿而家人又没有及时给我买的东西。或者是书，或者是玩具，或者是自行车。

但也只是刹那间的振奋，很快我就开始想"无功不受禄"之类的古训。在他这儿白吃白喝，似乎欠妥。

"当然可以了，"爸爸被逗笑，脸颊露出酒窝，"我是你爸爸。"

话虽如此，但还是觉得别扭。我们俩那时宁肯放任沉默填满流逝过的分分秒秒，也不敢在对方面前轻举妄动。爸爸尝试采取主动，试探，扫清外围的疑虑，再驱散开父子间本不应该有的生疏空气。但我的回应在他看来大概稀松平常，他的努力是收效甚微的：我只是吝啬地回应如"嗯""好"、一个礼貌的低头微笑或对他关心的问题作简单也算得上敷衍的回答，此外就再没别的了。不仅是在出租车上，在酒店的餐厅里，在他休息的房间里，我对他都是这么几板斧。

可能某一个瞬间，他心底会感叹，冰冻三尺非一日之寒。想跟自己的儿子熟络起来，还需要很长的时间。我在他眼里也是一个有点木讷，不愿意向他说说心里话的小孩儿，猜来猜去，谁也猜不透谁，只好各自缩在礼节的安全区里按兵不动，同时默默等待，期盼能够开诚布公的那天早点到来。

饶是如此，我仍记得不少琐细的事，它们深深地扎根在我的脑海里，任凭岁月的浪潮日渐磨洗，也始终没有消退。爸爸并没有白来一趟又一趟，他的儿子没有忘记他，没有忘记他的样子，没有忘记他凡事商量着来的口吻，他的局促，他的犹豫，他的温和。

我不会忘记有一次在民航大酒店吃午饭，因为吃到一道很好吃的菜而狼吞虎咽，以至于猛烈地呛到，米饭从鼻孔里呛出来，引得他开怀大笑。

我不会忘记在民航大酒店的午睡，他鼾声如雷，我又不爱睡午觉，就趴在地板上看漫画，装作自己很爱看书，满腹心机地求夸夸。

我不会忘记他带着我在金水河边散步，就是他脖子上挂着相机的那回。那是我们俩唯一一次在那里漫无目的地闲逛，他跟我商量，要给我拍几张照片。于是我趴在河堤中断的一个小台子上，让他拍了几张照片，他心满意足的神情我不会忘。

我怎么会忘记呢？我怎么能忘记呢？

我没有和爸爸再回忆过这些细节，他可能觉得我都忘掉了。那时，他也隐瞒着他内心的痛苦。他知道我改了姓，心里焦灼。

"中国人嘛，约定俗成就是孩子姓跟爸爸。我不能理解你母亲是怎么想的，为什么当初要给你改姓。"

十几年后的一次闲聊中,他才对我克制地袒露自己对改名事件的不满。

显然,在时间的航船徐徐驶进新世纪的海域之后,我的出生地北京与我生长起来的城市郑州,换一个说法,也可以理解为我和爸爸之间,已经被一堵无色无味又异常坚牢的空气墙所隔绝开了。那些年,我们见面少之又少,偶尔,爸爸会在空气墙的另一头,把墙撕开一道口子,来到我的身边小憩片刻。但当他转身离开,消失不见的时候,那堵空气墙就又恢复原貌,坚固如初了。

我虽然在道义上明确他就是我爸爸,但由于我们互相出现在对方面前的频次实在太低,所以我不知道该如何看待他。

我们相敬如宾,彼此都客客气气,但也只能止步于此。那时,我们互为对方不可试探的局外人,相处时小心翼翼,谨小慎微。我尤其不知道该将他安置在生活的什么位置——远或近、亲或疏、上或下,无论怎样摆放,似乎都让我觉得有某处是不妥的——较为合适。那时我的生活已经定型,而爸爸是我要尝试接纳的意外来客。

对我个人来说,事实就是这样。

即使后来我们都希望能尽快和彼此相熟,也到了时不时唠唠家常的地步,但这种状态仍然负隅顽抗,没有完全消失。它若隐若现,偶尔像在白日间行走的鬼魅般,蓦地冒出来,以父子间话题的突然枯竭与沉默为形式,宣告它的存在。

它一直都在，乃至贯穿了我们的父子生涯。我无意于粉饰出一幅符合大众口味的父慈子孝般的温馨画面。虽然瑕不掩瑜，但它就在那里，就算只有一点点，也不能彻底磨灭。

4. 名流

中间隔了好久,都没再见到爸爸。久到家人们觉得我已经忘了他,如果我和他在大街上偶遇,他们认为我们是一定认不出对方的。他继续着他无休止的奔忙,我则继续在小学,即郑州市纬五路一小三班里扮演着一个不开窍、守规矩的透明人物。我们生存在同一个世界,但那几年我们就像两条平行线各自固守着自己的轨道,彼此不相往来。

那个时候,我的学习不上不下,性格时而活泼,时而阴郁,躁郁循环的气质在我的少年时期就已经逐渐成型。同时我差不多在小孩子的种姓世界里坐稳了首陀罗的地位。我那时挺笨拙,常常丢三落四,忘写作业。我的笨拙还体现在没能学会拉帮结派,和性情豪放任侠的少年们打成一片、抱成一团,以至于时常要被几个刹帝利等级的暴躁老弟揍着玩。

他们打我或别的习惯低着头走路的首陀罗小朋友,从来不需要任何理由。对他们来说,看谁不顺眼抬手就打,仿佛是一种天经地义的娱乐节目。

但说老实话,我也没什么办法。对规矩的敬畏而非蔑视,使得我的大脑常常一片空白,想不出任何反制办法。那年头,甚至连老师都不会认为校园霸凌是个多了不得的问题,无非是小孩子打打闹闹而已——再说了,一个巴掌拍不响,你自己不去招惹别人,别人为什么会招惹你?

告诉家长,然后让他们把学校领导搞得不胜其烦,再去给老师施压,让他们重视问题;或者以超强硬的态度回应强硬,不计代价地死拼一场;又或者干脆喊来亲戚,帮我出头,把挨的拳头还回去,这些都是有操作性的解决办法。不过那时我为人还是太扭捏,总是被某种潜在的焦虑折磨,习惯于思前想后,畏首畏尾。我总害怕一旦还手,就会失手打伤或打死人,那我年迈的外公和外婆该怎么办呢?于是我习惯于忍受,拒绝给家人添任何麻烦。

当我郁闷的时候,所能做的也只是在放学回家的路上看一看夕阳,抑或仰望漆黑一片的夜空,一句话也不说。我看着夜空,想念妈妈的模样。那时她在北京上班多年,只有放长假才能见到她。我常想妈妈,但向来很少想起爸爸。

以2006年为一个时间节点,过了这个节点,爸爸突然增加了来郑州看我的频次。他已经不再满足于父子关系停留在之前那种不痛不痒,有种公事公办意味的程式化出游上,他决意要一举加大父子沟通的力度。

从前他来到我身边,所做的就是和我说说话,顺便帮我清空一次购物车,其他就没什么了。此后再上门时,他则成竹在胸地怀揣着严肃议题打算和我协商,他打算动用自己的力量,引导我的人生走向。

"现在我儿子小学快毕业了,我想接孩子回北京。让他回来是好的,这关系到他的高考,关系到他的未来。之前北京的政策,孩子户口随妈,后来随爹也可以了。既然政策允许了,我想,先让他户口迁回北京,然后就近找一所中学让他上——这所学校最好是实验中学,我跟我妹妹都是那儿毕业的,那学校在西城区是非常好的,"说着,爸爸竖起了大拇指,"只是入学需要考试。如果他能在实验中学上学,将来高考考个好大学,就是水到渠成的事儿了。"

那天,他照常来到家里,我们在客厅没有多寒暄几句,他就直奔主题,这在我印象当中算是罕见。在谈话中,他甚至有些压抑不出自己的急迫,两只手一会儿挥舞着,一会儿又放在膝盖上揉搓。

高考、户口、北京、爸爸家,这些概念随着爸爸的造访一股脑儿地冲我堆积过来,几乎要把我淹没了。这些词汇中的每一个对我来说,都显得遥远而陌生,使我没有任何向它们靠近的欲望。爸爸当时在我家客厅那番苦口婆心的话,也没能让我产生太多共鸣,对于一个小学还没毕业的小孩儿来说,晚上吃什么,明天玩什么才是第一等紧要事。高考这个字眼,是和武王伐纣差不多久远的事情。

我坐在小板凳上，按捺着脱离大人们谈话现场的冲动，把目光移向电视机。那时电视上正在播放《亮剑》，可还没看几分钟，它就开始播广告了。于是我不得不强迫自己重新回到这场谈话里。

"儿子，你别看电视了。爸爸问问你，关于以后，你是怎么想的？"爸爸突然发问。

"啊？我不知道。"

"你愿不愿意以后来北京呢？"

即使那时我还不大晓事，但仍然差不多能意识到，去北京好过留在这里。爸爸上来就提这件事，我是毫无准备的。我眼里的世界很单薄、很狭小，狭小到只有郑州市金水区到管城区与火车站之间那么一丁点儿大。北京只是我脑海里一个过寒暑假的地方，我不知道自己和它还有什么其他关系，即使我本来就来自那里；也不会去想今后在北京生活的种种可能。人生、方向、未来之类的字眼对上小学的我来说，无非是普普通通几个词组罢了，没有重量，轻如鸿毛。

但我不会反对把户口迁回北京，以及在北京上学——在我自己回到北京之前，无论是在我的小学还是中学，陆续有同学跑去北京上学，他们当中有的人本来就是北京人，有的不是。每个家庭的眼睛都本能地紧紧盯着高考，盯着未来，并全力以赴，各显神通。

不过，在回北京的问题上我想提出附加条件。我想和我更熟悉的妈妈住在一起,而不是去亲近爸爸与他未知的生活。但转念一想,爸爸这边出力把我弄回北京,我如果再挑三拣四,恐怕他不会答应,也就没提。

爸爸仍然是我无处安置的局外人,除了伸手要玩具以外,我还不太敢向他直白地讲正经事。因此,我只好模棱两可地给出了一个不无逃避意味的回答,"您让我想一想吧。"

可能对爸爸来说,这种云里雾里的感觉也一样挥之不去。他其实也摸不透我的想法,不知道我说这句话的真实意思是什么?是要正儿八经地慎重考虑,抑或只是找一个由头把问题搪塞过去,委婉谢绝他。毕竟我在妈妈家待了许多年,对他会不会产生以及产生多少负面看法,他也是拿不准的。

我们俩不厌其烦地互相观察与互相揣摩,并同时掉进一种秸秆打狼两头怕的旋涡里了。谁也不敢越雷池一步,也想不出什么好办法拉近距离。所以就算爷俩之间只隔着一张海苔的厚度,也没有人敢去戳破它。我们俩总是表现给对方我们性情里内敛的一面,而当两份相近的内敛面对面时,就产生了强烈的互斥反应。我不知道你怎么想,你也不知道我怎么想,双双在原地盘旋,一直等待。不得不说,这种"内敛的互斥"在早期给我们父子间的沟通带来了不小的问题,并延迟了我回到北京的时机。

虽然表面上看,我和爸爸依然如故:在一切跟我有关的问题上他都要和我协商,左一个"好吗",右一个"怎么样"。

而我的所有回答都是那样木然，嗯嗯啊啊，磨磨唧唧，从没有斩钉截铁。

但是，变化已经悄然出现。不光是爸爸为了我回京的事常往外婆家跑，我自己在小学的最后两年对爸爸的亲近欲望也与日俱增的。经过即使是为数不多的见面，也足以让我对他产生一个直观认识：我爸爸，温润，亲和，不会轻易动怒发脾气，一句话，他不是个拒人千里之外的人。既然如此，我就没有理由不再向他靠近一点。

我已经有了妈妈，可我不愿就此满足。我也需要爸爸。

小学都快读完了，我也早就认了字，可还是不太清楚爸爸的名字叫什么。我知道他的名字听起来是"果珍"或"果汁儿"，好像是姓王。走不走儿化音，完全看提到他名字的人的说话习惯。这两个名字总让人不由联想到当时在央视狂轰滥炸的汇源果汁广告，并想当然地认为父亲叫"王果汁儿"。我还曾经当面这样叫过爸爸，使得爸爸不太高兴，沉着脸训诫我说"你得尊重你爸爸我"，当场把我弄得不自在了。

既然我连爸爸的名字都不知道怎么写，更不会知道他的职业，只觉得他是个经常四处跑的神秘人物。

有一天我正在屋里看漫画，突然家人喊我过去看电视。我以为电视上正在播动画片，就屁颠儿屁颠儿跑了过去。

家人指着电视屏幕，说，"你看，这是谁？"

啊，这不是我爸"王果汁儿"吗？我心想。

他出现在一档娱乐快讯播报节目里,旁白在介绍他最近为之忙碌的一个活动。他旁边站着几个个头比他还高的漂亮女人,她们半环绕着他,并露出善意的微笑。在一众美女环伺之下,"王果汁儿"表现得特别矜持,就像我们俩出去游逛时那样。

只见他把话筒放在嘴边,照着一张小提词板,入神地朗诵着一些句子。只短短几句话,话音一落,周围的人便纷纷欢笑着开始鼓掌,爸爸站在他们中间,不无拘谨地跟着大伙儿笑起来。

这对当时的我而言,是一件挺不可思议的事情。因为在我看来,只要能上电视露脸的,肯定都是些极其出挑的人物。"王果汁儿"睡觉时呼噜打得那么响,怎么也学别人上了电视,并且被一帮漂亮姑娘围在中间呢?对此家人没有多解释,于是我只好自己发挥想象。

我猜测这应该是一个抽奖节目现场,我爸可能是作为幸运观众,上台领奖去了。至于他手里提词板上写的内容,大概是获奖感言。我没有仔细去听,也听不懂。

我很快就把这件事按照自己的揣测理清,并抛诸脑后,继续悠然自乐。

少年的我就是这样漫不经心,不仅关于不太熟悉的爸爸所知甚少,连自己的民族信息、血型也搞不清楚,以至于曾经在做全班民族调查的时候误把自己的民族填成回族。好在这样的状态未能持续太久,关于爸爸的姓名、职业我就都搞清楚了。契机仍然是一张给全班下发的家庭信息统计表,需要填写父母姓名、供职单位。妈妈的情况我差不多都知道,但爸爸的信息让我犯了难,只好回家问家长。

我到那天终于明白,爸爸的名字不是"王果珍"或者"王果汁儿",而是姓汪,一个我没怎么接触过的小姓氏,全名叫汪国真。工作地点在北京文化部下面的一个分支机构,叫中国艺术研究院。

"好的,爸爸叫'汪国真',不叫'王果珍',《越策越开心》汪涵那个汪,不是王,"我牢牢记下爸爸的名字,同时注意到他的工作单位,"文化部?中国艺术研究院?听着倒还挺气派。"

"汪国真,我爸爸,艺术研究院学者、研究员一类的人物,背负着领导派下的任务指标,背着大包小包,各种奇奇怪怪的测绘仪器,因此需要在全国各地的名胜古迹间不厌其烦地来回奔波,这就是为什么他说他老出差,老跑各地办事……"在上交调查表时,我的脑子里不由自主地蹦出爸爸风餐露宿的画面来。

我日复一日地挪动自己的身体,向着我不愿意去的学校进发,那里让我不快乐,而我不得不忍气吞声,计日以度。我尽量避免和其他恣意妄为的少年对视,以免被他们读出任何"挑衅意味",从而遭到一顿毒打;但我又不属于尖子生的序列,我的成绩普普通通，不足以得到老师们的青眼。倒是经常因为上课说话或者走神儿而被罚搬着椅子到讲台旁边听讲，这使我一度怀疑自己是不是有多动症。

在那所小学的最后几年，我能清楚记得的也只有数学老师了。她时常鼓励我、提点我，尽管我在她转来带我们班的头几节课上，也因为手上转笔而被没收了好几次签字笔。

班主任是个语文老师，她在众多任课老师中是较为严厉的一个。她喜欢用极端严苛的态度去抓语文课文背诵默写，不光是语文课本规定的背默段落，教材上凡是她看着顺眼的文章，她全都要求背默，默写的时候连标点都不能错，否则罚抄写。其根据是通过死记硬背，让这些文章被我们牢牢记住，日后达到下笔如有神的境地。这套方法是不是真的管用，不得而知。就我自己来说是背完就忘，投入毫无产出，砸进去大把时间也不见个响，真是吃亏的"买卖"。而我总是会出现默写错误，并因此反反复复抄课文。

总之，学校里的"黑白两道"都是不待见我的，这一切都让我感到厌烦无比，每天都觉得生活灰蒙蒙一片，甚至质疑自己为什么要被生下来受罪。刺痛让我觉醒，我大概也是从那两年开始，逐渐蜕变成了一个总爱追问自己要什么的实用主义者，对一切低效而沉沦于自我感动的方法论深恶痛绝。

有一天，在家庭信息调查表上交后不久，班主任让我们自习功课，默背课文。我当然是不愿意去用心背的，自顾自地在座位上转笔，发愣，逗我的大胖子同桌玩儿。正在我跟胖子嘻嘻哈哈耍贫嘴时，班主任突然以近乎怒喝的口吻喊了我一声：

"黄嘉豪！"

我听到这声喊叫，心想大概又是做小动作被抓现行，要搬着椅子上讲台了。刚站起身，准备动作娴熟地扛起椅子走人时，老师忽然发问："你爸是汪国真？！"

"昂，是叫汪国真。"

"是那个写诗的诗人汪国真吗？！"

这个问题在难到我的下一秒，又忽然点醒了我。我想起在电视的娱乐新闻播报节目中曾经看到过他的讯息那件事，只不过我没当回事，匆匆放过了。难道，他就是老师口里所说的"诗人汪国真"吗？但一个诗人又怎么会引起班主任这样的惊愕呢？一时间，我的头脑里接连不断地冒出不同的念头，它们疯狂生长，挤得我小脑瓜儿疼。我想，也许是的，也许不是，但很可能就是，便呆滞地"嗯"了一声，接着用任何人都没听到的声音小声咕哝了一句"好像就是他"。

从那天起一连好几天，"汪国真"这三个字在我心里都是神秘而不敢冒犯的。直到此后不久，我因为默写他的诗标点出错而被罚抄二十遍。

我小学的最后几年过得很不快意，突然得知自己的爸爸可能还是一个知名人物，一介名流，这个消息当然让我心里隐隐雀跃。但我好像也是没有资格骄傲的，因为比起我的同学，我对爸爸的了解也并没有多出多少来。我们没有朝夕相处过，每次相见就像两个局外人在做失败的破冰猜谜游戏，彼此裹足不前，支支吾吾，不知所言。

不能再这样下去了。

不知道是不是亲人之间真的存在某种感应，在2006、2007那两年，我和爸爸似乎不约而同地受到了某种感召，同时向着彼此所在的方向，一路狂飙突进。

第二篇 半神

(2007—2010)

1. 十字路

2007年夏天,我小学毕业,暑假照旧去北京,这次见到了爸爸和他的家人。

我对北京是不陌生的,自从幼儿园毕业到小学六年间,我的寒暑假差不多都在北京度过。每年我要在这里消磨一年中三分之一到四分之一的时间。人们常说,这里一年中最惊艳的景致都将在秋风萧瑟时出现,但春秋之于北京短暂得像一声响指,少年的我无缘看到。我只是熟悉这里平淡又漫长的冬夏。

每一年,我初抵北京或将要回到郑州时,妈妈都照惯例带我下馆子,作为洗尘和送别。虽然首都每天都有人在做着拆拆建建的工作,但我通常注意不到这样明显的变化。每次来京,可见的区别无非就是妈妈从东城搬到了朝阳,或者反过来,其他都是照旧的:这中间的日子,我往往极其无聊。在聒噪的、此起彼伏的蝉鸣声浪中,我一边马马虎虎地应付着作业,一边幻想下午玩一两个小时电脑,打《梦幻西游》或其他网易系的网游。傍晚时分,喜欢逗我玩的妈妈下班回家,屋子里立时变得热闹而拥挤。

小时候我常常想念妈妈。我仍然记得她第一次告知我有关北京这座城市的场景。

一个夜晚,在我刚刚记事不久,当时我坐在马桶上,妈妈突然进到厕所里,抱着我,亲了亲脸,又摸一摸我的头顶,看着我说:"嘉豪,你要听阿公阿婆的话,妈妈要去北京上班了。"

"北京是哪里?"

"北京是我们的首都。"

"那你怎么去北京呢?打的吗?"

妈妈笑了笑,回答我说:"北京很远的,打的可去不了,要坐火车。"

我问她:"那你什么时候回来呢?"

她说,半年左右吧,放了长假,就会回来的。

我觉得半年时间太长,妈妈说不,时间过得很快,很快她就会从北京回到郑州。我也只好点点头,算是默认。接着她出去,我听到行李箱在地板上被拖动的声响,才后知后觉地意识到,北京,好像真的远在天边。此后,她离开了很久。起初我很想她,在我家附近的金水河堤,我找到没人的地方,像个小疯子一样声嘶力竭地大喊几声"妈妈"。我想这些叫喊可能会随着河水,流向我妈那里,让她知道我在想她,也能让她给我打个电话。其实她能不能听到我在河边的叫唤,我也不能确定,可我宁愿她听到。

我还总是回想起在我更小的时候，妈妈在房间里搞了一台家用卡拉OK，她爱唱莫文蔚的那首《盛夏的果实》：也许放弃／才能靠近你／不再见你／你才会把我记起／时间累积／这盛夏的果实／回忆里寂寞的香气。

这首歌的旋律在似水年华里刻下了深刻清楚的纹路，成为我少年时纪念碑式的意象。我总会在离开北京的火车上，用MP3循环播放这首歌。

北京不光有妈妈，爸爸也在，但他现身的时间有长有短。在北京我们不是每年都能见到，要隔一年见一下。我五年级暑假时，妈妈住在左家庄，我们和爸爸见过一次。这是我懂事以来，我们仨第一次凑在一起吃的一顿饭，也是最后一次。地点是静安商场的一家汉拿山烤肉店。此前我已经说过，那两年，我能明显感觉到爸爸有些按捺不住地往我这里靠拢，跑来的频次变高了。他主要是为我回来的事情在奔走，但也不全是。成年以后我才得知，那段时间他有和妈妈复婚的打算。不过，破镜难以重圆，他们俩稍谈过几回，此事就不了了之，没了下文，原因不明。

那天我只顾吃烤肉，他和妈妈说话的内容我没有句句都留意，大抵还是旧事重提，商量我回北京这件事情。在问爸爸要了一个小霸王游戏机之后，我们这次见面就算干脆利落地结束了。修补裂痕的最后机遇只是不经意间在时光长河中冒了个头，就再度潜入水底，消逝不返。我只关心烤肉好不好吃。

我仍旧保持缄默，能少说就少说。但潜移默化地，爸爸在我心目中的形象逐渐变得单薄而强力。我发现只要跟他出来，我不需要劳神费力，他给我好吃好喝不说，还会给我买东西。对于我的要求，他往往也是有求必应，大方又阔绰的。

越接近小学毕业的时候，他来得越多，我心里也越舒坦。他在我心里有了一点神性，总要强过一个无处安放的外人。他通过变神而扮演的第一个神祇是财富之神。每回我知道他要来，心里不再会有从前那样的慌张，反而会窃喜。因为我清楚，"财神爷"又来给儿子撒钱了，我该喜迎才是。但一见面，我还是放不开，不自在，如同有一双无形的眼睛在暗处狠狠盯着我。我在想，如果我表现出和他的亲近，妈妈家人知道了心里一定多少会不舒服，还是常在他跟前装聋作哑，不流露我内心所想最安全。

我不顾忌和爸爸单独出来玩，但我不习惯爸爸妈妈家的人在一块。

我唯一见证的那次父母见面，气氛很别扭。他们俩，一个是我妈，一个是我爸，本来该是我最亲最爱的两个人，却都保持礼貌，使得尴尬与生疏的气氛始终挥之不去。在我看来，真是拿腔拿调。

就是这样，我开始发现，当我单独和爸爸，或者妈妈和家人相处时，一切就都是轻松自然的——虽然我和爸爸单独在一起时，还总是四平八稳、缄默寡言——但如果他们两方有人凑在一起，而我又不得不在场时，局面就变得平静而糟糕起来。我会痛苦、迟疑、自我挣扎。

因为我得直面这个家庭是残缺的这一事实，我也因为这种残缺而低人一等。我不愿意面对它，于是我暗自祈求，两家人的接触场面最好能少一些，越少越好。实在不行，偶尔见几次就行了，最好能够维持不相往来的现状。

这个愿望是必定要落空的。

我已经站在了命运的第一个十字路口。下一个六年，我该在哪里度过？是回到北京，还是继续待在郑州呢？这个夏天，就要给出答复。

读中学的问题，已经提上了日程。两边的家长同时认为，现在是该携起手来，给这个问题一个明确答案了。为了我这个共同后代的利益，爸妈两家人可以说是史无前例地打破了自儿女离婚后的冷战状态，在2007年这个我无所事事的暑假聚在一张餐桌上商量。这一天，无论我是多么排斥与恐惧，或早或晚，它总是要来的。它现在向我走来，我也必须向它走去。

在受汪家辈分最高的领袖接见之前，爸爸事先做了些铺垫，手法也并不花哨，就是给我买东西。在西单，他让我挑喜欢的物件，于是我带他进到耐克店里，随手指了双一千多的球鞋，他就买了；此外，我还获得了摩托罗拉手机一部，他说，回郑州之后，没事了可以用这部手机跟他通通电话。

"偷偷跟爸爸联系，岂不是让我'私通敌台'？危险，干不来，干不来。"尽管我心里犯嘀咕，但还是含糊地答应下来，这部手机一直到我初二之前都没有用过。

爸爸用无声的宽纵向我释放来自汪家的友善信号。然而我懂什么？除了照单全收，我什么也不懂，什么也咀嚼不出来。

我走进西单，走进大木仓胡同，走进教育部大院。

当我站在教育部大楼前面，我才知道这里是复兴医院，是我生命的第二站，我是从这里被抱出来的。可是这门，这楼，这院，还有生活在这里的北京老干部，他们看上去无不是森严与陌生的。

撇开两家人见面寒暄后，大段大段枯燥的客套话不说，两家人的这次会面对我来说还有一个蛮长远的意义。我总算是见到了爸爸家的人，触摸到了这个儒教家庭的心脏。比如爸爸的妹妹，还有我的爷爷奶奶。他们构成我一个家庭的子集。

在这些人里，我只对爷爷还有深刻的印象。很久以前的一个下午，那时我才从幼儿园大班毕业，还不知道小学要去哪里读。我来北京，被家人带来看他。他是个身材微胖、气质斯文的老人。见到我以后眉开眼笑，乐呵呵地带我去西单商场，买了一大盒奥特曼玩具。在回教育部的路上，走到二龙路位置，我们俩见到一队学生放学。

我仍记得那天下午，阳光是纯金黄的，格外灿烂。那么多的同龄孩子聚在一起，让我不由得羡慕起来。我说："我要是能赶紧长大,像他们一样上学就好了。"

爷爷听到我说想上学,很开心。他指着那队小学生对我说:"这些都是在附近上学的孩子。很快,你就能成为他们中的一员了。"

当时我心里在想,这个"很快"是多久。我站在命运的十字路口,答案将要由我亲自揭晓。但当他们聚在一起时,我就想到这两个家中间相隔的是深渊,不是平地,我因此变得迟钝,变得胆怯。我不知道,驯服我自己命运的权柄,很大一部分就握在我的手里,我还以为这是大人之间的事情,我只是一个吉祥物,一个随行人员。

父母双方的家人们在教育部大院里坐了坐,中午去附近的一家湘菜馆里吃饭。我发现,人只要一多起来,爸爸的话也变得少了,只比我多一点。他说的话,全是在郑州我家就说过的,比如回京的诸多利益,要不就是北京实验中学何等了得之类的话。话说三遍淡如水,再重要的事,反复说也冗长无味。时间稍长,我就如坐针毡。

我看到的是大人们之间的虚伪,虽然可能是必要的虚伪。他们对彼此不满,充满隔阂,但又要心平气和地与对方侃侃而谈。我知道我的家人对爸爸是有意见的,理由是多年以来,除了屈指可数的几次见面之外,我爸对我看起来不闻不问。现在孩子记事了,要长大了,情感上就不好接受他了。

他来得突然,让人多想。听说他之前在家里摔倒过一次,在地上躺了半天。没有办法,他只好打电话把我表哥叫来,这才把他背去送医。也许这件事对他触动不小,他由此想到自己还有个儿子,但总在郑州不和他见面,父子间就生分了,一旦有事,我就不听调遣了。

我不愿相信这个理由,因为这让人想起来就难受。这条理由冰冷又现实,把我物化为一个工具人。

爸爸家对妈妈这边的真实看法,也好不了多少。在以儒教之是非为是非的爸爸家看来,媳妇儿把唯一的孙子从北京带回娘家,本就是不可理喻的武断行为。把我的姓氏改为母姓,更是荒唐的无法言喻,这简直是变相断了汪家的后,令人如鲠在喉。此外,他们的自我认同已经是皇城根的原住民了,对我们这些来自河南省这一声名狼藉的"小地方"的土包子,自然多少是瞧不上的。

就这样,两拨本来已经形同陌路的人,在微妙的气氛中同坐在一张酒桌前,把酒言欢,忍辱负重,如同什么都不曾发生。

如果他们是我没有血缘关系的陌生人,那反倒无所谓,可他们并不是。大人间的谈话我没有兴趣听,我只知道隶属于两个阵营的人们,在彼此面前都演起戏来了。而我的演技僵硬呆板,接不住。我连我该扮演什么角色都搞不清,现在这可是两家人的见面,我的一举一动都被大人们尽收眼底。

是该表现得对我爸怀柔一些好,还是强硬一些好?

作为新晋演员的我拿不准,看不透。

如果照我和爸爸前两三次出来闲逛那样，表现得不温不火，搞不好会有一种"通敌"之嫌，被妈妈家的人视为一个左右横跳的二五仔；但是让我对爸爸装出一副凶巴巴的不屑模样，则实非我所愿。我心里思索，没有必要对一个往日无冤、近日无仇的温和男人作此姿态，更何况他对我其实还不错。

我实不知该如何表现，只好求稳，一路装傻充愣，对他们的谈话尽量充耳不闻，像个傻孩子。刚在饭店酒桌落座，我就把头别在一边，假装看窗外的风景。

这使得我的奶奶不大开心，她用在我看来是有些讥讽的口气问我："怎么？不敢见人？"

我没有答话，但心里微微愠怒。在撕裂与焦灼的心境下，一股火气不断往上涌。终于，忍耐马上达到了极限，我在沉默中抛开一切，爆发了一下。

他们先是在饭桌上彼此客套，然后开始就点菜问题来回拉锯，无论是客人还是东道主，都觉得由自己点菜怕是不大妥当，经过几轮在小孩子眼里极其多余的谦让，所有人决定折中，把点菜的重任甩到我这个孩子手边。菜单通过桌上的玻璃转盘转到我面前，大人们说："来，你点个菜。"

我莫名忧愤，不耐烦地回答："我不点。"

我看到大人们的笑容仍然纹丝不动，那种在我看来假惺惺的笑容让我更加难受。他们依然坚持："点吧。你爱吃什么就点什么。"

"我说了,我不点!"

当我被笑容,确切地说是家人们面具般的笑容包围时,我孤独、惶恐又愤怒,心里顿时爆炸式地燃起一团无名业火,抓起菜单一把送它上天,让它从哪来回哪去了。当菜单重重地摔在他们面前时,我心里格外惬意和轻松,因为我反抗了他们一回。我从前看起来太听话,太"克己复礼"了,现在就是要让你们明白,我很不爽。

"哟,小孩子脾气还挺大。"大人们见我怒火中烧的样子,依旧稳如泰山,但不再强迫。

我看了爸爸一眼。他也凑趣尴尬地干笑了两声,但我突发的暴躁,显然出乎他的意料。我猜他是不高兴的,他不会喜欢跟大人对着干的小孩儿,大人们都不会喜欢的。不过他没说什么,我也不记得他有什么肢体和动作的表示。在发脾气之后,我头脑中有段短暂的空白,在这段空白中,我鬼使神差地冒出一个想法来。此时此刻,在这种场合下,其实爸爸的处境跟我差不多,他也是一个陪同家长出来谈事情的晚辈。虽然是大人,但他也不喜欢在礼节性的场合一直消磨着。

在大木仓胡同的湘菜馆,我丢掉菜单,也丢掉另一个家抛来的橄榄枝。北京的大人们虽然水波不兴,笑着打哈哈,心中的看法却分明。我的举动给他们直接传递了糟糕的信息:我作为一个不会掩饰自己好恶的孩子,并不喜欢他们这帮人。因此我肯定也是不愿意回北京的,更何况在北京生活、读书。所以,事情必须暂缓。

和爸爸出去玩,出去吃饭,或者去酒店休息,这已经是常事。我不会紧绷着,相反会感到轻松。但爸爸是爸爸,爸爸家是爸爸家,我一直将其看作是两回事。不过,爸爸和我不同,他从没有这种观念。他觉得只要你进了家门,大家就是一家人,辈分搞清楚就可以,再不用进一步划分远近了。我不知道这是不是他早年的大院生活塑造的。

话说回来,我的叛逆已经是小荷才露尖尖角。在西单,我在饭桌上发怒,驳了所有大人的面子。后来的颐和园之行,我则更明显地表现出了对长辈们的不温驯、不顺服。

我和爸爸父子一世,真正游逛过的景点也只有北京的颐和园和厦门的鼓浪屿两处。而那次颐和园之行,又是两家倾巢而出(我妈妈没来,她再不见汪家人了)。颐和园是什么样,我已经忘去十之八九,只记得那天热极了,温度之高,世间仿若蒸笼。

园里人头攒动,树上的蝉虫吵吵闹闹,使我认为古代的皇家园林不过如此,简直就是大号菜市场。我至今回想起来,那天的场景就是一团团模糊的大红大绿色块撞在一起,伴随着那仿佛要鸣叫到世界末日的蝉声,在我脑海里搅和。我无心观景,只是木讷地跟着大人走。

奶奶反倒很有兴致,她提出要和我照个相。

我想都没想，就回绝了。

倒不是我故意要跟奶奶过不去，而是我不喜欢拍照片。

想当年妈妈还在郑州时，就总爱带我去逛街，丹尼斯商场是必去之地。在丹尼斯里买完衣服，她总爱带我去自拍机那里付费拍照。我心里极不情愿，却又拗不过她，因此拍出来的我的形象，不是沉着脸，就是在翻白眼。和妈妈尚且如此，陌生的奶奶提出要和我拍照时，我的态度就不问可知了。

我的拒绝无疑让奶奶心里不高兴。在这个家里，即使算上我的爷爷和爸爸，也通常没有人会违逆她。如今照相这么一个小小的要求我都不答应，这很容易被解读成一种挑战。

奶奶是耿直的人，长期以来，她给我的印象就是一个强硬的老太太，训诫是她表达对后辈关爱的常用形式。晚辈对长辈就应该服从，这在老辈人看来自然天经地义，但年轻人却不理解这一套，她的约束或许也是当初妈妈离开的原因之一——现在已经不是古典中国，北方也不同于南方。宗法权威的维护不是凭空而来的，它要依托小农经济、宗族联结和大族自家建立起有组织的暴力等一系列条件。如今这些事物都已化作历史的尘埃，没有边界的尊卑观念无非是一把没有子弹的手枪，就算再怎么比划，都不足以让初生之犊的少年在一根烧火棍面前心服口服。

他只会费解、怖畏、厌烦，并敬而远之。

对于照相的事，大人们还是没有放弃，隔三五分钟就说一次，跟我提了一路，搞得我心烦意乱。本来我还动摇了一阵，结果因为他们喋喋不休，我的逆反心理反被刺激起来了。我决定，他们越是让我往东走，我就偏要往西去。总之一句话，我抱定宗旨绝不配合拍照，我黄某人今天就是不让诸位如愿以偿。

今天，我再想起那次颐和园之行来，就不记得什么了。我先是在那园子里跟着大人们麻木地走着，就在这中间，奶奶提出要照相，我不愿意，剩下就是一路的软磨硬泡。大人们还提出了缓和的办法：我们先上船玩，在颐和园里的湖上慢悠悠地转一圈，看看风景，等我的小孩子火气过去了，下来再拍照。于是我又浑浑噩噩地跟着上了船，心里仍然是说不出的窝火。

我唯一能清楚记得的就是，在船上，我对面坐着一个带着孩子跟团旅行的韩国少妇，她坐在导游模样的人旁边，讲着我听不懂的韩语——那时电视上已经有了许多韩国综艺，比如姜虎东主持的《情书》《X-MAN》等，东方神起也在小学女生中掀起了极大的风潮，因此即使听不懂，也能听出来他们讲的是韩语——我听到他们嘴里夹杂着"少林寺""登封"等几个汉语词汇，就猜测他们在聊旅游，聊中国的景点。我还依稀记得那个少妇的大概模样：短发，戴着酒红色的墨镜，身材瘦削，肤色苍白，表情冷漠倨傲。

我第一次在电视之外见到韩国人，尤其是一个长相还不错的韩国女人，心里不由联想到了韩剧里那些如梦似幻的桥段，开始遐想这个地球上，远方的生活是何模样。精神上的短暂逃离，让我倍感舒缓，我几乎要在船上睡过去了。

然而当下了船，脚踩到陆地上时，我的脸就又沉下去了。即使大人们仍然试图让我"降贵纡尊"，赏光来拍张合影，我还是十分坚决地说出了"不要"。直到我们不无尴尬和冷清地散场，这张照片依然没有拍上。

"真没看出来，这孩子还真是有点桀骜难驯，不听话。"我想，经过西单与颐和园的两次见面，爸爸心里一定产生了这样的印象，我的逆反行为，在往常和他单独出行时，是从来没有出现过的。

而在汪家人眼里，我确凿无疑地是个对他们带有仇视心理的刺儿头。他们觉得，我是不愿意和他们和平共处的，既然如此，现在也不好勉强；妈妈家人的看法也差不多，看样子，我与爸爸家的人隔阂极深，如果贸然跑去他们家，今后少不了要鸡飞狗跳。

于是两家就我的回京问题，默契地作出了同一个答复："从长计议。"

我不讨厌爸爸，他虽然习惯于沉默，对我来说已经不是全然的局外人。但是，他和他的家庭是两回事。我的父母家庭，像是经历过一场极为猛烈的地壳运动，陆地被分割成两块，中间是一眼看不到边际的海。我在其中一块陆地上生长，而长期忽视彼岸那被海与迷雾遮掩的另一块陆地。

突然有一天，大地震动，海浪汹涌，板块发生了从未有过的异动。两块陆地劈波斩浪，向同一个方向靠近。两块陆地终究还是不能耦合在一起，但单单是另一块未知大陆的逼近本身，就让我不由猜忌。我对汪家的狐疑和警惕，单靠那时的爸爸还是不能抹平的。他在这场会谈里没有显山露水地把自己心底的情绪全拿在台面上，因此仍让人看不透。他在人多的地方，举止一向得体，总是安静又敏锐地固守在自己所属的角落，像是一杯无色无味的白开水。

即使如此，他不免有些沮丧，毕竟他的儿子在面对他视同手足的家庭时表现出的只有排斥，而不是亲和。我想解释给他听，我不是针对他，但又无法讲。我现在拒绝和爸爸的家庭握手，并不等于我拒绝他。但他在这个问题上，可能是无法理解的。

在夏天那个十字路口上，我第一次体会到直面两个家庭时我赤裸裸的无奈，之后还要反复体会。就是爸爸在六年以后和我说起的那种"无奈"。

2．天人

事情定了，我初中还在郑州读。

我去了八中，离我的小学只有几百米。入学时就听说，这个学校里挤满了各种关系户，省厅官员和富商子弟，大有人在。我在一班，班主任是教数学的，整个教师班子堪称年级精锐。我刚踏进中学的前半个小时，解脱缠缚的错觉便油然而生。在纬五路一小这个小学生的丛林里，我时不时要挨顿打，这样的日子应该是告一段落了。刚进到新环境里，周遭都还很陌生，我想过段时间自然会适应，也就强打精神，尝试和不熟悉的同学说说话。

报到之后，紧接着就要去军训。整个初中生涯要军训两次或者四次，军训地点在焦作，一个和八中有合作的基地，时长为一个礼拜。我没有离家住宿的经验，跟着六七十个生人坐着大巴车，跑去自己从来没有去过的地方住上一星期，而且是军训，我心里总有点七上八下。据有的同学讲，参加军训是服兵役，就是让我们去当几天兵的意思。

由此我无端联想到了速成式的军事演习：我们这帮毛孩子要在短短一周内，学会枪械的使用、维修和保养，以及构筑简易防御工事，其中还掺杂着若干对抗，比如分成两拨人，像电视上红军蓝军对垒那样。如果倒霉出了闪失，我可能就挂了。

其实去军训，体验了之后才搞清楚，我想象中的粗暴训练是不存在的。来来回回，也无非是站军姿、叠被子、跑操乃至踢正步走队列之类的仪仗训练，除了偶尔要和别的班比喊操的嗓门之外，就再没有其他的苦差事了。比起学生和家长，老师和教官们更害怕不小心搞出训练事故来。

在完全陌生的环境里，我的精神又绷紧了。我不自觉地戴上了怀疑一切的滤镜，以观察周遭的一草一木。即使老师和绝大部分同学都是友善的，我仍会在轻而无备与谨小慎微之间来回摇摆，但很少得其中者。

不幸中之大幸，郑州八中的生源有相当一部分是直接来自纬五路一小的，因此班上多少有几个老同学。然而，情况又很快转为彻底的不幸：我的第一个寝室是混合的，三个本班人，三个外班人。本班的两个同学都是纬五路一小总能见到的熟面孔，只是小学不同班，我不认识他们，但也知道其中一个并不好惹。

我们当中有个胖子，这里就称他为勾践。因为他的嘴巴如同禽类，尖尖地凸起来，样子很像道教水陆画里面的雷公；传说越王勾践也长着这样一张嘴。此人在小学的时候就是横着走惯了的人物，高居小学生金字塔的塔尖，可以无视中小学生行为规范的戒律，想打谁就打谁。而我只不过是个无人问津的透明人，也受过挨揍之苦，对这样的凶悍分子不免退避三舍。看到和他分在一个寝室，我就心想不好，看来接下来的七天一定极端难熬。果不其然，军训开始以后还不到三天，勾践就给全寝室的孩子们来了一顿结结实实的下马威，随便找了一个由头发火，把寝室里的另一个胖子摁在他床上捶了一顿。

现在回想起来，一个胖子把另一个胖子一把拽在床上，他们俩一个在上，一个在下，处于下位的胖子因为惶恐失措而张大双眼和嘴巴，脸上红扑扑的；而另一个胖子压在他身上，牢牢地占据上位，凶猛、暴烈、无所顾忌地拿着他长满肥肉的手在对方身上一通乱捶，慌乱中带着滑稽。但当时我完全没有哪怕一丝一毫想入非非的心情，反而觉得心惊肉跳，被下铺发生的暴力事件惊吓到瑟瑟发抖，几乎掉下床来。

我心里塞满恐惧。过了好久，我也不能从绝望当中脱离出来。我想我的初中三年也不过是小学六年机械地复制粘贴，老师的视线到达不了角落里的我，被莫名其妙殴打欺凌的危险总也挥之不去。这真是长夜漫漫无尽，黎明遥遥无期——我自然不能未卜先知，短短三年后，我走向另一个极端，为一个女孩和勾践公然叫板，我们俩争风吃醋，闹到剑拔弩张的地步。

勾践在寝室揍人立威后的两天，我愈发觉得度日如年，身若浮萍。勾践那时已经给宿舍里每个人起了外号，由于我那时已经戴上了眼镜,所以顺理成章地被他叫作"小四眼儿"。我想我可能也是会被他找茬儿打一顿的,但具体什么时候被打,我心里毫不清楚,全要看勾践的心情——其实这话说了也等于没说,在我的认知里,校园里的暴侠们就是那样。他们高兴的时候,可以打人取乐,一旦不开心,也可以把打人作为排遣,他们可以肆意耀武扬威,很少受到约束。

弱肉强食的戏码看来并没有终结,它不过是来到了另一场轮回的起点。

头几天我忧心忡忡,逐渐心如死灰,我想胖子后面也就轮到我了。在一个下午,应该是我初中的第一堂数学课前,有位同学把我喊走,说语文老师找我,要我去女生宿舍谈话。我至今仍记得那位老师,是个身材瘦小、面善,且带有书卷气的老太太。但当时我对她还没有建立起什么印象,老师们大多相近,友善里隐隐带有威严。

"真是屋漏偏逢连夜雨呀!"我万念俱灰,"这才刚入学,前脚遇上一个不好惹的胖子,怎么后脚老师又要找我谈话了呢?!"

我仔细回想从入学到军训以来这几天的行为,似乎没有犯什么了不得的错误。因为心里没底,反而更觉得恐慌,所以当被老师领进女生宿舍里的时候,我想起了林冲误入白虎堂。

"你叫……黄嘉豪?"走进一个寝室里,老师找到两个凳子,她一个,我一个,我们面对面坐下。

"是的,老师。"我感到自己话有些说不利索了。

"你不要紧张,"她扶了扶眼镜,"叫你来呢,是想了解一些情况。"

我咽了咽唾沫,等待她的下文。

"是这样的,我们看了看你的报到材料,你的爸爸是叫汪国真吧?"

"对。"

"是写诗的诗人汪国真吗?"

"是。"

听到这个回答,老师舒展眉头,看起来是高兴的,她笑了笑,跟我讲了讲爸爸过去做的事,其诗集如何畅销,如何受欢迎云云,这些是我大致都知道的。我想这位中学语文老师抒发完这些见解之后,可能会放我走,不过她意犹未尽,看得出来她对爸爸的相关话题很有兴趣。即使上课铃打响了,她也没有要放我回去上课的样子,我想她之前可能已经和班主任打过招呼了,也就不急着回班。她跟我一路聊了下去,我们聊到我爸爸所在的环境,我从没有去过他的工作单位,所以也只能从大木仓胡同—辟才胡同—教育部大院—西单这几处地方讲起。就算这几个地方,我也难免有现学现卖之嫌:我无非也只是在暑假频繁地往那里跑过几趟罢了。

"辟才胡同?这个名字很有意思,"不知为什么,老师对辟才胡同的来历产生了浓厚的兴趣,"既然叫'辟才',这地方以前是不是经常劈柴呀?"

我心里升起一阵苦笑,暗想"我怎么知道它过去劈不劈柴",嘴上也只好答,"开辟的辟,才能的才,'辟才'不是'劈柴'。这么看,应该不是的。"接下来我们一直在围绕"辟才"还是"劈柴"反复论证,或者说附会了十多分钟。中间又聊了些什么,现在想不起来了,最后说到读书上,话题接近尾声。

"我平时喜欢读像《论语》这样的书,这种书能很好地熏陶人的情操,"老师顿了顿,补充道,"你爸爸的诗,格调向上、积极、阳光,能给人以鼓舞。我是很喜欢的,希望你也能多读。你有一个值得骄傲的父亲。"

"请您保密,别跟别人说。"

"为什么呢?这不是件不好意思让人知道的坏事。"

"还是请您别说。"

"好吧。还有……"

下面她发出的几个问题,这次我倒是答不利索了。

她问,你爸爸既然长居北京,你又为什么在郑州上学?在北京考试,还算是适度竞争,若留在河南,那将来可真是千军万马过独木桥了。我答,我在北京出生,后来跟着妈妈来到郑州,一直在这边上学。

"哦?这么说来,"她语气里多了些小心翼翼,"你是单亲家庭吗?听起来你父母好像是离婚了。当然,如果你不方便说……"

"老师,这个我也不太清楚呀。"我这才想到,自己没有仔细考虑过这个问题。在当时的我看来,爸爸和妈妈是"分开了",这确乎不错。但是他们有没有离婚,这层窗户纸还从没有被戳破过。我想分开毕竟和离婚不同,分开就还有再见的可能,离婚听上去就冰冷得多,充满一刀两断的决绝。我于是就含糊其辞地回答老师,"应该是分开了",至于别的,实在无可奉告,因为我也确实不知道。

"哦,是这样。那我就有件事想了解下了,你如果不方便,也是可以不说的。"

"请讲。"

"你爸爸和你妈妈分开了,来看你的次数不多。你会恨爸爸吗?"

"当然不恨了,为什么呢?"

"真的吗?"

"真的。"

"你是个心胸宽广的孩子。去吧,多努力,向你爸爸看齐。"

我从女生宿舍里走出来,走到教室门口,班主任没有说话,只示意我回到座位。我刚坐下,下课铃就响了,中学第一堂数学课,就这样错过。自此以后,我算是遭到了数学的诅咒,再没把数学学好过。

我心里的恐惧一扫而光,取而代之的是窃喜。自从上五年级时，我因为默写错误，被罚抄爸爸的诗几十遍之后，就不再读了。他本人也很少出现在我面前，我想起他的次数不多；我进入初中之后，和他见面的次数依旧远逊于平常父子。但他的影子、身形，已经开始在我周遭显现，于是我受到鼓舞，即使爸爸远在天涯海角，对此还一无所知。

和爸爸的读者们不同，我的确是感受到鼓舞了，但鼓舞却不是从他那些诗句里得来的。鼓舞与振奋来自他本人，即他的符号。从私人关系的角度出发，他是我的爸爸，不仅于此，他还是一个被众多读者喜爱的诗人，一个有名堂的出挑人物。以前，从不会有老师单独关照我、对我青眼相加并跟我促膝长谈。在小朋友们的丛林里，我不过是一个半透明的小角色。如今我依然是一个小角色，但也许在老师的眼里，因为爸爸诗人符号的加持，我开始存在，虽然是因为他而存在。

在那个生人环伺的军训基地里，我清楚地感受到，诗人爸爸的光芒辐射过来。即使他依然远在北京，或者其他我所不熟悉的地方，即使他看不到我，此时此刻我在哪里，做什么，我身上发生了什么事情，有怎样的想法，他应该也一无所知，但那一束光是实实在在地照过来了。

这束光，毫不夸张地意味着突如其来的狂喜、命运的垂慈和某种救赎。

到军训结束，乃至同学们相互认识的头一个月，我偶尔是畏首畏尾的。校园霸凌的危险阴霾貌似还是挥之不去，但我只要想一想爸爸，想想这个在我眼里、在成人们眼里都了不起的大人物，心里就会很快安静下来。然后，从我思维的底端，会慢慢蒸腾起一团浓郁和强有力的情感。

我将它称之为崇拜。

有一个问题我未及细想，它极重要，是绕不过的，我却忽略了。就是语文老师那句奇怪的发问：

"你会恨你爸爸吗？"

"当然不恨了，为什么呢？"

是啊，为什么呢？

与我的心量狭隘还是宽宏无关，纵观父子的二十年相处，我之所以没有思考过这个问题，是因此我们的关系还没进行到那里。

这个问题提出的太早，我答复的也早。

至迟到奥运会结束，我和他的出行模式就固定下来了，一直沿用不变。

模式分两种，第一种是随机的，他来郑州办事，就顺便约我出来。他不用再上门接我，我去他下榻的酒店找他就行。早年他总是住在民航大酒店，后来以中州假日酒店、大河锦江饭店为主。这种模式简单，我们只是吃顿饭，晚间他闲来无事，而酒店又有泳池的话，他一定要带我去游泳，之后回酒店睡觉。说实话和他住一间房有些痛苦，因为他入睡速度快，且鼾声大，我通常要到后半夜困倦已极的情况下，方可缓缓睡去。

他也专程来过，2007年末或2008年春季，他请我的老师们吃了顿饭，算是开了一场别开生面的家长会。

每年夏天，我抵达北京之后就联络他，他和我约好时间，然后开车来接我。

一个中年男人，就带小孩子出去玩这件事是不拿手的，他不知道开着车把我载到哪里更好。于是通常我来提要求，他只管开车、掏钱和找吃饭的地方。那时我已经习惯于向他伸手要各种物件，GBA或SP游戏机的游戏卡，通常是耐克，偶尔是阿迪达斯运动服或者造型吸睛的球鞋，乃至小说和我买来做心理安慰的各色教辅。因此，我们常去的地方说来说去，也只有以下几处：地坛公园附近一家商场里的游戏机贩售点，西单的耐克和阿迪达斯专卖店，以及西单图书大厦。

那时，他从不吝于发挥他"财神爷"的神性。正如他自己所说的，他"比起爷爷很好说话"。我读初中的头两年，他基本都是予取予求，对于我的要求从不打折扣。不管我要什么，他都是痛痛快快顺着来，一个买字诀搞定。然而，他也不满足于做一个有求必应的木偶。他终究要逐渐向我输出他的价值和观点。

其实他的主张和其他所有父母都差不多：希望自家小孩好好学习，多读书，最好再懂得做些储蓄。不要跟不三不四、流里流气的男男女女来往，玩物丧志；或者大手大脚，把自己五花大绑，跑到消费主义的祭坛上自我献祭。如果是试游戏卡或者挑衣服，他就会不自觉地定期催我，说自己下面有事要做；但如果是在西单或东单的书店里，我一旦忘我痴迷地读起书来，他多半会把时间放得宽裕一些。

我们俩见面次数依然不多，平均下来，每年至多是四五面的样子，但好在稳定下来，每年总能见到。每次出来也无非吃吃喝喝，买些不紧要的物件。他看出我除购物以外，对西单没有多余的兴趣。那里离教育部咫尺之遥，象征规矩与等级的祖父辈住在那里，如果把我强行带去，下次我可能就不敢再跟他出来了。

至于吃饭的地点，我们就都随随便便了。有时候是西餐，有时候是粤菜，有时候是北京随处可见的家常菜馆。在饭桌上，我们寻找聊天的话题，一点点撕开口子并扩大，然后让彼此的想法交流起来。

"儿子。"在饭店里，我们点了菜，再次陷入沉默。

爸爸已经不愿意让沉默继续下去，他抱起双臂，或者右手因为不知道该安放在何处，而在桌面上轻轻敲着玩，"来，你跟爸爸说说话。"

此时此刻，我多半已经拿到了自己一时兴起又或是期盼已久的物事，心情疏朗。但不知从何说起，就反问他：

"说什么？"

"嗯……"

他思考时不直视我,而是把大框眼镜推到额头上,目光低垂下来,盯着桌面。我不确定他是在看自己的厚实的手掌还是桌子玻璃板下面的菜单。

"你就……说说你们上学的事儿吧。学习怎么样?在学校跟同学相处得怎么样?"

"学习还可以,跟同学相处得也不错。除了数学,都还好。"

"数学不好可不成啊。一门拉分,其他的你再好都没用。"

"我好好学,争取把它提上来。"

"把数学搞好,这事儿不要让我操心,"他轻声交代,然后手指继续轻轻敲敲桌面,敲着玩,"你看看你爹我,干一样成一样。写诗、画画、搞音乐,都行。我不要求你和我一样,但学习这一件事得搞好,才像话。"

这句话让我一头雾水,我不知道他除写诗以外还在做别的事。我并不是没有注意到,当时他已经开始频繁地将自己的书画作品作为礼物送人。我认为这无非是一种私人爱好,没有多想。

"怎么搞起书画来了呢?"

"我发现我的字写得不太好,就下工夫练。练出来了,就做起来了,看看。"

我这才发觉他其实还是个多才多艺的人,对他敬佩的感觉在挥发、在扩散,我觉得在那一瞬间,我的灵魂膨胀了,它甚至撑起了我常常萎靡的皮囊。我只知道自己有一个活得异常精彩的爸爸,其余的我无暇多想。

我不晓得，鸡蛋不能放在一个篮子里，这是人到中年在名利场中打滚扑翻势必要懂的人生哲学。书画、词曲，恰好就是爸爸在文艺圈子里伸伸手就能够得着的两筐篮子。左手笔墨，右手音符，形势便大有可为，进可攻退可守——进上去，这些副业或许能成为助他攀缘而上、冲刺事业第二春的坚实阶梯；退下来，至少他也可以沉浸其中，玩得开心。进退无虞，乐得自在。

西单给我的印象，除了是一个离名义上的家不远的购物狂欢地，更是一个象征规矩和等级的禁地，毕竟我祖父母就住在那里。如果强行把我带去那里，恐怕我又会不高兴。爸爸知道这一点，于是退而求其次地做了迂回，在外晃晃悠悠几个小时后，把我带去南城他妹妹的住所——和他的住所只有一单元之隔。

也许这是源自福建老家的大家庭意识，在他身上的残余体现。爸爸总有种念头，把他妹妹和妹夫的家庭视为和自己家区别不大，可以随意进出的地方。他们在同一个社区里置办房子，起初也存了互相照应的意思在。他带我去她妹妹家，是因为我表哥是唯一和我年龄相近一些的人，那时候他在读大学，闲暇之余喜欢打单机游戏消磨时间。不得不说，游戏真是男人间共享快乐的神兵利器，一来二去，不到一个暑假，"去表哥家打游戏"就成了我后来每年夏天心心念念的事情之一。

我对汪家的警惕，就在噼里啪啦的键盘声中，悄无声息地被化解掉了。

我常常记起这样的画面,我和表哥几乎是废寝忘食地联机打游戏,从《完美世界》到《生化危机》,还有《帝国时代》,我们常常打到凌晨,仍然乐此不疲。我离爸爸自己的家非常近了,但在上初二以前,我也没有进去过。原因非常简单,他的电脑里没有游戏,他当然也不会允许我在他的电脑里安装奇奇怪怪的东西。还有一个,我不想和他同睡一张床,被如雷鼾声困扰到后半夜仍辗转反侧。

从上午到晚上的游戏盛宴,中间间隔了午饭和晚饭,剩下一次短暂的休息时间,通常就是夕阳西下黄昏时。那样一个下午经常太阳光颜色饱满,但不刺眼。我打了半天游戏,直起腰板,然后放肆地伸一个懒腰。我看看窗外的远景,一束阳光直照到我的双眼,我不闪不避。

这样的日光让我觉得莫名熟悉。对了,很久以前,我和爷爷站在二龙路上要回家,遇上一大班北京学生时,阳光也是这般和煦。

一如彼时,一如此刻。

在那束光里,我想到爸爸。我想象的时候,他也许在这里,也许不在。但这不妨碍他的形象渐渐血肉丰满,变得充实,变得立体,最后的单薄和苍白将要褪尽。就这样,他在我的想象中,在我的意识里,急速上升,一直向上,攀缘到山巅,成为安坐于神龛之中睥睨世间的天人。

3．惊蛰

"我在课本上看到你的诗了,我就想:'坏了,老师可能要点我读'。"

"然后呢?"

"然后语文老师就让我上去读了。"

在酒店房间里,我向爸爸描述一年多以前,初中刚入学时的事。我们从军训基地回来后开始上课,不多久语文课就讲了两到三篇课文。在第二或第三篇课文,我依稀记得是一篇美国散文的附录里,也放了爸爸的诗。语文老师事先说好,要点几个同学上台朗读,我猜对我知根知底的老师会点我名,果不其然。

"读我的诗,怎么就'坏了'呢?"

"怕读错了丢人呗——我小学课本里也有你的诗。我们那会儿语文老师严到变态,默写文章错一个标点符号都得反复重抄。我就写错了一个逗号还是句号,也罚抄了。"

"你是得罚抄,连你爹的诗你都写不对,"爸爸风趣地讲,

"这么说,你小学课本里也有我的诗。都是哪首呢?"

"《热爱生命》和《我微笑着走向生活》。"

"就这两首吧?给你个任务,你搜集一下你们中小学课本里我的诗作,然后把名字发给我,尽量不要有遗漏——我有个朋友帮我在音像制品上印一个介绍,用得上。"

"没问题,我来办。"

"嗯,走,带你吃牛排吧——泳裤带了吧?饭后一块游个泳,会吗?不会我教教你。"

又是在中州假日酒店,在郑州紫荆山路上,离我家不远。民航大酒店——小时候见证我和爸爸沉默寡言的地方,他之后就去得很少了,至少没再带我去过。

我提到过,爸爸请我的初中老师们吃过一顿饭,地点在郑州西湖春天饭店;此前他已经和我及我的家人吃过一次。爸爸听从了郑州家人的建议,决定见一见老师们,和他们谈谈。

母校北京实验中学,在他心里的地位当然是不可撼动的,我也迟早要回到北京去,但是我回北京前的这段时间也很重要。按照他的预想,在这段时间里我将夯实回京后学习的基础。

"儿子,有空跟爸爸打电话啊。手机不是都给你了吗?哟,来,我瞧瞧你这小脏手——指甲该剪了吧?"

爸爸把我的手接过去,从西装的内兜里摸出一把指甲刀,说:"我给你小子剪剪指甲吧。"

他的动作一气呵成,如行云流水,不容我不答应。那一瞬间,我有点发憷。我发现他和我记忆里前几年那个总是默不作声,总是巡回试探的中年男人已经大不相同。爸爸给儿子剪指甲,这个在别的父子看来极为普通平常的小事,终于也被我们父子视为一件普通平常的小事了。

"看看,你这指甲里都是灰呢,该剪就剪,别懒,听见没有?仪容仪表的事收拾干净,"喀嚓,喀嚓,他细致地为我剪指甲,"过阵子,你们放长假吧?我去登封办事,听说你挺喜欢舞枪弄棒?那要不我捎你去少林寺玩,那里有武僧表演,你去吗?"

"舞枪弄棒……小学是练过几天查拳,但都是套路,什么五步拳、五虎拳的,打人全用不上。至于少林寺嘛……"我想了想,"我看也都是些花活儿,电视上看得够够的,就不去了吧。"

"花活儿?你会吗?"他皱起眉头,不无讥诮地转过脸来,拿他的话语轻轻刺了我一下。接着,他已经剪完了我一只手的指甲,他把指甲刀递给我,说:"另一只手自己来吧?"

"啊,好。"

"嗯,还有,你得学会叫我爸爸,"爸爸笑了,"别老'嗯'啊'啊'的,叫爸爸。我是你爸爸。"

"好的,爸爸。"

"爸爸。"

"嗯,怎么了?"

"没事儿,剪指甲闲得无聊,叫个爹。"

他哈哈大笑,轻轻摸了我头一把,从饭店沙发上站起身来,说:"好好学习吧,想聊天就给我打打电话。"

我给他打过几次,每次他都在不同的地方。有一次打,他没接,过了三五天又打,他才接,说自己前几天在老挝,刚回国。郑州,中州假日酒店,只是他满世界奔忙的站点之一。

我们过马路到对面上岛咖啡吃饭,夜幕降临,路上车来人往,夜色下灯火繁华。想想马上就能吃到的意大利面和牛排,还有饭后的游泳运动,我竟有些微醺。

遗憾的是允许我迷醉的时间并不长。在咖啡厅刚一落座,爸爸就又跟我谈起了学习。

"怎么样,说说,考试功课都弄好了吗?"

时间的指针拨到 2009 年下半年。我距离从八中毕业还有一年多光景,老师们说,二年级是定型期,三年级的复习总是不比上正课时讲得细腻。一年多以后能去一个怎样的高中,现在的努力很重要。但我的成绩差不多是定在原地不动了:语文、历史轻松,英语加把劲也能往前靠,唯独数学,来去都是六七十分,偶尔走运能上八十。

雪上加霜的是,二年级后又加了一门物理。这门课的授课老师外号李大胖儿,是个特别爽朗有力的中年妇女。这个老师是一个痛快人,声称对学生的感情如母护子,那是恨不得掏心掏肺,倾囊相授。她甚至还说,假设在校外遇见自己的学生被欺负，她一定会挺身而出帮忙打架。但可能我等芸芸众生不才，接不住她的绝活儿。她任课以来几个班的物理不及格率都居高不下，直到初三换了另一位斯文耿介的老师后，情况才有所好转。

一分为二地看问题，也是我自己学力不逮，一遇见数字、公式和电路图就当场死机。总而言之，那时我的偏科短板暴露无遗，且在向不可挽救的方向走。

"我跟你说，我前阵子出去办事，认识了河北的一个中学校长，他们学校升学率很好看的，"爸爸咬住吸管，吸了口果汁，一皱眉，"他就说了，他们学校尖子生怎么学习好的？人家习惯好。课前你先预习一下，带着问题去听讲，课后及时复习。其他的，你再买点习题册，做一做——哪儿那么难呢？"

我有点乐了，他最后这句"哪儿那么难呢"像极了我们班主任的口头禅："哎——你只要跟着我这个思路走，学好数学，就跟喝杯凉水儿似的。"可这杯"凉水儿"，我就是半辈子都没喝到。

我不知道怎么接他的话，因为他这段从河北取来的经听上去就好比说，你每天早上按时起床，到学校认真读书，放学后好好做作业，你就能考上清华北大一样。它是正确而无用的，许多擅长读书的人都这样鱼跃龙门，考上心仪学校，但更多人没有。和后面他教我游泳是类似的：他想教我学会游泳，但不知道如何下手教，一下水，只口头上略讲一下游泳的要领，嘱咐我不要去深水区后，就迫不及待地一个扎猛子，溅起一捧水花，潜入水中了。

他几次强调，入水不要急着扑腾，静下来，人会自己往上浮。浮起来，再打开手臂拨水，蹬腿，就走起了，整个过程非常省力。

但理论是一回事，实操又是另一回事，这一窍门用起来竟不奏效。我下水之后，只是向下坠，没有轻松上浮的现象。越下沉，越慌张，越挣扎，然后就越浮不起来，如是者三。后来次数积累的多，总算在手忙脚乱中有点进步，倒能游起来了，但距离太近且费力，游出七八米后不免又沉下去。游完一场下来，爸爸心满意足，精神也饱满充沛。但我没学会，游得不得法，又呛了许多水，就精疲力竭了。

"怎么样，学会了没有？"

"没有。"

"好吧。下次再教教你。"

"这就算教了吗？"我心里疑问，但没说出口。从那次开始，我发现爸爸开始向我输入他的价值观念，按他的话说是"言传身教"。不过无论是数学还是游泳，乃至其他他想教给我的许多东西，他都拿不准该如何去教，而知能复诵的教条，承载不了他的苦心。

回到房间之后，我虽然疲倦，但也没有立刻入睡。打开电视，发现有许多外国频道的节目，讲日语的，讲英语的，我都听不懂。于是开始另一项娱乐——跟同班的漂亮女孩聊天。聊到爸爸困意渐浓,入睡、打鼾,犹谈天说地,兴致不减。

像很多十三四岁的孩子一样,我成长到惊蛰年岁,爸爸在我旁边酣睡,没有察觉。我觉得他是无法窥见的,也是没必要窥见的——愿意把自己的秘密透露给家长的人毕竟不多。

由于传统观念的惯性,即使是在学校里被视为生理知识百科全书的生物老师,在关于青春期人体构造的课堂上也只是将这些一笔带过。绝大多数家长们的想法就更不用说了,他们无不期望孩子们最好能尽快修炼成一个在考场上战无不胜的做题家,一路过关斩将地考上大学。四年毕业之后再来一个神龙摆尾,在一夜之间,突击学会男女交往的一切诀窍,砰的一声大变活人,领一个男女朋友回家,完成接续祖宗香火的重大任务。

其他的,在上大学之前,最好什么也不要看,什么也不要想。人们深知成年人的世界里向来没有容易二字,所以生怕自己的后代在人生路上有举步维艰的风险,总担心他们在该苦志求学的年龄横生枝节。

但他们眼里碍手碍脚的"枝节"又很难不横生出来。天行有常,惊蛰岁月总会如期而至。

就算多数大人对青春期的事情讳莫如深,但这一届少年们性的觉醒总归还是浩浩荡荡、锐不可当地开始了。早一些的男女生交往现象在小学就陆续出现,但他们多半是对影视剧桥段的模仿，到后三年，许多孩子发自内心地想去爱。男孩子们为了博得漂亮女生的青睐而争风吃醋，甚至经常大打出手。女孩子们则阅读言情小说，把自己代入到小说中去，不可自拔。

在小学时光的末尾，言情小说在全班已经流通无阻，班主任对此深感忧虑。她抓到几个喜欢读小说的狂热分子，勒令她们写读后感。这几个典型人物也很聪明，读懂了班主任的潜台词，所以不约而同地写了检查。待风头一过，她们依然故我。

到了初中，情况则更明朗些。在课间十分钟或放学前乱哄哄的那段时间里，经常看到男生不去外面走廊放风，而是三五成群地聚堆儿，神秘兮兮地捂着嘴交头接耳，不多时，就从他们中间传出一阵爆笑。这种情况一看便知，他们一定又在乐此不疲地分享网上看来的成人笑话。这样的先知型人物不用很多，只要有极少的一两个，就能在很短时间里把大多数男生觉醒的节奏给带起来。初二、初三有几个每天都打扮得花枝招展的学姐，据说步伐激进得多，已经和自己的男朋友一起初尝禁果。

偶尔在学校里看到她们，我会觉得她们的一颦一颦，都有种难以言喻的神秘。这些花边新闻无一不是小道消息，可靠性实在很难讲，只能存疑。

"禁果是怎么一个吃法呢？"我琢磨着这个问题，百思不得其解。我似乎只能面对自己的无能，无奈地承认，即使有一个妙龄少女一丝不挂地站在我面前，我也不知道该从何下手。

可能只能叹口气，摇摇头，懵懵懂懂。

从初一到初二，强烈的自我意识破土而出，生发，膨胀。在八中的头几个月，我在人际关系上依旧是得过且过的半透明人，但我不会再像小学时那样因循守旧，我宁愿变得浮夸到神经质，也不要再当一个被人视若无睹的龙套。我还记得勾践，自从军训结束以后，我就自动成了他的小跟班。课后我会帮他带零食、饮料或在他打篮球时将其外套带回班级他的座位上。起初，我想一想那个在焦作被他痛扁的无辜胖子，心里会有一阵惊惧，于是什么事都替他干。

但越到后来，我越发觉得这样的委屈自己和我的天性严重不符。我在意的东西太多，总是习惯恫吓自己，久而久之人就变得软弱了。这样让我很不高兴，于是我想要痛戒懦弱怯惧之风，把原生家庭里那些规规矩矩的老实人信奉的关于忍耐、退让的字眼统统抛诸脑后。

就拿勾践来说，他两年前在军训基地可以对一个懦弱无助的胖子颐指气使，在学校里因为一个低年级学生议论他的球鞋是假货，而纠集一伙同伴把他堵在走廊里扇耳光。一旦外校，回民中学、四十七中或三十四中那些更为暴躁、心里怯懦更少的穷光蛋老哥们来找茬，问他要钱花时，他就瞬间变成食物链上的弱势一方，乖巧地接受别人的支配。软弱的服从强硬的，好像是一种天经地义的规律。

于是我摇身一变，从默默无闻滑向另一个年少荒唐的极端，我喜欢上报复性的出风头，以抓人眼球。比如在上课时即使听不懂也要接老师的话茬儿，穿着除了价格有点高以外，实在不知道好在哪里的球鞋招摇过市，而我从来不打篮球。这终究是螺蛳壳里做道场，还不够。最引人注目的自然是做一个绯闻人物，常常和长袖善舞、爽利活泼的女孩子交游，并和喜欢她们的男生争风吃醋。

这时，爸爸给我的那部常常处于半废置状态的手机就派上用场了。我常和一个女孩子发短信，在那一年班上刮起一阵小风潮，毫无征兆地冒出一大批喜欢她的男孩子。

"看看看，她又在那开始抖腿了。"

我常听到绰号"小头颅"的同学捂着嘴，跟我们通风报信。我们坐在中间位置，向前看，就看见坐在前排的女孩儿身体在小幅度地颤动。因为百无聊赖，跑神儿而抖腿的习惯其实很多人都有，根本是司空见惯的小事情，但在我们看来，因为喜欢，连她抖腿的背影都可以很性感。

看看她，再看看彼此，眼神忽然觉得凌厉而警惕，深感对方面目可憎，居然敢不自量力跟我抢人。

今天再想起这一幕，除自觉今是昨非外还有一点茫然，不知道一个女生抖腿有什么好看的。但那时的我们乐此不疲，嘴上言必称喜欢、爱、爱人，但一半流于懵懂，一半流于轻浮。对我而言尤其如此，爱只是冲动，冲动只是爱，只是我爱的未必是别人，而是自己，我要投喂自己日益长大、嗷嗷待哺的虚荣。当喜欢抖腿女孩的一阵风吹过去，距离中考只剩下短短一年时间时，人们对抖腿女孩的热情也就立刻偃旗息鼓、荡然无存了。在此之前，至迟到2009年的暑假，我已经迟到早退，先行退出竞争序列。

男生们互相较劲，视彼此为情敌，都有股明争暗斗的劲头。我看场面热闹非常，于是也不甘人后，加入战局。最开始几天，我只是在应付完作业以后才跟她聊天，短信来来回回，在等待她回复的时候我的大脑是空白的，那种感觉很新奇，仿佛那一刹那我跳过十八岁，蜕变成一个让自己羡慕不已的成熟男人。

久而久之，终于有些人看我的眼神儿不太对了。不太对就对了，拆解那些目光的杂质，对我来说就是一种享受。这是嫉妒，这是蔑视，那是挑衅；这是狐疑，还有，还有强装出来的笑意——尽情往我的身上集火吧，不管他们心里怎么想，我总要比不被看见的强。我成了"情敌"环伺的人物，他们是嘘嘘、小头颅等人。我们亦敌亦友，平时万事好说，唯独提到女生，眼神立刻变味。

我和她共同扮演着我们想象中的大人模样，逛商场，对时尚装作很懂的模样，喋喋不休，评头论足。当我们累了，就出入咖啡厅、比萨饼店，继续我们的侃侃而谈。在这场角色扮演的游戏之中，我可以暂时忘掉让我头疼不已的数学和物理卷子，还有那些关于遥远未来的担忧。她挺配合我，虽然我也算是有些自知之明，知道她从没有喜欢过我，但我并不痛苦，也不强求。

即使如此,我的头脑不会持续不断地发热。夜深人静,当我把玩着那部渐渐开始掉漆的摩托罗拉时,我会猛地想起爸爸,想起他和老师们的见面,于是心里闪过一丝心虚,但很快过去——没有人会发现的。

他后来还是发现了,不过没有像我想象中的勃然大怒、横加干涉。也可能是他老到,看出了我轻飘飘的冲动究竟是什么样的成色,所以并不以为意,只进来看了一眼,就走了。

放假前,她问我借了对初中生来说可谓是巨款的一笔钱,正好我们暑假都会在北京,于是约好在北京这段时间里还钱。主动权总是紧跟在钱的屁股后头,在债主与借款方之间来回跑。到暑假,情况就变了。我跟她约了好几次,但都不巧,或者她出不来,或者我出不来,每次都撞不上。这样反复几次,终于在一个夜晚,她开玩笑说:

"咱们这笔钱的事儿,再约一次。最后一次。"

"最后一次?"

"就是,这一次约不上,我看我就不还了吧,多麻烦呢。"

"那不行。"

"那就今晚。过一个小时左右,国家大剧院这边见面。"

我顺口答应,匆匆挂了电话,这才想起我来北京前,已经把我的钱全放在书桌的抽屉里,没有随身带来。现下,打车钱我拿不出来了。只好问家里先要了五十,穿好衣服出门。出社区,到马路边拦车。

那时我家在地坛公园外住,北京疾控中心附近,也挨着五十四中。这个地段平时出租车常有经过,通常十分钟之内即可拦到出租车。

但那天就出了状况。我坐视时间过去,有些焦急,就从地坛公园一路边走边等车。但一直走到江苏大厦,也没能拦到车,偶尔几辆,也都载着客人疾驰而去,打车看来是毫无指望了。

握着钱干巴巴的等,却就是不来车。我不得其解,心里不耐烦起来。正好这时她发短信问我行踪,我故作镇静地回答:"出来了。到点儿见。"

左等右等,又过去五六分钟,仍见不到出租车的踪影。我忽然冒出急智,决定不再僵持下去,拿起摩托罗拉,拨打爸爸的电话。

在等爸爸接电话的短短空档,我听见自己的粗喘,竟反而变得沉静了。

我有些自嘲,我连他现在在不在北京都不知道——相当几率是不在的——就算他在,这时候他有没有饭局?能不能脱身?这些问题,我都答不上来。眼下也没有别的办法,只能押宝。我还想到,这好像是我很少用这部手机跟他主动打电话,只有屈指可数的几次。现在一打电话,就是要求他帮忙。

短短几秒钟,我胡思乱想,头脑里像放了烟花,无数个念头爆炸。这时,爸爸接电话了。

"喂?"爸爸接电话的第一声总是拖长的、带有疑问色彩的一个"喂"。

"爸,您在哪儿呢?有事儿请您帮忙,可能需要您开车。"

"我刚结束跟朋友的饭局,坐他的车回家。今天我车限行。"

"啊……"

"小子,怎么了?"

我跟爸爸简单说明原委,他表示这事好办。他立刻就能找到车流量大的地方,打到车,然后去接我。我们一起去国家大剧院收账。

挂了电话,我长吁一口气。心想,事情稳了。于是气定神闲地往马路边一坐,等着爸爸来。

拜他所赐,我竟能百无聊赖地仰头望望天空。可是北京的夜和郑州也相差无几,一大片被流云弄脏了的黑夜,却看不到一颗星星。

我们俩见到她的时候,她显然没想到我爸也跟着来了,热情四溢地叫了声:"叔叔好。"

"你好。"爸爸笑了笑,意味深长地看了我一眼,也不等我们俩任何一个人开口,就主动走到一旁僻静处,背对着我们俩,假装自己在看风景。没有多说话,没有犹豫,自然轻松,干净利索。

收回钱以后,我们俩都沉默了半晌,又都没走。好像我们都意识到,像两个毒贩一样接完头就行色匆匆地消失在夜幕里,似乎是不大妥当的,于是没话找话地聊了不到两分钟,互相问询了些不紧要的话。

爸爸依然站在不远不近处,背对着我们。我想他和我们的距离,应该听不清我们俩讲话的内容。但反过来想,坏也坏在他听不清——他毕竟是个心怀诗意的人,听不到没关系,他可以用自己的想象力在浪漫的头脑里另行加工。而他想象出来的内容,应该也就是2014年提供给《中国妇女杂志》的底本。这一事件再经过杂志编辑的二次发挥,就自然而然变得面目全非了。

我跟她又简单说了几句话,就结束了。她又满是热情地跟爸爸说了再见,我们就此别过。爸爸打了一辆车,送我回家。

刚上路,爸爸故意绝口不提关于她的事,但此时如果顾左右而言他,扯些毫不相干的闲话,又会显出刻意来了。所以,我们都没吭声。

"这手机用着不错吧?"爸爸问。

"挺不错。"

"是前年夏天给你买的那一部吗?"

"是,摩托罗拉。"

"我看你用得挺熟练的,哈?"爸爸笑了。

"用来收账,是挺方便啊。"我自岿然不动,假装没有察觉到他的笑意和话外音,决意装傻充愣,不作解释。反正解释了,他多半也不会相信。

"有点一般啊。俗话说'女大十八变',十八九、二十岁才能看出端倪。"爸看兜圈子大概是不会起什么作用的,于是选择单刀直入,直奔主题。

"是吧,"我漫不经心地回答他,"我们班喜欢她的人不少,不过我只是来收账。"

他当时笑了笑,不知道是在笑我自欺欺人,还是在笑班上那帮乳臭未干,仍要争风吃醋的男孩子们。接下来,他转而与出租车司机攀谈起来。北京的哥闲聊功力享誉全国,能说且幽默,我记得爸爸和那司机聊得很投机,不时发出欢笑。路上再没提到过她。到送我回家,也不过是嘱咐了几句老生常谈的话,如好好学习,注意身体,可以择日再给他打电话联系等等。

我那时想,只因我对答如流,他才把这件小事轻轻放过去了。其实他一直记着,并在五年后绘声绘色地讲给杂志社的编辑听。

我还是在江苏大厦就下了车,抬头看看夜空,依旧没有繁星,云朵东一块西一块地粘在上面。这片天空看上去再没有我出发时那样面目可憎了。

只经过这一次,爸爸就成了在我看来完全可以托赖的人物。他只是动作轻柔地走了过来,但就像一个有礼貌的过客,没有指摘,没有破坏,也没有说多余的话。他看在眼里,然后原路返回。在我的惊蛰之夜他轻轻地走,正如他轻轻地来。

4．明暗

我应该是在2009—2010年间无师自通地学会抽烟的，在2010年到2011年这段时间，即我上高中的第一年染上烟瘾。

2009年秋意渐浓。当回到学校时，我猛然发现自己熟悉的一切已经面目全非，正在向糟糕的方向发展。首当其冲的是学校方面，我们这些偏科、成绩不起眼的差生们，统统被班主任放弃了。过了一个暑假，再见到他时，他冷着脸，不耐烦，眉眼之间全是嫌恶；而当他器重的学生和他打招呼时，他面庞上的阴翳就又一扫而光，表情一瞬间变得明朗，切换自如，恰似川剧变脸。

我们这些人是工厂流水线上的残次品，他们不能贡献升学率，没有用，就只能被班主任冷眼看待，甩在一旁。我们向班主任问问题，他也是板着脸，不大耐烦的。他的经验足以告诉他，经过初中的头两年，你的做题水平已经定型，奇迹发生的概率微乎其微，你没救了。所以，他要把时间放在栽培尖子生身上，按他的话讲就是："我投入时间教你们，也是要看产出的。你们提高的慢或者提高不了,那对不起,我只能止损,把时间留给别人。"

今天我再想起这个人和那一年,情感就再没什么波动了。从全局看,他也许扮演着一个残酷而正确的军医角色,知道火线上下来的哪些伤员能救,而哪些又只能等死。在该校的最后一年,我遇到成人社会现实的预演,区别只是学校里考量的标准只有分数,而大人的世界更加艰难。资产、权势、背景、相貌,它们像是一堵堵长了腿的墙,从四面八方跑动起来,不怀好意地围堵着上气不接下气、豕突狼奔的成年人们。

"哥,中招考试要是咱们没考上学,你就来我家,咱们俩一块跳楼吧。"

到了初三,我好几次听嘘嘘这样跟我说起。他是我二年级时的一任同桌,曾经我们争风吃醋,如今沦为难兄难弟。我们相差无几,都是看不到班主任笑脸的边缘人物,只是我的偏科较他轻微些,主要是数学和物理搞不懂。他的英语尤其不行,数学比我强些,其他科目成绩平平。

每次看到他带着愤怒、无奈和严肃的表情跟我提跳楼的事,我就叹气:"一中、外国语、实验中学这些,就不用想了,咱考不上。十一中到回民中学这之间还是能争取下吧。"

"再说了,凭什么跳楼要去你家跳,不去我家跳?"

"唉,快把我给愁死了。怎么办?"

"快毕业了,快毕业了。"我总这么宽慰他。这句废话从初三刚开始,重复到到六月二十五日中考当天,对于离开这里,我们真的翘首以盼。

我和嘘嘘对班主任讨厌至极,当时说是恨得咬牙切齿也不为过,毕竟是他让我们不得不直面自己是考学大军里一枚弃子的现实。我们俩心里焦躁、空虚、没着落,仿佛已经看到自己因为中考失利而被迫上街要饭的恐怖前程了。

那阵子我们几乎每周聚一次,或者是周五放学后到物华大酒店旁的杨记拉面,愁眉苦脸地吃上一大碗拉面,或者是去省人民医院附近的长城饭店吃自助餐。

我们内心焦灼,所以要吃,要常常碰头。每次见面,我们都会聊一聊自己心仪的高中,想象自己考上了,拿到录取通知书的场景——这个仅存于想象中的场景不仅没有让我们受到激励,反而让我们更加焦虑。靠空想怎能考上高中?每当想到这一节,我们就像被鞭子冷不丁抽了一下,草草结账走人,回家做题。

总而言之,从秋季入冬,我的心情也随天气一道寒冷。我绝望、无措,强令自己麻木地看书学习,我一会儿告诉自己,情况绝没有到不可挽回的地步,我只要稳稳地保持现状,再加把劲,就能上学。虽然我的高中不会是顶尖学府,但也能是中上档次的。

但马上,我的想法就发生了反复。班主任是带过十多届学生的人,哪些人值得他下力气投资,哪些人不值得,他经验那样丰富,自然一看便知。我已经被他放弃,丢在一边,是不是能够说明,名落孙山才是我的宿命呢?想到这里,心情又朝深渊沉坠下去。

那一学年上半段,我总产生流离颠沛的迷茫感。像是在一条明暗交替的隧道里,有时我能看到光亮,更多时候不能,但又不敢停下,走也走不快,于是亦步亦趋地向前移动,但黑暗里潜藏的未知让人发抖。我听说抽烟可以舒缓忧愁,于是自己学着买烟抽。由于不会过肺,尼古丁没有进入我的体内,所以除了身上浓浓的烟草味之外,没有其他感觉,就把香烟搁在一旁。

这期间,也并不是全没有一点高兴事。第一学期,班上有一个老家在北京的同学转学,他回北京参加中考。这个同学成绩不错,是能被班主任正眼瞧一瞧的上等做题家,因此走时全班还欢送了一番。

京籍或非京籍的同学转学回北京,这样的事在我小学时已经发生过了,但对我丝毫没有触动。如今再次发生了,对我的意义则完全不同。"回到北京"不再是纯粹在旁人身上发生的事情,而是我近在眼前的预演,一个触手可及的诱人选项。

在停顿三年之后,父母两家又开始通过电话旧事重提我的回京事宜。这次我不再含糊,明确同意,回吧,回北京。

爸爸家答复的条件有两个:其一,将监护权转移到爸爸家中;其二,认祖归宗,改回汪姓,做一个真正的"汪家人"。

"我答应。"我的回答斩钉截铁。

家人们讲了一个含糊的日子，到夏天，我就将改名字。我对此事非常憧憬，毕竟"嘉豪"这个名字太普通，还是从别人身上移植过来的，没新意。我的新名字象征新生，它会伴我开启另一段人生航程。

"让我自己给自己起名字吧。"我对他们说，他们的答复同样是含糊的，没有说好，也没有说不好。

在那半年多时间里，我给自己起了许多个名字，为自己起名成了我排遣忧虑的乐趣所在。

我热烈地想象北京、爸爸，还有和这两者有关的一切。那时我在心里对他不单是崇拜，信赖感也与日俱增。我开始在网上搜索他的信息，还有找到他参加访谈和综艺节目的视频来看。我和他的距离在不断缩短，我以为我越了解他，越靠近他，我对他的钦敬就会不断积攒，乃至升华成一种狂热。

但我不知道，距离产生美。当我离爸爸很近了，一伸手碰触，他的、家庭的、五彩缤纷的完美泡沫就统统破灭了。

每一段父子关系虽各不相同，但总有几个阶段异曲同工。比如，孩子到了一定岁数，对父亲的崇拜会油然而生，以为自己的爸爸能解决万难，毫无缺憾。久而久之，情况又会发生变化，抵抗与逆反的情绪会慢慢滋生出来，父子从此开始会有磕碰、摩擦甚至冲突。此后，又过去许多时间，平复与和解终于来到，一场父子亲情在这里完成，趋向圆满。

我和爸爸的情形较别人家不一样，但该走的路总也不会少。只是我们总是见不上面，所以无论是从崇拜到祛魅，再从祛魅到抗拒，这段历程都是三步并作五步，急匆匆地赶。我对他的崇拜从初一开始，差不多随着初二的结束而结束，从初三开始，走向下一个阶段。

在学校对班主任的冷眼麻木后的一个饭后闲谈中，我确认了父母离婚，或者说是姗姗来迟地面对了这一事实。这件早就尘埃落定的事情让我心里暗暗叹了口气。有一个礼拜，吃完饭回房间复习功课，我麻木不仁地翻翻教科书，目光在书和卷子上飘来飘去，都看不进去。

被答案烫到，过了几分钟痛觉才响应。我想自己也真是后知后觉，我的家庭，作为一个肢体已经是破裂的了，而我依靠一具幻肢行走了许多年。打今天开始，它再也没有办法隐藏撕裂带来的痛楚。

万神殿里，供奉着爸爸的神坛发起一阵晃动，上面出现了些细微的龟裂纹——即使是爸爸，也无力掌控家庭的全部状况。当这个家庭走向分裂与破碎的时候，他，他的头衔，他的符号，乃至他的诗句，也无法力挽狂澜。成住坏空的定则仿佛是宇宙间的一条铁律，只不过较早地降临到我家。当它来临的时候，半神束手无策。

以前，我常看央视农业频道的一档晚间节目，但不是为了观看农民艺术家们的表演，我只想看到我爸爸的镜头。他是嘉宾，和笑林、黄欢搭档。

此外，互联网上凡是他的访谈节目我也都过了一遍，包括《鲁豫有约》《越策越开心》、之后的《天天向上》和几档我记不起名字的节目。虽然看，但不仔细，挑有爸爸的镜头快进。后来不光是节目，关于他的文章，我也多半都会读一读。我看得越多，越觉察到他身上的一半神性来自我的想象，他是人，也是一个为了梦想与奶酪奔忙的人。

多年以前的文字承载着我，在时光轴上，从1990年向今天疾驰。在明暗交替之间，我第一次越过他头顶的光环，触碰更真实的他。

爸爸成名之后，是非扑面而来。"先锋派"诗人们说，他写的不是诗，只能算哲思小句。为了加强讽刺效果，一个无名作者还煞费苦心地创造出一个叫"王三水"的形象。在那名作者的笔下，"王三水"是一个活的句子制造机器。他每天能写很多廉价的句子，从组词到造句，全靠抓阄。文人们类似的攻击言辞锐利而刻薄，像把尖刀连环刺、捅、戳。不过俗话说欲戴王冠，必承其重，我很快也就释然了：抛头露面地出来混名利场，又有谁能滴水不沾，不被一句坏话打着呢？

1996年，我看到他在央视主持人大赛中的排名，名次是第六名。此事发生时，诗歌风潮早已过去，大的市场万物肃杀，所有滚烫的、热烈的，都在降温。

再往后，就是千禧年。有关他的传闻，也跳出了诗歌圈子，开始荒腔走板起来：一名记者写道，汪国真经营火锅店失败，生计落魄，于是只好卖字为生。这件事啼笑皆非，还闹了官司，以爸爸胜诉告终。在电视访谈中，主持人还专门问过他这事。

"汪老师，最近呢传出一些消息，"主持人展了展眉毛，状态很轻松，"说您经营火锅店失败，要靠卖字才能度日，是这样吗？"

爸爸坐在沙发上，本来放在膝盖上的双手开始轻微地抠弄起裤面和外衣，他时而举起左手晃动，将右手放在膝盖上；时而举起右手晃动，将左手放在膝盖上，谈到问题时话语中带有不同于平常的支支吾吾：

"这个事情，是这样……"爸爸解释道，本来只是在火锅店里与人谈话，结果是谈到字画方面的内容，不知怎么就被人"七传八传"，传成了他卖字为生的模样。

主持人笑着说，汪老师解释这件事的时候姿态很"可爱"。

"什么'可爱'？"我心想，"只是'窘迫'的委婉说法罢了。"

如果上述诸事，我都还能勉强忍受，那后来一篇涉及爸爸私生活的文章让我茶饭不思、寝食难安。该文直指他婚姻破裂后的情感世界，作者声称是他的熟人。文中依次简述了爸爸和他的情人们，夹枪带棒，文风颇为露骨。我万万不能想到，爸爸居然会在这种简直和三俗花边新闻无异的文章中出现，并充当主角。

汪国真工作室对这篇文章作出回应,说作者是爸爸的读者,求爱不成心生怨怼,捏造事实攻击著名诗人汪先生。但我想事情没有这么简单——这篇文章固然是出于泄愤目的写成,多有夸张不实处,但至少有一点她没说错:爸爸曾经的妻子是一个郑州女孩,比他年轻许多,生了一个男孩。因为受不了汪家无孔不入的管控,她后来就把孩子抱走了——作者既然连这件事都知道,那又如何断定,文章里写的其他事情是假的呢?

我忽然觉得爸爸和我,好像是被一览无余地窥视了,我们没有秘密、没有隐私可言,就好像一丝不挂地被晾在网络上风干的肉肠,成为人们每天的笑料之一。

于是我从抽屉里拿出香烟,走出家门,坐电梯直接上到十八层顶楼。我在楼层过道的窗户边咬出一根香烟点着,然后恶狠狠地吸了一口。烟气第一次猛地灌进我的肺里,很快,头重脚轻的失衡,还有一股强烈的恶心直往脑门上冲,我毫无防备,几乎一个踉跄摔倒。

我脑子里疯狂地冒出许多阴谋论。我心里很恨,恨我爸爸,简直要咬碎自己的牙齿,恨到我想立刻摧毁我自己,从十八楼上纵身一跃。我特别替我妈妈不值,我猜测她当初一定是被爸爸抛弃了。她和爸爸结婚那一年,正值青春年少,才二十出头,却倒霉地嫁到那样一个腐朽、散发着儒教等级制恶臭的家庭里。离婚后孤儿寡母相依为命,她还生病,爸爸在外面对我们不闻不问，过得好不快活！到我快长大了，他又来郑州找我，想来启用我这样一个暗伏已久的工具人，为他的养老做打算。

我记得那是在一个风过如刀的下午，距离一模考试已经不远。初次学会吸烟过肺的我不经推理，没有证据，就好像被那些污言秽语的文字打通了关窍，心有灵犀一点通，知晓了这个家庭的所有秘密。我又抽了两口，愈发头晕目眩，于是丢了烟头。我想它能替代我，承载我的满腹牢骚与煎熬，随风飘荡，然后坠入杳冥虚无之乡。

那真是我成人之前，至暗一年的至暗时刻。而也许就从那一刻算起，我的心开始加速变硬，好让我挨到日出，看见光明。

从2009年下半年，中间有一个马不停蹄去补习班补课的寒假，2010年春便平平无奇地到来了。

除了问爸爸要补习费用，以及过春节发短信拜年以外，我没有和爸爸多说话。中考这件事，我让他不要操心。他以为，我的意思是，靠我的成绩能够顺利升学。他挺开心，来郑州时还带我吃了顿饭，见了见他的一位驰骋商海的把兄弟，并照例给我买了一件风衣。

我的潜台词实际上是：生死有命，富贵在天。如果我能考上自然就考上了，考不上你操心也没有用。当然不管他作何理解，我都不再解释。闷声穿上新风衣，说声谢谢，继而散伙。

不知他是否意识到，我再看他时，眼里仍旧有光，但多了些许雾一样的色彩。这是他的秘密，我从来不曾在他面前说起。我觉察到，我对他的仇恨来去如风。那天我第一次抽烟过肺，头晕、反胃、干呕，急忙坐电梯下楼回家，进屋里蒙上被子睡了几个小时。醒来后，身体的恶心不知去向，心底里燃烧的一团对爸爸的火焰也被睡眠浇弱了。我还是不愿相信他的木讷与内秀是装出来欺骗我的，我也想到爸爸早就跟我妈妈离婚，此后他也需要有自己的生活。虽然那是我不愿面对的，但也总归是我鞭长莫及、无权干涉的。对每一个人而言，谁又没有几副面孔。

我又一次体会到我们俩之间的无奈，就是他在三年后告诉我的那种"无奈"。

也是第一次，我开始产生一种感觉。家人不仅仅会相互扶持，有时也会有相互妨害，子女也好，父母也罢。虽然类似的想法会让不假思索接受儒教教化的信徒气得跳脚，大呼世风日下、人心不古之类的废话，但不管他们怎么吹胡子瞪眼，真相就是这样。

我心里对他没有恨，也没有爱，只有一大片空白。

最后一学期开学后不久，班主任就对座位进行了一次调整。左中右三竖列单人单桌，嘘嘘不幸被分在了那里。我初二那年表现得活跃好动，班主任也觉得我总算是一个有眼色、头脑也灵光的人，还有利用价值，于是让我当了小组长，分派了几个学习同样不上不下的同学给我，其中一个叫死狗的，成为我的死党。

"发挥好你的组织能力，带好你的组员。尤其是要带头维护好纪律，现在这个时期至关重要，手腕要硬一点。"

班主任不冷不热地跟我讲。

我满口答应，心里却别有一把小算盘。

我再也不是老师手底下一块温驯的木头了，想丢开就丢开，用到了再拾起来。我自觉地成为一名地方保护主义者，纪律、条款，它们对我的意义绝不是约束，而是一种可资利用的游戏规则，我将权衡，并大口大口地为我的小组谋取福利，即使有时吃相是贪婪的。至于所谓的班级利益，那是老师的利益，不是我们的。

虽然班主任对我们这一类人物既用且防，但我的语文成绩并不差，语文老师对我还是一如既往的不错。我的文章写得还不错，她就让我做了语文课代表。每个课代表和较为重要的委员手上，都会有一张计分表。每个人在某堂课上发言或被老师表扬，或者作业批改得了优，都会有相应的课代表记录加分。

每一到两周，各个小组都要计算本组成员的总分加以平均，从高到低排好名次，作为排座位的依据。得分高的小组优先挑位置，低分的组就只能捡剩下的。

我的组员，死狗、小琪、莱瑞这些人，包括我这个组长，都只能算中等生或差生，谁都没有积极举手发言的习惯。按照班主任制定的规则，我们注定要往后排。虽不至于坐在垃圾桶旁，但也只能在后几排的位置徘徊。对近视眼们来说，这个距离，看清黑板上的字都成问题。

我不能容忍这种情况发生，就串联了两三个不太显眼，但手上有记分表的干部。大家约好，相互给对方的小组成员加分，尽量做到天衣无缝。老师表扬过谁，给谁的作业记过优，尤其是那种要带好几个班的副科老师，他们自己也是不能记清楚的。

于是，头部的两三个小组名次变来变去，我们几个联动互保的小组静悄悄却也牢固地锁住小组排行榜的中上游，从没有出过前六排。每周换座位，我就面无表情地带着组员们进到班里，坐在班级正中间或靠前的位置上，心花怒放。

临近毕业，全年级每个班都像一锅快要煮沸的浓汤，在锅里横冲直撞，都想早日从大战前的高压里面解脱出来。班主任们个个焦头烂额，要在不关火的前提下使出吃奶的力气捂好盖子，省得他们喷涌而出，把中招考试烧糊。

体育考试，还有我们作为第一届考生的实验操作考试马上就要到来，我每天都要抽出中午的一点时间串一串这两门科目。

三年级学长和二年级学弟爆发冲突，据说中考过后要在紫荆山公园约架。我和嘘嘘看热闹不嫌事大，在几乎每一个谈判现场围观，随时要助拳打架。

偶尔，约上死狗逃一门不紧要的课，和他一块去新华一厂，即和我家颇有渊源的那块"上海的飞地"里闲逛,不厌其烦地重申,暑假一定要去网吧报复性刷夜,所有想玩的游戏玩到晕、玩到吐。

考试越近,我就越焦躁、迷茫、狂热。我知道这样不对,决战在即,该沉着镇静才是。但夏天来到之前,我还不能收束心思,反而被他们挟裹,撒腿狂奔。

我不知道自己是不是飞蛾扑火,但我觉得只要朝着有光亮的地方跑,就对了。

5．归宗

从极紧张到极松弛，2010年，我的春夏大致如此。

我的小组解散，因为班上的座位又一次调整。新同桌，其实也是我初中三年最后一任同桌，我叫她胖墩儿。她其实一点也不胖，相反很瘦，只是她的脸型和眼睛都是圆圆的，显得拙稚可爱。

爸爸不再是我的神祇，他的神性褪色，身上就只有全然的人性。我们好久没再见，他也不再是我的一根精神支柱。只有在和我新同桌相处的两个多月里，此前近一年积攒的怨愤、焦躁和不安，才能像泄洪一般，被排遣掉一半。如果之前我会一整天不断地为落榜的可怕后果担忧，那么和她同桌以后，我胡思乱想的时长顶多就只会持续半天。换句话说，从当年的三月三十一日起，一直到中招考试，比起刚进入初三那段时间，日日是好日。

从我们俩做同桌那天算起，一个苦乐参半的过渡阶段开始了。这之前我对老师的冷眼避之不及，同时又害怕考不上志愿高中，被命运抛弃，于是被痛苦缠绕；这之后是漫长的暑假，我考上了心仪高中，在心满意足的同时，心头一片不能填充的空虚袭来。很快，我又浸泡在四体不勤、坐立不安的无聊当中。

刚坐在一起的头三天，我们俩没有说话。我隐隐觉得同桌也是个活泼的人，没有外表看起来那样一本正经。果不其然，从借一支笔开始，两节课的工夫，两人混熟。我记得聊了不多时，她就开始大谈减肥的事来。过了一两天，其外号"胖墩儿"即正式问世。我那时想，她，她们，许多女孩子，明明瘦得很，却不愿承认，言必称减肥。你如果真的顺着她的意思，叫她"胖墩儿""胖胖""小胖子"，她们又往往气急败坏，连环追问"我胖吗？我胖吗？"真是虚伪动物。

我在上课时不经意间发现，她从侧面看上去，面庞是一条平滑的弧线，和鸡蛋的形状非常类似。她有舔嘴唇的习惯，舌尖伸出来一小节，舔一舔上唇，两边脸颊就会嘟起来，透出种憨态来。

"会打台球吗？"我侧着身子跟同桌套话，希望她说话的间隙能舔一舔嘴唇，这个动作很好玩儿。

"不太会，"她舔舔嘴唇，思索了一阵，"也捣过几杆子。"

"等考完试，我带你去台球馆打台球吧？"

"再说吧。"

"什么叫'再说吧'？你到底去不去？"

"那里会不会有坏人？"

"你不就是坏人吗？"

戏弄同桌，我乐此不疲，因此不止有一种幼稚的戏法。比如我坐在她右边，就伸出左手快速地拍一拍她的左肩，快打快收，迅速收回来。她会误以为左边有同学找她，"谁拍我？谁拍我？"将左方一脸茫然的同学问上一圈。不过同桌很聪明，这个办法稍微施展一两次后就没有用了。当我再次故技重施，她很快就回过味来。发展到后面，只要左边肩膀被拍，她便会条件反射地往右扭头。

"憋住，你给我憋住。"

我憋不住，只能噗嗤笑出来。一旦笑出来，时间就过得很快了，好像上苍看不得有人快活一样。眨眼间到了六月二十五日中招考试。

过渡阶段的重点是，和高考一样，我的内心早就将它神圣化为决定命运的决战时刻。

我报考的是郑州四十七中，考场也就在这所学校。家人早早订好了离考场不远的快捷酒店，我在那里住了两晚。白天我走进考场，心里有逃离八中，进入四十七中的渴望和对高中生活不切实际的遐想，却唯独没有紧张。十四五岁的我是朴素的宿命论者，我看到一切都已经安排妥当，一饮一啄，莫非前定。我只是顺着命运的推动力，去书写我既定的人生。比起后来的高考，中招考试时的我是很平静的，带着解脱的轻松，轻快而不懈怠地，在两天里把一张张卷子给做完了。

这场考试虽然对一个初中生来说分量极重，但距今已经过去十年之久，再回想起来，我几乎不能清楚记得什么细节。只是考完试，郑州雷鸣电闪，下了场大雨，我记得回到家，在雷声轰鸣中安然打开电脑，却茫茫然不知道玩什么好。一张一弛，所有考前心心念念的玩物都变得索然无味，不再诱人。

我的分数一分不差，刚好够得上四十七中在八中的录取线，多一分要交择校费，少一分就上不了，一分也不多余。虽然从分数上来看不无凑巧，运气成分很大，但这一件大事总算尘埃落定。

在我看到自己的分数刚好够得上录取线的那一刻起，过渡阶段即告结束。一团狂喜在心里发酵，越来越浓烈，然后随着血液流动到我的四肢百骸。我感到一种久违的安全感，像是坚固的外壳重新把我包裹了起来。老师和家长们总是有意无意地灌输这样一种观念，中高考是人生最重要的两处关卡，只要这两步能够走对，之后的人生就是一片坦途，再没有苦，大解脱、大圆满了。

那时我天真，傻乎乎地就信了。眼下中考高考两处关隘，我已经打通一半，这意味我的人生已经获得一半救赎。至于高考，远在三年之后，到时再努力学习就是。至少眼下，我无忧一身轻，处于轻飘飘的获救快感当中，在街上散步，总觉得下一秒钟自己会变成一只氢气球，肉身轻举，原地起飞，腾云驾雾而去。

不过我也并没有高兴太久。暑假进行到差不多一半时,我改了名。新名字让我怏怏不乐,心情直接从云端失足,跌落谷底。

大半年前,我就听说暑假我要改回汪姓,要连名字一起换了。其实跟爸爸姓还是跟妈妈姓,于我而言一律平等无碍。我的立足点很简单,只有一个,就是换一个好听些的名字。我想能有这样一天,我可以不再是汪英毅,也可以不再是黄嘉豪。我是谁,由我自己来决定。

我跟家里反复强调,这次一定要看我想叫什么,我一定会给自己起个好名字。他们的回答却都模棱两可。

为了给自己起个好名字,我颇下了一番工夫。我前后为自己起过多少个名字,自己也已经数不清了。最开始我对起名这种事没有头绪,只能去网上找些听起来文雅的词组,拆解开来,反复组合,配上汪姓。但效果都不好,有些听起来更像是地摊小说中主人公的名字,不简单,不大气。一言以蔽之,听上去既没有文,也没有质,虚浮而已。

我意识到自己走了歪路,后来便渐渐摸出了些门道。我想一个名字听起来要古朴典雅,还是师法古人的好。出于这个想法,我胡乱翻了翻书,如《唐书》《五代史》之类,走马观花下来,发现不少武将的人名倒也简单大方有味道:裴行俭、程务挺、丘神勣、赵匡凝之类,我看都不错。虽然如此,直接照抄还是不好，只借鉴一个大意就是，否则就和"嘉豪"一样，只是单纯移植别人的名字。

这件事拿起又放下，搁置了很久，但是从没有被我忘掉。

我还好几次问同桌："我要改名了，你觉得这个名字怎么样？"然后在作业本上歪歪扭扭地写下我或即兴发挥，或苦思良久得出的人名。

"嗨，还好吧。一个名字而已嘛。"同桌对这件事毫无兴趣，只能尴尬而不失礼貌地敷衍我了事。

很快，"沉迷于给自己起名儿不能自拔"成了我那半年的标签。我丝毫不以为意，闲暇之余仍会遐想专属于我的名字，或者说，是这个名字所代表的新生。在和胖墩儿讨论我们俩都不会做的数学题的间隙，我总会想起这件事。它是天上的一颗星星，在午夜，还有黎明将至未至的黑暗中闪闪发光，吸引我往前努力挪动一步，再挪动一步。

但暑假已经过去一小半，这件事还是没有人跟我提起。

我心里估算，差不多要到在户口本上改名的时候了。我早就跟家里说过，这次名字我要自己起，但是根据经验，他们未必会把一个初中生的话当真，搞不好会暗度陈仓，替我做决定。我还是抢在前面，再强调一遍的好。

"改名的事情怎么样了？我说过，这回我要自己改。给我一个期限，此前我会把新名字起好。现在，已经有几个备选的了。"

"名字的事啊,快了。"

"什么叫'快了'?"我意识到情况不对,刨根问底。

"你就快拿到新的身份证了,"家人说,"过段日子就好了。"

"那我的名字呢?我的新名字呢?"

"改名字是大事,"家人看到我的情绪起了变化,"再说,你妈妈还是你的监护人。她为你好,给你找了一个高人,帮你起好了名字。"

这时我心里还有些期待。我不清楚他们所说的高人,高在什么地方。或许这样的人既通玄学,又能起出漂亮的名字。我这个不无侥幸成分的想法刚一冒头,家人就说:"他起的这个名字,我们刚开始听起来也有点怪。不过稍微念几遍也就顺口了。"

"叫什么?"

"我可以告诉你,但是你听了以后不要闹。闹也是没有用的,已经报上去了。"

我想肯定不是什么好听的名字了,于是压着心里的不快,深吸了口气。

"说吧,到底叫什么?"

"叫汪黄任,黄还是你现在这个黄,任是任务的任。"

"这名字听起来……怎么傻乎乎的?!"

我的精神世界在那一瞬间土崩瓦解。又无力,又懊丧,又愤怒。我事先已经反复说过多次,我的新名字我来起,但我最不愿看到的事还是不可阻挡地发生了。所有知情的家人都没有把我的诉求当回事,我的想法被轻飘飘地无视了。

我很沮丧,回到自己屋里,越想越气,气出眼泪来。从四五岁之后,我就几乎没有再哭过了。但是这次改名,我的激愤难以自控:我苦心思索了这么久,考虑过不计其数的人名,都白费了。他们宁愿相信牵强附会的封建迷信,也不愿意把这件事交给我自己处理。他们说,"高人"起的名字能让我往后的人生顺遂些,不是的,这只是一点根据都没有的意淫。而我因为没有成年,必须被动接受这种意淫的绑架。

此前我说过,在我的构想里,新的名字仿佛与人生的新开始有着冥冥间的未知联系。马上,一个新的十年,二十年,在我的名称新生之后都将要渐次到来。这样看,"汪黄任"这三个字预示的不是祝福,而是愚昧的嘲讽——从事实上看,也确实如此。到今天,我叫汪黄任已经整整十年,但我没有看到从天而降的坦途。如果一定要说它带来了什么,那恐怕就只有层出不穷的小麻烦,还有一场飞来横祸。

因为"任"是一个多音字,所以几乎从来没有人能一次念对我的名字,他们总会问:"你的名字是不是三个姓组合起来的?"

我不知道该如何去回答,只是涌起一阵烦躁,这股烦躁早在十年前便开始在我心底流动,绵延至今。

五年之后，爸爸也去世了。我的家庭遭逢巨变。

此外，我看它象征着一种禁锢，一种专断，一种对自由意志否定与扼杀的凶横力量。这股力量会打着"都是为你好"的旗号，肩上扛着道德大棒，就那样招摇过市。决心与力量二者缺少一个，都不能将它打翻、摧破。

我又警惕，又无奈。

我至今不喜欢这个名字。在余生里，如果我找到机会，必将毫不犹豫把这三个字从我的身份证上擦鼻涕似的抹下来、丢出去，让它还有它背后潜藏的迷信渣滓有多远就离开我多远。然后，我要再在户口本上重新命名，以伸张我的意志。至少让我的名字听上去正常些。

话说回来，无论当时我多么愤恨，也只能垂头丧气，如败军之将，灰头土脸地接受既成的大溃败。让我如鲠在喉的改名归宗事件，就这样被一个我未曾谋面的"高人"以及盘踞在家人头脑里对玄学的病态依赖搅得乱七八糟。从这件事开始，我对家庭的不信任感陡增。

名字固然重要，幸而搞砸了也不伤元气。但此后的人生大事可不一定。人生越往后走，容错率就越低，他们轻信江湖骗子，并且习惯瞒着我擅自做主，因此他们不足以托赖。

从那时起，家作为一个生命体，在我这里渐渐变得羸弱，一天天消瘦下去。那里成了一个吃饭睡觉的地方，它的大脑晕晕乎乎，昏招迭出，难以作出有理智的抉择。我觉得，父母辈的婚姻，他们两拨人就经营得一塌糊涂。现在我的名字也是这样，将来的重大事件，还是要自己拿主意的好。

"真是不知其可了。"我暗中想。

"汪黄任，汪黄任……什么高人给你起的名字？这名字可是有点奇怪啊。"

当我回到北京，见到爸爸，他对这个名字也称不上喜欢。即使如此，他和爷爷也已经是汪家人里对这个名字反应最微弱、最克制的成员了。女性成员们坚持叫我"英毅"，不理会这次变更。她们对新名字里的那个"黄"字尤其敏感，它镶嵌在我的名字里，像是一种宣示，也可以解读为一种挑衅。但迄今为止，这已经是我的第三个名字，而我才十五岁，下面再改就麻烦了。事到如今，木已成舟，就只能凑合着用了。

"这样，如果将来有人问你，你的儿子为什么起这么一个名儿，不要照实说有什么'高人'指点，恐怕你会嫌丢人，"我那时已经心灰意冷，不想就所谓的"高人"再费口舌，现在能做的只是些补救，"你就说，你姓汪，我妈姓黄，任是任重道远之类的意思，就行了。"

"这个办法不错，就这样说吧。"

然后是一阵沉默。

此前，在我中招考试胜利之后，我爸来了一次郑州，不过他这次来办事，来得急，没能和我聊天，我们在一起待了几个小时就散了。我被心仪的高中录取，他自然是替我感到高兴的，作为奖励，他给我买了一个大件商品———一辆电动车。那时电动车成了不安分少年们的标配，我们中最流行的牌子，我记得是"济南轻骑"，没过几年又成了清一色的"骠骑"。人们骑上车，背后捎上兄弟或女朋友，三五成群，呼啸而过。至于手头更阔绰些的，就直接上手大摩托，他们常常在夜间于郑东新区飙车，贴地飞行。摩托党们以被交警追赶并甩脱他们为一大快事，毕竟他们敢肆无忌惮地把摩托车开上立交桥，而交通警察们却必须顾及交通规则，因此会放弃穷追猛打。

就在拿到新车的当天，我也迷上了骑车。我越骑越快，从十五六岁骑到二十好几，仍然不腻。我在逃离我所处的当下，并认为我能够逃得出。只要我跑得够快，烦恼与束缚就追不上我。

我和爸爸很久没有聊过天，也许已经有一年了。在北京再次遇见时，我们俩已经形成了一个默契：当我们单独相处时，谁都不提家事，过去的事也说得很少。我们都知道，身后是疮痍，但前方总是一条潜藏奇遇和珍宝的新航道。

他那天依照从前的惯例，带我去了新华书店。我不比两三年前，对球鞋已经失去兴趣，反而是想学些趁手的技艺。我买了本绘画教程，还有高一可能要用到的教辅。

"让我看看你买的书，"爸爸结完账，翻翻我买的书，"哟，画画的。"

"嗯嗯,我没事干也学习一下怎么把画画得漂亮些。"

"看来你的目标没变,将来还是想当画家?"

"优先考虑当画家吧。其实我后来想,如果能成为作家也可以,为免抢了您的风头,我就忍痛放弃吧。"

"哈哈哈哈,小子,可以啊!我等着你来抢我风头。现在平时有画画吗?"

"没事会画一下。"

"爸爸想看看你画的画,什么时候拿来看看呗?"

"嗨,就是瞎画,没什么好看的。"

如果是一两年前,我会把画带来给他看,虽然都是比例不协调,歪歪扭扭的涂鸦。但经过初三,我不再习惯把心里盘算的事情全兜出来和人讲。

爸爸没有继续坚持,只是带我去民族大饭店吃了自助餐——自此以后,我们用餐的习惯也变了,不再去西餐厅或家常菜馆吃饭,通常是去自助餐厅,或者离家较近的护国寺小吃。

我有种明显的感觉,从那一年之后,他比以前更为忙碌,也开始着意锻炼我的独立性。见面时,他不再来接我,也不会再送我回家,就让我自己坐地铁和公交往返。买东西也不用他再陪同,给了钱,自己去就好了。

因为过去不堪回首,因此我们在各自的方向上加速奔向未来。那个暑假恐怕是我们父子俩观念最为趋同的时候,我们一致相信,人会通过少年和青年时的两次大考获得人生的救赎,一个中考,一个高考,它们就是生命中的两次终极审判。如果你能通过这两扇门,就能获得恒久的幸福与垂顾;如果不能,等待着你的就只有沉沦。我的观念还是线性的、拙稚的、简单的。我看不到人生的复杂,还有它的混沌。只要搞定两场考试,九成的人生就都敲定了。

见面接近尾声。

他坚持不再送我回家,而是将我送到安定门地铁站,放我下来让我自己走回去。差不多三四点钟,又是北京一个似曾相识的橙色下午。第一回是和爷爷一块走到二龙路,因为看见一帮小学生而心生羡慕,想象小学乃至以后的生涯;现在,我坐在爸爸车上,遐想我的高中生活。

我充满期待,仿佛未来已来。一激动,就向前跑了许多步,直接跳过高中和大学,谈起了更后面的想法。

"剩下的主要事情,也就是考大学、找工作,到时候再找个老婆,生一堆孩子。"

我本是顺口一说,没想到爸爸忽然变得兴致勃勃,停了车,却没有把我放下去。

他问:"你这个思想挺有意思,为什么要生一堆孩子呢?"

"生一个哪儿够,万一有闪失呢?人多热闹,生出来一个大家族才好!"

"哟,还要生一个大家族呐。"

"那可不,自己人越多越好,信得过。"

"有意思，你为什么会这么想？"他猛地侧过身子，眼睛一眨一眨，表情一半是欢喜，一半是难以置信。

"这不是明摆着的事儿嘛。虽然现在一家只准生一个，但搞不好以后就变了。放开生，使劲生，越多越好。"

"哈哈哈哈哈哈，大家族，好。不错啊儿子。"爸爸忽然表现得很振奋，放我下车时连续说了几句诸如"好好努力""等你弄起一个大家族来"之类的话。后来我知道，他回家以后立刻就跟爷爷学了我的这些话，让爷爷欣喜若狂，连连夸赞我是个好孩子，有志气，高兴得合不拢嘴。

其实过了很久，我也不清楚爸爸和爷爷为什么会那样高兴。在和爸爸一时兴起聊起这个话题时，我的想法其实很简单：既然他喜欢听多子多福之类的话，而我当时又确实有这个打算，那照这个意思说下去就好了。我还不了解汪家，没有触及这个传统家庭的灵魂。虽然这个家庭的内核早就浓缩为爷爷对后辈的两句期许，摆在桌面上了："传宗接代，光宗耀祖。"

此前，我也只不过是暑假在他妹妹家里打打游戏，过一两个晚上而已。过不了多久，我就要跟爸爸的家庭，而不仅仅是爸爸本人深度接触了。我不会想到，从那以后的三年里我们想法上的共同点不是越来越多，而是越来越少，最终我们几乎成为了彼此的镜像。

在那个阳光饱满柔和的下午，这些我不会想到。

第三篇 异教徒

（2010—2013）

1．旋涡

两家约法三章：妈妈家给我改名换姓，从此我不再姓黄，而是姓汪，认祖归宗。同时监护权也要顺理成章地回到汪家，爸爸成为我的监护人，汪家出面递申请，把户口迁回北京。等户口的事办妥了，再联系一所西城区的学校，我就可以转学回去了。

我生活的重心将很快向北转移，回到一切开始的地方。

这是件大事，我想爸爸一定不会拖延。再说汪家人本来就是京籍，所需证件又都是现成的，找一找就凑齐了，应该不会生出别的枝节。说不定过不多久，就顺顺利利办下来了。

我估计，短则半年，长则不超过两年，户口和学校的事差不多就都解决了。这样看，郑州四十七中就是我北进的中转站。

上一次在命运的十字路口，我懵懵懂懂，浑然不知前程是什么、在哪里。我只是一个目光短浅的小孩，拼命想逃离双方家长的对峙现场；这一次我没有犹豫和纠结，而是迈开大步，就要朝北一路走。但天不遂人愿，这次我想回，却不容易回去了。回北京这件事一路办得磕磕绊绊，从头到尾，是一次又一次的求而不得。

爸爸来四十七中看过我一次。他来去如风，只吃了一顿简餐就走。那是很早以前的事了。在第一学期，应该是第一次月考或期中考试之后。

他来是要告诉我：户口办得棘手，我要做好三年后在河南考试的准备。

印象里从高中入学，家庭情况调查之类的琐事就消失了。关于爸爸，我的口径是"在北京的清水衙门里做点事"，其他一律含糊其辞，因此没几个人了解我的家庭情况。我尽可能地做些遮掩，因为那时爸爸的名声于我而言已经是一种负累，我看得平淡了。

我不会再像初中时候那样，把他当作半神放在心里默默供奉。我对他的了解增多，距离拉近，仰视与崇拜也消失得无影无踪。他是我爸爸，一个近乎三百六十五天在外奔波忙碌的勤奋中年人，一个努力过也被时代青睐过的幸运儿。

他姓汪，我也姓汪，我们是一家人，但说老实话我对他的家庭也还不熟悉。我就是我，用不着非此即彼，去刻意倒向这两家的某一家。因为我的家从外面看上去很光鲜，但它的里子毕竟是支离破碎的，不好看。我接受现实，但不想时时看到。

他这次看我，不用再去妈妈家里走过场，大家都方便。我们提前几天说好，他单枪匹马，轻装前来。

中午下了自习课，我走去学校门口，远远地看见他已经到了。当时十一长假已过，天气转冷，他没有再像惯常那样穿西装，上身改穿了件皮夹克，站在原地抱臂若有所思。看到我，他把两手揣进裤兜，朝我咧嘴笑一笑，显得轻松又豪放。

"我在车上跟司机说，祭城路，他说没这路。然后我提到你们学校，他才反应过来。原来这个'祭'不念祭，念'炸'，祭城路——我到这里一看，你们这个学校还是蛮大的，很气派。"

"我之前在这里考物化生实验，一眼就相中这里了，"我带着他去食堂，"一是我估计我自己的分数可以够得着，二就是因为这所学校足够漂亮。"

"光漂亮可不管用，"爸爸嘿嘿一笑，"学生，那得能考上大学才行。"

"谁不知道，河南、河北、山东，这几个省份要想考个好大学，比登天还难。"

"那你努力呗，要少找客观原因，"爸爸一边走，一边四处张望，"找个地儿吃饭，这次来要跟你谈谈这事儿。"

他在拿郑州四十七中和他心目中的圣地——母校实验中学两相对比。不用说，实验中学的地位自然是无可比拟的，但他儿子就读的学校也不能差太远——单从校舍建设水平和占地面积看，不仅不差，反而超出了许多，毕竟北京地皮贵得让人咂舌，市内的学校都建不大。

我领他去了食堂，食堂一共三层，窗口承包给外面的食品公司。毕竟是学生食堂，价格便宜，味道不难吃，七八块钱足够果腹。

回想起来，我请爸爸吃的这顿饭也挺寒酸的：一人一碗牛筋面，凉拌的，三块五或四块一碗。那时天已经冷下来，我该请他吃些热乎的，至少也该买几个肉串。但那阵子非常奇怪，就喜欢吃牛筋面，爸爸对此也不在乎。

"你现在高一，打基础，不能放松。"跟爸爸面对面坐下吃饭时，爸爸若有所思。

"我当然会尽力。"

"你一定得全力以赴，"他举起筷子，面容变得严肃，"我跟你说说现在户口办理的情况。"

"您说。"

"现在你改名了，是该把你户口迁回家里来了。但你想必也知道，北京户口是抢手的东西，想进京的人非常多。目前是这样，因为咱们家就是北京的嘛，所以走正规途径就行了。办理前，需要你妈、你姥姥这边把相应的手续给准备好，递上去，然后就是排队等。"

"排队需要等多久？"我嘴里卡着半截牛筋面，盯着他问。

"问题就出在这儿，"爸爸挠挠头，"这个期限很不好说。手续递上去之后，等一年半载、两三年的，都有可能——想进京的人非常多，咱们北京呢，也一直在限制，这方面管得很严，卡得很死。"

"啊，这样啊……"

"你要做好一个准备，就是高考在河南考。"

"好吧，不过实话实说，把握不大。"

当时在学校也经过了几次考试，我一半沮丧一半焦灼地看到现实：我对数学乃至理科都非常抵触，如果以前只是轻微的讨厌，现在已经到了不由自主拒学的地步。

过去三年累积的偏科问题不仅没解决，反而失衡得越来越严重。数学、生物、物理和还算拿手的化学，现在都难以及格了；不仅如此，擅长的文科也成绩平平，不像过去那样省心。政治、历史命题人的思路总让我感到匪夷所思，无从捉摸他们的用意，大题无的放矢，成了知识点机械的背默，自然也拿不到高分。

"有什么没把握的？所以你得努力。我们那时候考大学，比你们扩招的难多了。"

"这是大事，当然要谨慎起见，"我放下筷子，顿时没心情再吃，"过去初中三年，我并不是没有努力。我要是不努力，今天我就不能坐在这里跟您吃饭。再说考到这所学校，已经是机缘巧合了，不高不低正好卡在分数线上。老师们都说，高中一个月的知识量就顶得上初中三年的，我只是提到一种可能，就是说劣势是很可能被放大而不是缩小的……"

"所以嘛，我说你得努力，努力！可不能找借口原谅自己!"爸爸打断了我,翻了翻白眼。

"倒是有个折中的法子。"他很少露出不耐烦的样子。今天聊到考学话题忽然这样,让我感到很意外,我一时间有些慌不择言,把心里还没考虑成熟的话讲了出来。

"什么办法?"

"这个办法,现在我也没打听清楚,先讲一下。就是走艺考,学美术。您知道,我一直想学画画,从小就爱画画。我外公以前在一家艺校做过事,有熟识的老师,如果可行,我去找他。提早跟他学好画画,今年就可以开始学。这样,首先能成全了我多年的心愿,其次当艺术生,文化课分数就能相应的低一些,可能是条一举两得的出路。"

"艺考的事……好像都是些学习不好的孩子才考虑的出路吧?那说出去多不好听啊。"

"想全身心搞艺术的多半都有点家底,大多数人无非还是想解决一下上大学的事,"我顿了顿,稍微斟酌了一下,"再说,有一门手艺,专门从事绘画创作,或者是搞设计,总能安身立命吧?"

"绘画是画什么?你以前说的漫画吗?"

"那个也可以是个方向。"

"漫画可不好赚钱,而且老是涉及政治讽刺,我看不行。"

"不是您说的那种漫画,是日本的漫画。"

"嗯嗯,现在考虑还有点早,"爸爸扒拉着面条,也没有看我，显得心不在焉，"你现在首要之务，先把学习搞好，不要急着给自己留后路。"

他没有一口答应下来，也属意料之内。毕竟这个时候，我自己对艺考这条路也没有数。但我心想，问题也不大，我们都需要点时间去琢磨这条路线。我想他是觉得这个办法一来陌生，二来我看他面子上可能觉得挂不住，"说出去不好听"，不体面。

但谁会为了体面，就死撑着不要实惠呢？上一个心仪的学校，学习自己喜欢的专业，这是我这三年最要紧的事。我想爸爸表现得一向开明，他总能想开的，不至于为了虚无缥缈的"体面"阻挠我的前程规划。

一碗牛筋面的量不足够大，一碗能果腹，两碗又吃不下，对爸爸却正合适。他端起碗，把最后几根面也吃干净，利索地起身问："怎么样小子，吃完了吗？"

饭后，我原路送爸爸出校门，爸爸说不用，但我坚持，并且要看到他坐上出租车走再返回。他没有再回绝，临行又赠我一言："小子，好好努力。中考、高考这种事，没有捷径可走的。"

我点点头，送他上车，挥手向他道别。挥手的时候，我咀嚼着他临行前留下的这句话，表情应该是茫然的。

午后，我躺在宿舍床上，叼起一根香烟，从裤兜或床头摸出一支打火机,点着,再用力往肺部灌一口烟气。这时烟瘾造成的脑涨才会得到舒缓,我仰起头,浑身都不用力气。阳光照到我的眼睛,但我只是眯起来,不敢完全闭上。闭上双眼,我会感到天旋地转。

"中考、高考这种事,没有捷径可走。"爸爸说。

对也不对,我想。

我原以为中高考也是纯粹的一方净土,所有人都要硬桥硬马,没有一丝一毫含糊地接受选拔。但是事实上,在考场内外,作弊的和抓作弊的早已经斗智斗勇上千年了。我那段时间的所见所闻,让我不能再苟同爸爸的这句话。

对2010届(或许现在也是)的郑州初中生而言,郑州一中、实验中学和外国语中学是处在高中食物链顶端的"三大校",除非你学习成绩在一个处于前列的中学里也仍然能够名列前茅,否则这三所学校想都不要想。

我们一直如此觉得。

所有大人、老师、家长,说是苦口婆心也好,夸张恐吓也罢,他们永远在有意无意地向全班灌输这一观念。

班主任曾说,他带过的一个往届学生成绩一直提不上去,他的父亲很为他着急上火。从中招考试前一两个月就开始着手布局,打点省教育厅的门路,希望把孩子送进"三大校"。从考前的一个月,算上暑假两个月,前后奔忙小半年,事情毫无转机,"三大校"的门连一条缝都没有被扒开。

"这个家长，我可以很负责任地说，"我仍能记得班主任那副严肃凝重的神情，"一个月，头发全部都白了——我可不骗你们噢！满头都是白发，我亲眼看到的。他儿子呢？最后还是没学上。"

六七十名听众们倒吸一口凉气，把心里盘算的小九九抛诸脑后。

比起数学老师的平铺直叙，政治老师的说法更加耸人听闻："各位，在河南，没有人比省委书记官大了吧？现任省委书记给一中校长递条子，想塞个学生进去，那也对不起，你塞不进去的——没有人敢开这个口子！你们仔细想一想，你们父母的关系再硬，能找到省委书记帮你们递条子吗？就算找到，你该进不去的，就是进不去！"

除去郑州八中，在北京的民族饭店，爸爸也偶尔谈到对裙带关系的看法。

他和妈妈都有种谨小慎微的性格成分。他们认定每一次非常规操作都一定会败露，从而给人们带来危险与祸患。抛开家长与老师两边不谈，同学间类似托人办事往往不成的传闻还有许多，不胜枚举。总之，托关系、走后门不仅为人不齿，且根本没用。

这成了我初中三年深信不疑的教条，无论过去、现在还是将来，都不可能出现例外。

这个教条在我入学四十七中不到一个月时，即被现实狠狠击碎。

我听到了几个一两个月都不曾再耳闻的熟悉名字。这些人的共同点是，中考分数大多都比我低，要么和我处在伯仲之间，例如高我一分。按照老师们和爸爸反复宣讲的理论，这些人能考到一个过得去的中学，免于堕落沉沦的命运已经是万幸，和"三大校"就更是绝缘了。然而，他们无一例外，都在2010届高中生开学的一到两个月内坐进了神圣"三大校"的教室里——他们的爸爸神清气爽，不见白头；大概这种微末小事，也并不会惊动到省委书记这一层面。

"真是神乎其技啊！怎么做到的？！怎么可能做到？！"

这种事我来说冲击力很大，摧垮了我的一个人生信条。如同坚定的无神论者亲眼目击灵异事件，百思不得其解，疑惑了好一阵子。

真荒诞。只是我还搞不清是我荒诞，还是世界荒诞。

在我眼里的河南还是太小了，小到只有郑州辖下那么几个方寸之地。我眼中看不到那些周边县市，有的高考替考成风。历年总有不少家长买通学习成绩优异的高二学生帮自己的孩子捉刀，同时又打点疏通好监考、巡考一干人等。事成之后，那些冒险的学生们能拿到几万块钱的酬谢；若事情败露，被捉刀的学生就会被禁考几年，以示惩戒。

这些事是我初中的好友嘘嘘后来告诉我的。我们本来一同报考的四十七中，我运气好，不多不少正好够分数线，就被录取了。他分数差得有些多，又不像我上面说到的那些子弟，家里有过硬的门路。那个暑假他很不好过，在家悲伤了半个夏天。直到后来，他才去了周边一个地级市读书。他颇具形式感地给我写过一封信，大意是追忆初中争风吃醋的岁月，期待放假能回来郑州和我一起出去上网。那封信我还保留在郑州的家里，有时回到郑州，我就会翻出来看一看。满纸荒唐言，是我们年少的见证。

后来打电话聊天，他说起他们年级里的琐事来，和我讲起这些事。人们为了自己或者后代的前程，原来可以这样不管不顾，无所不用其极。

嘘嘘说的这些事让我印象深刻，不过我没空多想，一次又一次的考试就给我敲了警钟，或者说干脆就是丧钟。我前三年遗留下的偏科问题不会随着时间流逝自己消失，它会变得积重难返，直到我彻底不能翻盘为止。在那之前，我得力挽狂澜。

高一一整年，我都在拒学和学习狂热间来回摇荡。摇摆的频率通常以一次月考为周期：考完试，看着惨不忍睹的卷面，我决定非收拾残局不可，尤其是数学，所有知识点漏洞都要补齐。因此，月考结束后那两到三周，我催着自己用功起来，上课使劲收拢自己四处逃窜的注意力，尽可能记下老师讲的要点，课下再执行题海战术刷题，不懂就打电话问数学老师。

但你不难发现，在课堂上如果根本没心思听课，或者只是中间走了几分钟神儿，那么后面再补救也是事倍功半，白费力气而已。高一教我们班的是一个挺细致耐心的女老师，有大半年时间，我都常常打电话给她，向她请教问题。

"汪黄任，我看你学数学也挺用功的，为什么分数还是提上不去呢？"后来有一次，数学老师带着一半同情一半不解地问我。

对于这个问题，我心里其实是有数的。

因为我心里根本就仇视数学，对这个反复证明我是一个傻孩子的学科充满敌意。因此我纵然可以当场强制自己跟着老师的思路走一段，自我催眠"数学是一门有意思的科目。我喜欢数学，喜欢的不得了，我爱数学"，但自欺欺人并不起作用，我仍然听不进去，不一会儿思绪就自己飞走了。

每次拿到一张数学卷子，在开始填写姓名、学号时我就开始战栗、恐慌、厌烦。

我心想，我已经深刻地认识到自己是一个不可救药的蠢货了，为什么就不能放过我，一定要让我坐在这个如同集中营的考场，揪着自己的耳朵，大声朝自己声情并茂地朗诵一百遍、一千遍、一万遍"我是一个没救了的大傻瓜"呢？

但避无可避，我只能生拉硬拽，在一张本该大面积空白的数学卷子上乱涂乱画，像个奄奄一息的数学难民，去乞求一丁点儿阅卷人的同情分，这是学生时代最让我痛苦的刑罚。不管考前心情是好是坏，考场上的我总是怒火攻心。数学卷子上的每一个标点、每一个字，甚至其他同学翻动卷子的声音全都不怀好意，它们是活生生的嘲讽，是活生生的羞辱，它们摁着我的头，撑开我的眼皮，让我看到自己的无能——每一根秋毫都看得清清楚楚。

我眼睁睁地看到自己的学业将要自由落体，坠入不可挽回的深渊。但终究于事无补，我所能做的不过是勉强挣扎几下，苟延残喘。那种无力感挥之不去，让我极端愤怒，又无可奈何——当身陷无解的困局当中时，我常常独自发怒，而怒火燃烧不多时，就会被浓烈的挫败感取而代之。

高中三年，我的数学只及格过一或两次。在周期性的自我折磨之后，数学这门课也没能得到拯救。我越是学不会，就越不想去学，觉得无聊透顶，上课也没法集中精神，勉强集中了，也听不进去；越是不想去学，就越学不会。

如此循环往复，我开始想到，自己应该去学美术，走艺考这条路。我打听了许多美术生方面的信息，愈发觉得可行。于是我决定早日拿起画笔，否则，我早晚会因为一门数学，把整个学习生涯彻底卷入到负反馈的旋涡里。

在这个旋涡里，我越痛苦，就越挣扎；越挣扎，就越痛苦。

2．任侠

关起门来说话的时候，父辈不免会和晚辈聊到过去。

我家庭的二分之一，总是有意无意地在我面前翻出陈年旧账，指出另外二分之一的若干不是处。起初我在郑州听妈妈的家人抱怨爸爸，后来又在北京听爸爸的家人对我妈的一箩筐不满。以前我还小，只是别扭，甚至还有一点恐慌，怕家长把我突然扔到另一个陌生的家里。

后来我大了，每当直面这种场景就厌烦，然后愠怒，然后麻木，最终抽离为一个置身事外的看客——任他们的思绪代入到彼时彼地，唾沫横飞，情感饱满，我也只固守着一副没有颜色，也没有波澜的面孔，一言不发，安静地等他们说完，然后借故离开。

不是一家人，不进一家门。虽然在细枝末节的事上两家多有龃龉，但我发现两家的共性不少于差异：男主都是普通干部，一板一眼，循规蹈矩；同时都由女主持家，因为男性总是懒得操心瓶瓶罐罐的家务事，她们对家庭内务的话语权很大，往往能直接拍板定夺。

总体而言，两家人有轻重不一的道德洁癖，多少有点寻章摘句的学究气，在人情世故上比起大多数同龄人来并不练达。这个家庭出身的孩子也应该是一个典型的好市民，逆来顺受，老实本分，恪守本职守则，从不逾矩。他们早年对我的教育，或者说价值灌输也是如此。

用妈妈的话说是我要"听长辈的话"，爸爸的讲法斯文一些，叫"做人以忠孝为本"。

我以前没得选，只好做一个乖孩子、老实人。但经验告诉我，我奉为圭臬去遵守的小学生守则既不能保护我，也不能保护其他性情软糯的同学免于形形色色的霸凌。老师们常持有一种庸俗论调，即一个巴掌拍不响，你不去欺负别人，别人自然不会欺负你——但我回忆小学时候，还是不时被人欺负，还遭遇过抢劫。然而那时一味强调退让、克己的思想潜移默化地给我洗了脑，导致我不敢去反击。但我一直没忘，总是在心里记着仇恨，它无声发酵，后来在我心里酝酿为一种暴烈的冲力，在我的头脑里横冲直撞，很快就打断了我信守家庭教导、自我驯化的进程。

妈妈过去常说："少和老坟岗的孩子一起玩，这些人你惹不起的。"

这个家在最深处，仍然残存着南方移民的谨慎意识。所谓"老坟岗"，是郑州过去的一个旧地名，现在说起来，很多郑州年轻人也未必知道。久远以前,老坟岗之于郑州,就如同三里屯之于北京,是一个三教九流、龙蛇杂处的杂烩之地。"老坟岗的孩子",大概就是在指代老城区的土著——在弱势的南方人眼中,"老坟岗的孩子"身上有种桀骜不驯、不服教化的作风,外来人硬碰是碰不过的。

我一度把她的话奉为圭臬。但后来我对她和爸爸说的话都是有怀疑的。我想他们都是那种克己复礼的老好人,但甚至连挽救自己组建好的小家庭都做不到,眼睁睁地看着它一分为二,什么也做不了。

还有,我对改名事件仍然耿耿于怀。妈妈宁可盲信一个拗口的名字能带来祥瑞,也不愿去尊重一下我自己做出的选择。

我开始质疑这个家庭的过去、教育和价值观,觉得我的上一辈在外面纵然光鲜,但内里则是失败至极的。我应当摒弃他们传输给我的一切教条,自己教育自己。

到我在八中的最后一年多,叛逆已经初现端倪。后来离开家庭,到四十七中住校不久,我就像家养动物回归野外那样,很快变得毛发粗糙,生出獠牙。在家靠父母,出门靠朋友。我身边市井烟火气十足的"老坟岗的孩子"渐渐多了起来,这群人以任侠使气自许,特别爱玩,易怒,喜欢酒精和烟草,总是能受到漂亮姑娘们的青睐,常常因为别人的争风吃醋到处帮忙。

我年轻气盛,以超强硬回应强硬的态度,开始内化为我的人生信条之一。

我记得开学不到一个月的一个下午课间,有一个高二学生在班门口靠着栏杆打电话,当时我站在走廊的栏杆上远眺,栏杆造成的轻微晃动让他倍感不爽。他对我指手画脚,让我滚开,否则就要把我扔下去。

如果是小学或刚上初中时遇到这种事情的话,我会忍气吞声,先服软,窝窝囊囊地走开,然后生闷气。但我太痛恨那种自我了。我当即从栏杆上跳下来,辱骂他,威胁他,恐吓他,决不让步,上来就摆出一副要硬碰硬的拼命姿态,让他想找茬儿就放马过来。我毛发倒竖的样子戾气深重,应该是很难看的,但难看不要紧,我只要它有用。

他怕了。我很得意,我在气势上压制了比我要高半头的对手。

他本来说要我等着,下午放学要收拾我,但也不过是放学后把我叫到班门口时,他用手指敲敲我的胸膛,压低嗓门说,"小弟弟,这次学长我放你一马。"

我拨开他的手,不说话,冲他干巴巴地冷笑几声。笑容蓦地消失,然后我转身走掉。

几乎同时,我又和八中那个曾经把我吓得不轻的胖子闹翻。起因我记不太清了,挺无厘头的。好像是因为我和一位女生的 QQ 签名或头像有些暧昧,他又喜欢她,就忍不住想敲打我,让我别和她眉来眼去。我把他当个屁,态度倨傲轻蔑,让他大为光火,放话说要揍我。

我也不甘示弱,反正吹牛也不用上税,就虚张声势地吓唬他,让他过来挨打。我说,勾践找我事儿,只要他敢来四十七中,看我扎不扎他就完事了。一来二去,这出荒唐闹剧搞得人尽皆知,几个好事的同学居中和稀泥,好说歹说,最后谁也没有见到谁,两个人相互隔空放了一阵炮,此事就稀里糊涂地不了了之了。

至于那个姑娘,最后我们俩谁也没追到手。

上到天王老子,下到眼神凶巴巴的暴躁青年,十五六岁的我谁也不害怕,什么也不在乎。新生活使我认定,蔑视规矩、讨厌约束的我,才是去染还净后的本来面目。

不怕归不怕,一场场冲突最终还是消弭于萌芽,没有爆发。打起来会怎样,我心里其实也是没有数的。

前些年,我经常看郑州法制频道的节目,电视上总会播放激情杀人的案例。当事人在斗殴中意外致人死亡,面临牢狱之灾,事发之后全都追悔不迭。那些片段给我留下深刻的印象,让少年的我打不还手,我害怕自己一不小心就会把对手打死,但心底里却又压着火,另一个声音在怒吼:真没种,打死就打死了,怕什么?

"哎呀,你一看不怎么打架吧?这就不是个问题啊。人没那么容易两下就被打死的。拿刀捅,引起脏器大出血,这种才容易没命的。"

"你是不是从小就天天在研究这种事？"

"说出来你可能不信，"他眯起眼，深吸一口烟，"我小学时其实学习蛮不错的。"

"我不信。"

"真的，我小学当过干部，也听话。老师夸我都说，将来我是能出国深造的人。但是老有孬孙喜欢欺负我，我气不过，就交保护费认了一个哥。后来我跟他出去到处打架。我这人爱交朋友，谁有事我都冲上去帮，很快结交了一帮人。后来转学，也是三个月从无到有，咔咔咔，结交出来一大帮子兄弟。"

"啊，这也真是任侠放荡了。"

"我读书少。什么放荡？"

"没什么。"

"嗨，造化弄人，"他说完，站起身，弹飞烟头，拍拍屁股，"想当年我操心的事，都是考清华还是考北大，当科学家，拯救世界之类的。"

跟家人那套"静坐常思己过"偏重反躬自省的哲学不同，"老坟岗的孩子们"常常敢于和人周旋，并且善于和人周旋。这些人中，又以一个外号叫"老头儿"的家伙为头领。有阵子，我常常跟"老头儿"去学校宿舍楼后西北角的僻静角落抽烟。

"老头儿"一看也是个浪荡不治学业的人：头发染成深红，尖刘海。那时他瘦骨嶙峋，太瘦了，用他自己的话说是"像条柴狗"，几个不喜欢他的人污蔑他吸毒。但这个人瘦归瘦，长得却很精神，为人处世透出一股游侠气。他讲话音色有些含混，平时操河南方言，几乎不讲普通话。

我对"老头儿"是好奇的——四十七中是完全高中，多半学生是从初中部升上来的，相互间自有一帮老熟人。而"老头儿"，他是一个少数派，来自一个我以前完全没听过的学校。短短几个礼拜，他就和一帮半熟的陌生人同学打成一片。很快，他在人们当中说话就有了分量，和初中部直升上来的老资格们平起平坐，偶尔还凌驾他们半个身位。

八中学生来四十七中的也很少，粗粗估算，可能就十几二十个人。比起"老头儿"他们弗如远甚，成为社交反面教材。这些人中有三四个，行事还像过去一样招摇，目空一切，他们身上那股子恶臭的优越感惹人讨厌，于是入学没几个礼拜，他们就纷纷挨了揍。此后要么因捣乱被开除，要么自己黯然转学走了。

因为这几个人，八中在我们一届的圈子里名声很差劲，"八中人"成了一个贬义称呼，用以指代傻乎乎的，没种又招摇的官僚子弟。

我倒成了硕果仅存的八中人，直到最后也平安无事。也许是因为我和"老头儿"玩得来，被人们视为"十班老头儿那一帮子"中的成员，所以没人找茬儿。

那时"老头儿"像是一个炙手可热的歌星。每周五下午放学后，他准时准点开始呼朋引伴，骑上电动车或摩托车，一声呼啸,赶赴或远或近的各个中学。夜幕降下,"老头儿"的郑州巡回演唱会便在一片喧哗叫嚷声中开始:他每周都要带人去各个学校帮他无处不在的朋友们打架,打完一场,骑上车去另一个学校继续打。

"我来考考你。你说,假如有两班人在对峙,对面人越来越多,我们自己人却迟迟不来。怎么办?"

"那要我说,就要等咱们的人到齐再开打吧。"

"老头儿"低头笑笑,摇摇头:"你看看你。所以说啊,你们八中人就是不灵活。对面的人数一直在变多,咱们死等,人还没到齐,对面肯定就打过来了。那时候,肯定吃大亏。"

"那咋办?"

"与其让他们打过来,不如我们先杀过去,""老头儿"把双手插进裤兜,一甩头,大步流星,"先发制人,气势一到,人少照样打人多。"

情形不利,出现颓势,就果断出手,孤注一掷。这是继"人不容易被打死定理"后,"老头儿"提炼出的第二条街头智慧,我管它叫"先手定理"。"老头儿"所说的以少胜多的境况,不是他假设出来的思想实验。高一那年,他在毕业的初中搞事情,他身旁只有十个人,隔着马路和对面"黑压压一片"的三十多个人相峙。他运用先手定理,果断带队出击,走到对面,趾高气扬地问了句"谁主事儿的呀",就丢了烟头,厮打起来。

事后，那三十来人里两个被打得头破血流，一个昏厥过去，过半的人被"老头儿"威慑，两股战战，几欲先走，没敢动手。

我感觉到他很神奇，虽然他的"先手定理"我还不能卒然信服，但过了两年，我才在书里看到了类似论断："……战争必不可免，拖延时机只是把优势拱手让给他人"，出自马基雅维利《君主论》第三章《混合型的君主国》。

他是一柄钥匙。通过他，我得以闯入一个狂野无行的任侠世界。那是一个起点，从那时起，我开始了漫长的自我放逐，我和我出身的家庭，还有我的爸爸，在底层价值上分道扬镳，活成了彼此的镜像：他们一如既往地教导我守序，但我把这些话当耳旁风。

在精神上，我离家出走了。这一走，就再没回去过。

不多久，可能只有几个礼拜或者不到两个月，家人们就嗅出了我身上的异质味道。慢慢地，他们感觉到我和"老坟岗人"的形象在发生重合。我自己倒不觉得，但日常走路的姿势早就是晃晃悠悠的了。我的话语中夹杂着众多在书香门第中不可能听到的俚语，连口音都"听起来越来越像个南阳或者开封人"。

我在家抽烟的事，也被发现了。因为我每次上厕所，都要在里头滞留半个小时。我大开窗户，想等厕所里的烟味跑光再出去，但这一举动只是自作聪明，反而把我的可疑行迹暴露出来了。时间仓促，作为证据的烟草味也来不及散尽——我的嗅觉已经习惯了香烟，所以即使装作没事人一样，大摇大摆地走出厕所，里面仍然有一股呛人的烟味。

"唉，四十七中都是些什么人，怎么把你带成这样了？"家人们心急火燎。在他们的认知里，四十七中的游侠们完全是一帮妖魔鬼怪。我的住校生活必须得叫停，他们打算让我转学到离家较近的六中，即郑州市回民中学，像过去一样恢复走读。

面对他们的指控，我通常冷眼旁观，一言不发。有时他们把我唠叨烦了，我就和他们抬杠、争吵，发泄我心头的无名火。这股火气分成三份，一部分是青春期的叛逆，也有一部分来自在数学考场上反复证明自己愚蠢的积郁，还有一部分深深隐匿在心底，很久我都看不清。那是一种对家庭的逃离欲，想逃，又没逃开，求出无期。

"你现在数学本来就不好，再这样放纵下去可不得了呀！"

"我要当艺术生，我要学美术！"他们不提数学还好，一提数学我就炸毛，在家里嚷嚷，"现在根本不知道将来能不能在北京考试。就是能，我这数学也考不高了。死磕了快一个学期了，还是毫无起色。我绝不能坐以待毙，人不能被尿憋死。现在必须得想想别的出路了！"

家人们倒是支持我学画。我一直想学画画，想当艺术生，这没问题。但他们反对我跟那些调皮捣蛋的孩子混在一起。现在，家里决定齐头并进，一边将学美术的事情现在就下手准备，此外文化课也不可以松懈。我最好能转学去六中，每天在家住，分数能提多少是多少,最主要是把一身毛病洗净。

"现在情况已经告诉你爸爸了,他不久之后就会来郑州。我们觉得这些事该由他主要去办——他现在是你的监护人了,也该管教管教你啦!他天天跑自己的事情,还以为每个月寄点生活费,孩子就会自己长起来呢?"

爸爸一个学期来两次郑州,这种事以前不多见。他第一次来,夏天已经苟延残喘;当他再来时,已是凛冬将至。

2010年的上半年和下半年,如今我回想起来是截然两段,彼此不同。上半段火热高昂,虽然也郁闷,但因为最后总算考上了学,苦中有些甜;下半段想起来就只是阴惨惨的。那时我虽然也玩,也放得开,但高考前景晦暗不明,总让我突然之间烦躁不安。这时所有的娱乐活动,都像一个死刑犯披枷带锁的最后狂欢。郑州在我的记忆中也是阴冷的,就像有一团不能拨散,也不能排遣的郁结充塞于天空与大地之间,它巨大而又黏稠,把空气挤得几乎无处可逃。那时我的心情常常不好,像是窒息三十秒,再小吸一口气,而后再窒息,再吸气,一筹莫展。

晚上八九点钟,他在大河锦江饭店召唤我,那里离我的小学不远,于他却是陌生的。

按图索骥,我找到房间就敲门。我以为当门打开时,我很可能会看到一张肃穆威严的面孔,但并没有,爸爸还是微笑着给我开了房门,礼貌且客气。

那一刹那我有些恍惚。我没来由地想,我们的父子关系是不是发生了退化?又退回到小时候那种局外人的状态里去了?我又想到一种可能,那就是我们见面的时间加起来还是短,尽管我们常常能相处得很热闹,但先天不足的亲情不可能被完全修复。

所以,我们偶尔还是要退回到最开始的地方,各自整理心绪,而后谨言慎行。

在宽敞的套间里,我们相对而坐,一人在一边,他靠窗,我靠门,离得不近。

"我至今仍记得你说过的话,"看见爸爸还是微笑,我稍微放松了些,看样子可能不会挨打,"你说过,要超过我,记得吗?"

"记得。"

"那时我很高兴你说这话,我觉得你很有志气,这让我想起了我跟你爷爷的对话。你爷爷嘛,你也是知道的,很传统的一个人。他对子孙后代的期许就俩:传宗接代,光宗耀祖,"爸爸跷起二郎腿,开始玩自己的手,若有所思,"我问过他,'您觉得我做您的儿子,您满意吗'?你爷爷说,'我很满意'。"

我不吱声,等着他继续往下说。

"所以呢,啧,你小子什么时候能让你爹我满意满意呢?咱们先不说满意,先让我省点儿心——就你现在这学习,你得抓点儿紧。"

爸爸在讲话时,总习惯在椅子上来回挪动自己的身体,换着跷二郎腿，一会儿左腿翘右腿上，一会儿右腿翘左腿上。看得出来，他上火，但他在掩饰，不想让场面太尴尬。

"还有，听说你现在会抽烟了？"看我一味静默着不说话，爸爸又左右晃了晃身子。

"是。"

"你一高中生，抽什么烟？"

"心里烦，就抽了。"

"小小年纪，烦什么呢？"

我仰天长叹："唉，数学学不会啊！"

爸爸被我气笑了："哟，还挺知道着急，不错。"

"我是真急。"

"那你想怎么办？"

"我现在想，让我去学美术吧。文化课成绩，能提多少是多少，不能放下——但现在看数学搞不定，总成绩就受影响，要想蹿到一个极其靠前的位置，不现实了，我看还是得尊重现实；美术的门路我摸得差不多了，一般都是在高二开始学习，高三差不多现在这个时候去考试，最后参加高考。我考察了下，这是一条相当适合我的路子。"

"就是说，如果你画画不错，艺考过了，文化课分数就不那样高了，对吧？"

"是这样。"

"那你们现在还在搞文理分科吧？"

"高二会分文理科，直接选文科。到时候要应对的就是数学，压力较现在会变小。"

我看见爸爸的身子往后仰，靠在椅子背上，搓着手，左右翘了几次二郎腿。和我初次跟他提这件事的反应不同，他开始思索，而不是一口否决。终于，他点点头，发话了："那这样也不错。"

"就是说，您是同意了？"

"可以呀，你好好学就行。"

听到他说这番话，我轻松了不少，身子也往后仰，靠在椅子上。我隐隐有些冲动，想要早日拿起画笔，磨炼线条与光影的技艺，像造物主那样把映过内心那些我爱的形象勾勒出来。我一想到这场景就莫名高兴起来，心头积攒的郁愤霎时间清扫过半。

这时候，爸爸说："其实就算你去学美术，我还是希望你能把数学学好。我不想你逃避困难。"

"我们要的是高考的结果，"我尚沉浸在突如其来的喜悦中，没有看他，忘记观察他的面部表情，"此路不通绕道行，死磕事倍功半，何必呢？"

"你这话说得，就还是躲着呗？"

"嗨，爸，此言差矣。高考这事儿，都说是千军万马过独木桥，它就是一场战争。所谓军事大要有五：能战当战，不能战当守，不能守当走，余二事唯降与死耳。打得过就打，打不过当然就跑呗。"

"你这歪理是跟谁学的?"

"司……司马懿。"到这时候,我才发现爸爸讲话有些动了火气,于是说话也有点虚了。

"还司马懿,我问你,你学数学努力了吗?没有吧?你不努力,怎么知道能战不能战?"

"努力学了。"

"我看你没有努力。努力了怎么能学不会?"

为了避免他生气,我没有再接腔,下面都是他一人在说,说他当年高考如何迎难而上,学习数学时如何努力,如何快乐。

约莫讲到凌晨,再没有话,他最终下了结论,责令我"还是好好学学数学",而后洗漱熄灯,我在他一旁悻悻地睡了。这是我第一次见他这样明显得不高兴,大概是我说的话让他特别不爱听。但想来想去,我又不觉得我哪里说错了,倒品味出爸爸说法的不对劲来。

他在最开始,就把我带进了一个逻辑闭环。他认定只要努力,就一定能学好数学,这一点不证自明;至于该努力到什么程度,才证明我努力了呢?努力到我学好数学,就能证明了。学不好,只能说明没有努力。

这里有一个隐蔽的大前提,即努力就一定能学好数学。这个前提如果立不住,后面一系列推论,也就统统不能成立。我那时只觉察到这番话有问题,但又说不上来毛病在哪里,就想着怪怪的，不太正确。不久后，我才会领教到，爸爸差不多是一个努力万能论的信徒。他的经历塑造了有他线性的真理，他觉得只要努力，几乎任何事情都可以摆平。

他看重过程，而我着意于结果。他喜欢同和他一样温文尔雅、知书达理的人相交，我身边则尽是些豪放黠慧的青年。我认为抉择与努力同等重要，战术上的勤奋最终不能挽救战略上的怠惰。人生漫长，需要经营谋划，而非片面强调血勇的短促突击。他却觉得这些全部都是借口，嫌弃我被那些轻浮狡诈的坏孩子们带出来一身毛病，名门正派风范尽失，满脑子全是旁门左道。

当我们走得足够近了，才发现我们也并非没有代沟。有个别问题，乍看微不足道，却是我们父子俩终其一生都无法达成共识的。

3．裁判所

学期将近尾声，户口的事还是迟迟没有动静。在河南参加高考，看来已是定局。

准备艺考已经为爸妈双方共许。外公以前在艺校做过事，有熟悉的美术老师，因此老师就由妈妈家出面联络，学习费用则由爸爸方来提供。

事情很快执行推进。期末考试前的一个周末，我被外公领着，跑去美术老师家里拜访他。

这位我只见过一次，印象里非常安静的美术老师坐在他家的沙发上，翻着我的写生本。他的厚眼镜把目光挡得很严实，我看不透。

"你之前是没有学过画画的，对吧？"他问。

"没有。"

"那能坚持画，画成这样，也说明你是有天分的。你的水平，在我这里能算是中等吧。"

我耸耸肩，和外公相视而笑。不用咀嚼，我就在内心把他说的"中等水平"自动翻译为"一般般"或者干脆是"不入流",因为我深知自己的绘画技术有几斤几两。我只是比着葫芦画瓢,歪歪扭扭,没有章法可言,可能还有不少毛病,需要及早跟着老师学才能上道。

"老师,"我两手局促地摸着膝盖,身子向前探了探,"我是不是高一就应该开始学呢?"

"那倒是没有必要的,"他扶了扶眼镜,慢条斯理地说,"走艺考美术呢,我的经验,很多人其实都是从高二才开始学的。高二开始,扎扎实实,按部就班,然后还有集训,掌握比如素描和水彩这些科目完全来得及。高一不用急着学。"

"好的。"

老师继续慢慢向后翻着画册,翻到一幅画时停了停。他指着那幅画,问:"这幅画,画的是?"

"前阵子看香港漫画《古惑仔》,就想比着画一幅,结果您也看到了,水平不行,就失败了呗。"

我记得那是一幅半身像,一个染金发,戴飞行员墨镜,胡子拉碴的男人,嘴上叼着烟头,戴项链,神色阴鸷。上半身,机车外套,里面衬着T恤,锁骨处能看到遮掩不全的劣质刺青。

他微笑,我也笑。偶然之间,我发现那幅画虽然画得很不怎么样,但眉眼间却好像有种"老头儿"、我以及身边一帮狐朋狗党的神韵。

那时我头发已经长长,形象大致如下:话不多,一张扑克脸,和路人对视时目光不动,冷冷地盯到他们眼神躲闪为止。经常听歌,戴上耳机瞬间屏蔽全世界。头发比中学生守则的标准要长不少,鬓角剃得很短,刻下一道闪电。上部被理发师用锡纸胡乱烫过,有点乱七八糟;斜刘海,长度差不多能遮住右眼。衣着上,穿着比身型大一号的长版羽绒服,下半身则是瘦瘦的修身水洗裤——灰色、卡其色、蓝色和黑色都有——配板鞋或帆布鞋,步伐轻捷。平时走在路上,指间夹着一根"红旗渠"香烟,甩一甩刘海,摇摇晃晃。

我的新发型在家里引起了轩然大波,家人叫苦不迭。他们觉得我的打扮和形象,看上去就是一个缺乏管教的"精神小伙",哪里有半点像一个规矩孩子?

说实话,我自己也嫌这发式张扬,不好看。但我懒得费口舌,我自有一套想法。那时我喜欢上一个漂亮大姐姐,就想尽量把自己收拾得像个大人,好去和她搭讪。

她是纬三路移动营业厅里的一个柜员,我只有周末去充话费时才能见到她。我记得她个子高挑,体格清瘦,深棕色的头发扎起来,配上制服,看起来特别干练,兼具成熟与妩媚。我第一眼见到她,就被惊艳到了,下决心问她要手机号。可她怎么也有二十出头了,我想在她眼里,我肯定还是个小朋友,她不会搭理我。

我想可以在头发上做些文章,就跑去理发店,让理发师这次尽管大胆些,给我弄一个新发型,要帅要潮,要有大人的模样。其实理发师才不会管那么多,他们只关心自己的提成。因此对顾客,尤其是男性顾客各式各样的要求,他们总做千篇一律的回答:烫头吧,烫了头自然就好看起来了。

除了烫头,我还在学校里问"老头儿"等人要了几个手机号,只要移动的。我盘算,应该多借充话费的名目去营业厅,在大姐姐的面前出现,多少留下一个脸熟的印象。"老头儿"等人也乐见此事,纷纷报上手机号让我拿去充钱。当然,我也是醉翁之意不在酒,每个号只能象征性地充五块十块不等,重点在于每个周末我都能见到她。

"时机差不多了,出手吧!"

前后铺垫了三五个礼拜,我告诉自己,火候也差不多了。我一到周六周日就往那边跑,她或许对我这一号人也有了印象。因为柜员和客人之间隔着玻璃窗,我始终跟她搭不上话,所以我想还是直接去问她要手机号就好,行就行,不行拉倒。一个周六的上午,我决心行动,还写了一个小纸条:"经常在你这儿充话费,想认识你。OK 的话把手机号留下。"

考虑到被拒绝的可能性也很大,我又补充了一句:"如果不 OK,就把纸条退回来。"

我说干就干,立刻跑去营业厅,一进门就拐到她的小柜台。嘴上说声充话费,把纸币和夹杂在钞票里的小条子通过小窗口递给她。我看到大姐姐接过钱,发现里面夹着的纸条,拿起来看。她看了约莫十多秒钟就把纸条退了回来,全过程都没有抬头看我一眼。我略感失落，拿起纸条转身就走，出门便把它丢进垃圾桶里。我帮人代充话费的活动画上了句点，从那以后我再没去过那家营业厅。

此事引发了"老头儿"等人七嘴八舌的一通嘲讽，他们笑话的也是：二十多岁的漂亮女人，肯定一大堆适龄青年在追，哪里轮得到我呢？我心里也不窝火，也不烦躁。无非是一只靴子落了地，知道自己没戏就行。

事情没过俩礼拜，众人开玩笑的焦点又转移到"老头儿"身上。

高一那年，是"老头儿"小团伙最快意恩仇的时候。我前面提到过，"老头儿"这个人很有游侠气，他自己从不惹是生非，但喜欢替朋友出头，每个周末都在赶场打架。他在我们学校是叱咤风云的人物，带着十个人打赢过三十个人，还总结过街头智慧两大定理："人不容易被打死定理"和"先手定理"，让我颇有眼前一亮的感觉。

然而，上得山多终遇虎。他去外校打架，又是因为朋友的朋友恋情出了问题，桥段老套，据说是被戴了绿帽子。他原以为这次稀松平常，可以像往常一样，如入无人之境，享受追亡逐北的乐趣。不料这次双方都憋着极大的火气，厮打成一团。

"老头儿"也受伤了，受伤的原因却让人啼笑皆非。他在十四中的校园里面打来打去，对面有一个小伙子老是缠着他不放，他怒从心头起，全力挥出一拳，正中对手的脖颈后侧。

听说那人被击中后,"人都被打飞了,倒地的时候手都没扶一下,昏死过去"。"老头儿"一击制敌,还没来得及高兴太久,就发现右手疼痛难忍。去医院检查,被告知是粉碎性骨折,石膏绷带立刻打上了。当他再回学校时,样子窝窝囊囊,右手吊起来,上面缠着厚厚的绷带,莫名滑稽。我笑话他不像是打了人,反倒像是被人群殴的那个。

只笑了两三声,我就笑不出来了。

距离期末考试也没几天了。

"老头儿"因伤可以免考,而我找不到任何理由,只能硬着头皮上考场受折磨。这一事实再度引起了我深深的无力感和郁闷,强颜应和众人说笑了几句,就走去宿舍的阳台,摇摇头,点了根烟。烟雾缭绕中,我照了照阳台洗漱间里的大镜子。

我看到镜子里的自己一想起考试就昏昏沉沉,像极了一个即将被押赴刑场处决的囚犯。

我的头发又长了,该剪剪了,但不用彻底修光。

对了,自始至终我都不觉得理发师给我瞎糊弄的发型很好看,但也觉得还能勉强看一下,就保留了没剪。我心疼我的几百大洋——大姐姐的手机号没有要来,头发总可以留着,以便宽慰自己:"喏,那大几百块钱,毕竟没有白花。"

如我所料,那个学期的期末成绩惨不忍睹:语文和英语几门文科,账面上看起来还不错,压住了阵脚,但是数学、物理、化学、生物和地理五门都没及格，绝对是瑜不掩瑕。物化生三门无非是纤芥之疾，毕竟我早就决定高二报文科，只要将来会考在开卷的情况下把这三门搞及格，不妨碍我拿毕业证就行；心腹大患仍在数学，可我早就束手无策。

在跟爸爸通电话时，我对期末考试的成绩含糊其辞，起初想蒙混过关。我知道，他就算对我的情况一清二楚，除了干着急，也无非是"努力""吃苦"之类的车轱辘话来回说，根本于事无补。

但纸终究包不住火。得知我五门功课不及格，他有种方寸大乱的惶惑，要求我，寒假到京之后，速去家里"陈述现状"，接受"诫勉谈话"。

他这里所说的家，并不是指他自己的住处，而是他的妹妹，即我姑姑家。我在前文提到过，爸爸和他的妹妹、妹夫住在同一个社区，分属两个相邻的单元楼，挨得很近。他平时事务繁忙，自己不做饭，就去妹妹家吃。他总要依赖她，可以说是十分倚仗。在外各类事情，爸爸常常交托给她去打理，实质上，姑姑就是他的经纪人。爸爸一向不耐烦处理那些麻烦的琐事，因此事无巨细总要和姑姑商量。

姑姑的意见在爸爸心目中有举足轻重的地位。爸爸对她言听计从，他似乎是从来不以这个家的当家人自居的。

在我看来，爸爸和姑姑虽然是亲兄妹，但早就已经有了各自的家庭与子嗣。我们是来自同一个源头的两个分支，但也仅此而已。大家早已分家，互不统属，各自独立。随着岁月变迁和世代交替，血缘关系会自然地疏远与淡化。但爸爸的看法和我完全不同，在他看来，他与妹妹从来没有分化成两个支系，大家都是不可细分的一家人。家与家的界限是模糊的，也应该是多余的。

我对这个家的结构不清楚、不了解。此前，那只是我暑假吃吃喝喝、打打游戏消磨时间的地方。

我到家里了，大家在最靠里、厨房门前挨着窗户的饭桌上就座。爸爸在我侧近，我们俩正对着姑姑和姑父。表哥当时应该也在场，但不关他的事。他话很少，只是埋头吃饭，我记得他吃完饭就回房打游戏去了。我想早点结束所谓的"陈述"，也好和表哥再打上两局《帝国时代3》。

"哟，英毅，让我们看看，你这什么发型啊？"

"是啊，干嘛留这种头发？"

我有点不自在，左右扭扭头，让他们看到我乱蓬蓬的头发，鬓角刻下的闪电横道。他们的面色带着一些嘲弄，像是在欣赏某种动物奇异的毛发，伸着脖子看了一阵，嘴里咕哝。

"河南？嗨，这种小地方教育就是不行。"

"在实验中学就不可能留这种头发。"

我心里不快，我跟他们只能算很夹生的半熟。我的发型确实出格，这我承认。但无论如何，河南是我生长的地方，河南人自家埋汰几句没关系，外省人说三道四，我听起来就刺耳。

趁着扭头的间隙,我看了爸爸一眼,他没有看我,一直在看对面的亲戚,等候他们对我下一步的训诫。

由于缺乏应和,我又总冷着脸,所以锡纸烫和河南的贫瘠(我反应过来,他们嘴里所谓"河南"如何如何,可能也是在影射我妈妈家)话题很快告一段落。我们切入正题,我开始汇报我的学习成绩。对面的两个人听完我五门不及格的事,均面色凝重,眉头紧锁。

不过,他们也没有说出什么我不知道的事情:两个人你一言我一语,把爸爸在郑州和我耳提面命过的老调再重弹一遍。现在这个成绩是差得太远了,我得努力,使劲努力,要吃苦,使劲吃苦,不然前途是堪忧的,肯定考不上大学。现代社会,如果考不上大学,整个人生路途也就晦暗不明,难以挽救,我的人生会变得乏善可陈,极度悲惨。

"儿子,你想想,当年我们考大学那时候,"爸爸也眉目忧愁起来,他略微舒展了一下五官,身体往前倾斜,忍不住插话,"我们那可是'老三届'啊。考大学非常难,可是我们都清楚,考不上就完了,所以全都非常用功,这才考上。你怎么就没这种紧迫感呢?不知道形势危急。"

"你说的这些,我都知道。可我有些科目真是学不好啊。像语文、英语的成绩,您看还行吧?我就实话跟您说,这俩我都没学过,时间抽调出来,全扑在数学上都没用。"

"你看,你又开始找借口原谅自己了。你不努力,怎么知道你学得好学不好？"

"我努力了，可就是学不好啊——这跟原不原谅有什么关系呢？"

"你怎么就努力了？你根本就没有努力嘛，努力学还能不及格吗？"

话题又跑进了爸爸奇特的逻辑怪圈里去了，我再次语塞。那是我第二次觉得他的思路存在若干问题，但也只好止步于此。逻辑学的贫乏让我找不到问题的症结所在。

我感到谈话的氛围生硬，近乎兴师问罪，过了并不多久，观念的对立就尖锐起来了。我已经很不耐烦再说数学的事了，尽管在后面一两年里他们还是反复向我灌输他们的努力万能论，妄图让我毕其功于一役地创造数学奇迹，逆风翻盘，但我心里对自己数学的前景是一清二楚的。将来，这门折磨了我六年之久的学科只要能稳定在及格线靠上一点，即百分制七十来分的样子，我就烧高香了。但我认为的现实，在他们的解读当中就成为一种失败和投降的借口，即"自我原谅"。

"我打算去学美术。"我想直接终结这场无益的谈论。

"我们正要说这件事，你爸爸跟我们讲了，"对面的人慢条斯理，仰着脸说道，"这条道路，我们觉得，不现实。"

"是啊，英毅。你说，你学美术，将来能干什么呢？人总要先生存，才能谈别的。"

"可以当画家，我想当画家。如果不当画家，美术生做设计师的也很多。"

"嗨,"他们盯着我,微微向后摇晃着脑袋,摆摆手,"画家这个就更不靠谱了。"

"怎么了?"我都有点被他们气笑了。转头看看爸爸,心里想这两个亲戚真是古怪多事。

爸爸还是无动于衷。此时此刻,对面的两个人像是无所不知的老师,只有我们俩如同一大一小两个学生,除了听取两位大老师的训诲,别无选择。

"画家这个群体可非常讲裙带关系,光画得好可没用。你爸爸他不是这个圈子里的人,他到时候帮不了你。再者,我们退一步,退一步,就说你自己吧,我问问你,你以前学过美术吗?"

"没有系统学过,小学学过一阵子国画……"

"看,你没有吧?虽然你以前画画,但那只是爱好,水平怎么样,我们都不知道。想学美术,可以,你小时候获过奖吗?奖状能让我们看一看吗?"对面开始连珠炮般地发问。他们的提问中包含了许多预设立场,比如学美术出来只能做一个一贫如洗的画家,而画家群体又要看裙带关系,我爸不具备这种关系,因此我不合适;还有,学美术必须具备童子功,小时候还要获奖。

我顿时被他们搞乱了头绪,被完完全全带进他们的节奏里了。我想极力解释,现在身在高考第一线的人是我。我做了调查，同学也好，带艺考的老师也罢，因此我有发言权。我无需听从他们两位不容许反驳的质询——他们早已脱离高考前线了。他们的孩子，即我的表哥，那两年已经或即将读研究生了。再者说，虽然他们有教育表哥的成功经验，但他在北京，我在河南，情况相差甚远，无法一概而论。

"以前爸爸想看看你的画，你也没有让爸爸看过。"爸爸突然补充了一句。

"我那是觉得自己画的不够好……"

我本来还在想，爸爸早已答应，只要他不松口，旁人说破大天也不能改变我的既定路线。他突然这样和我讲，我从心底里冒出一阵凉气——看样子，他的立场动摇了，或者更糟糕些，他已经完全站在这两位亲戚一边，要反对我将来去艺考了。

"既然画得不好，以后当作爱好慢慢培养吧。"

"画得不好才要去学啊……"

"我跟他们商量了一下，觉得这条路不行，不靠谱，很扯淡，"爸爸眉毛皱起来了，"你回郑州之后，好好学习吧。不要考虑那些没有用的。"

"那我这样，高考肯定考不到好学校啊。"

"你考到什么学校就念什么学校！"爸爸一锤定音。

他们后来七嘴八舌地又讲了许多话，但我都没听进去。失落的情绪像是一团团浸了水的棉花，暂时堵住了我的听觉和味觉。爸爸之前在郑州已经答应了我，同意我去学美术，为此我又是找老师，又去买画材，跑前跑后，满心憧憬。而在这一天，他毫无征兆地一百八十度大扭转，伙同两个我并不熟识的亲戚，把我向往的可能性砸碎。

怎么会这样呢？我心乱如麻，有一两个瞬间我意识到自己因为颓丧而过于驼背，便挺了挺腰板。可是不一会儿，我的背就又弯下去了。

我意识到了一件可怕的事：我的亲戚，汪家的另一分支，竟然能对我和爸爸这一分支产生如此巨大的影响力，以至于一向守信用的爸爸亲口应允的事情，也能说变就变。我和爸爸两人拍板的决策无非是空口白话，如果不经这里"商量""讨论"并获得最终确认，那是随时会被否决于萌芽状态的。

这让我非常无奈。

事实上，在后来的岁月里，爸爸常展现出迥然不同的二元性。当我们单独相处时，他是我温厚善良的爸爸，会尽量满足我的要求，而又时刻避免对我骄纵。他不愿伤害到任何人，对谁都客客气气。在他身上看不到一个传统严父的肃杀和威严，有事可以光明正大地提出来讲。所以我们虽然不能常见面，但很喜欢坐在一起聊聊天，欢声笑语，插科打诨。

而一旦亲戚发出他们的声音时，爸爸就会掉进对他们重度托赖的强大惯性里，把别人家的"建议"下意识地按照"指令"或"裁决"下派给我去做。我明白，我的父辈们想在我身上复刻我表哥的成长模式：一个无病无灾、按部就班、四平八稳的做题家。然而，我和他的原生家庭、个性与禀赋都不相同，这些他们倒视而不见。为了矫正出一个更让人顺眼的做题家，哪怕是削足适履也在所不惜。

爸爸所在的一单元是我的家，爷爷奶奶常住的西单也是我的家，唯独二单元的亲戚家不是我家。虽然爸爸后来为了消弭我对那里的敌意而和稀泥说，我可以把那里当作自己家。但我心里一笔笔账算得很清楚：二单元绝不是我家，那里只不过是一个习惯俯视我这个河南土包子，不能容忍抗辩的异端裁判所。

爸爸在裁判所面前是没有主见的。当我们一齐面对裁判所时，他就会被异化成一根戒尺，一根漂亮的戒尺。

这根戒尺纵然好看，雕琢得也细腻精巧，但说到底，那终究是一根裁判所拿来教训我的棍子。

4．天命

　　记得至迟到 2009 年左右，爸爸除了应各地电视台的邀约做节目嘉宾以外，就忙着在线下推广他的书画或者音乐作品。比起音乐，我觉得他在书画上的着力更深些，他书画事务的发轫与上升，既是偶然，也可以说是必然。

　　1993 年，他写诗成名之后，觉得自己的字写得不大好看，于是知耻而后勇，在家临帖琢磨，勤苦练习了一年多时间。后来他偶然发觉，有人在收藏他的手写信函——那时诗歌热业已降温，市场衰颓，从业者也多半改为在小圈子里活动，再不复当年风光。而书法与国画是一个值得他深入开拓的长青领域，于是他的事业重心开始转移。

　　推广期持续多年。他往来无白丁，一年四季都在四处参加活动，或者携带一幅到若干幅作品，或者现场写就，然后赠与有缘人。慢慢地，他的书画作品开始获得认可，他为国内许多处风景名胜，及广州白云国际机场、韩国大韩航空公司题写书法。2005 年，他收到中共中央对外联络礼宾局的证书，他的书法作品将作为中央领导出访外国的礼品，赠给外国政要。在瀚海拍卖行的几次成功落槌，也意味着他的书画在收藏界得到权威背书。

他有了书画家的头衔。不过人们提起来他，还是会习惯性地将他称为诗人汪老师。

爸爸想用他写诗、做音乐、写书作画的一连串经历来使我振作，他觉得这一切都是努力得来的，这些事情又反过来强化了他对努力万能论的坚信。他想感化我，让我皈依，皈依他那一套努力与吃苦万能的奋斗神学。这也许是他人生中一个求而不得的悲剧：他的诗歌鼓舞了成千上万的读者，却没有撼动我，他的独子，也是他的异教徒。

我安稳地在学校里度过高一下半学期，再也不违反纪律，惹是生非的外部条件也不复存在了。

"老头儿"的骨折虽然痊愈，但还是留下了后遗症，至今他的右手仍然不能用力握拳。因此，十四中那场架打完之后，"老头儿"一伙儿渐渐偃旗息鼓，架也不打了，恋爱也不谈了，转而去学校附近的小黑网吧玩《梦三国》。荒唐又热血的任侠时代昙花一现后，又在电光火石间落幕。

从那个学期开始直到高中毕业，我抱定宗旨，除数学外，其余科目能放就放，集中一切精力去猛扑数学。习题和教辅书做了好几本，老师也没少问，但翻来覆去，会做的还是会做，不会的还是不会。我那时很缺乏举一反三的解题能力，一碰到变式的数学题头脑就瞬间生锈，不能转动，除了白白地着急上火，其余都是徒劳。冲锋、挫败，再冲锋、再挫败。

我做了又一学期的数学题，也受了又一学期的折磨。然而，我的做题能力没提升多少，反倒从与数学的相互摧残中悟出了一点真谛："我这种感觉是越来越强烈了。我看，人这辈子就是一场吴刚伐桂，或者那个谁，古希腊没完没了推石头那个叫啥？哦哦，西西弗斯推石头一样的举动。我们很用力、很徒劳地抓住一些我们爱的、执取的东西，然后再眼睁睁地瞧着它从指间溜走。"

"你小子数学又考砸了而已，怎么这么多感悟啊？"

暑假在爸爸家，我从冰箱里拿了瓶啤酒喝，一边喝，一边坐在沙发上和他聊天。

我不记得我第一次去爸爸家是什么时候，早则初中，晚则高一。起初我和我另一个家庭的接触始于西单，之后是裁判所，最后才是爸爸家。进门直对着一个小阳台，那时钢琴还摆在阳台门右边，那架钢琴我从没有见人弹过。钢琴上有一只飞禽的标本，色彩斑斓，可能是山鸡。它每次都在见证我和爸爸的沙发长谈。

"关于数学，我这学期是真的努力学了，老师也说我努力。"

"既然努力了，那怎么会学不好呢？别人都学得好。你得吃苦！"

"别人也不见得都学好了。"

"哎呀，你小子啊，你应该照着那些能学好的孩子，见贤思齐。"他拍了拍我的肩膀。

那天天热，爸爸刚从浴室里出来不久，头发还有点湿。他经常坐在正对着山鸡标本与钢琴的沙发上，我的位置正对着电视，我们的前面摆着一张茶几，上面的茶具我们俩一次都没用过。他走路的步伐有一些拖沓，鞋底总与地板发出长长的摩擦。我看着他从我身后走来，绕过茶几，重重地坐在沙发上。

他一只脚踩在我们面前的茶几边沿，晃晃腿，心里可能有点焦灼。

我回答他："当然要见贤思齐——但现在问题是，齐不了。"

"为什么齐不了？人跟人的智力能差多远呢？"

"人的相貌都可以天差地别各不相同，为什么您偏偏就默认人的智力都在一条水平线上呢？"

我顿了顿，看他没有说话，想到现在高一才刚刚结束，学美术的事情如果新学期开始搞，也许还来得及。虽然爸爸以前听从了裁判所的意见，但如今时过境迁，也许旧事重提，他会有所动摇。

我喝了一小口啤酒，咽下去："现在情况已经很明朗：在河南，我单靠文化课是悬了。我看学美术的事也不要一棒子打死，现在抓紧还……"

爸爸努着嘴，挥挥手："学美术的事你不用再说了。这是我跟你姑你姑父他们商量出来的定论，根本就不着调的事情嘛！你还是好好地把数学给我弄好吧。"

"现在究竟是谁在高考的第一线呢？！难道我还不了解情况吗？"我看到爸爸的立场没有丝毫动摇，完全是在执行裁判所路线，心里非常不爽，仰头又喝了一大口啤酒："我不知道为什么咱们商量好的事情，只要他们摇摇头，那就得彻底判死刑了？他们只不过是给出出主意，采不采纳，主权在我们。怎么一到咱们家，他们的话就成了命令，必须执行？这个家谁说了算？"

"凡事当然要跟有经验的人商量着来。我看你这态度就是不谦虚——不谦虚，自然就不能进步。你得多跟你老子学着点儿，喏，诗歌、音乐、书画，干一样成一样，拿下一个又一个领域。说实话，我这言传身教，很有说服力了吧？"

其实没什么说服力。

也就是一两年前，我在网上详细看过爸爸的资料。从一个旁观者的角度看，爸爸事先也想不到自己写诗会大火，他说的勤奋、努力，得遇上恰到好处的机缘才能发芽结果。他的成功难以复制，对我没什么参考意义。即使让他自己再复制出一个当年的盛况来，单靠他一向提倡的努力和吃苦，也是办不到的。

诗歌无疑是他事业矩阵的心脏，而书画、音乐，包括后来他有意开拓的主持事业，本质上都是由主干派生出来的产品。前期写诗收获的名声加持着他所有的后进事业，如果没有这种加持，他单纯作为书画或音乐创作人，作品能不能这样顺利面世并让人买账,就难讲了。

不过他不这样看。在他眼里,诗歌、书画、音乐,是互相独立的,是通过努力和苦难造就的。

"爸,我了解您过去的事,有一说一,"我咽了口唾沫,想尽量委婉地表达我的观点,"先撇开书画和音乐不谈,我们说说诗歌。这件事就好比,有一个人坐着直升机,他由此飞上天空,然后在直升机里跳舞。让他上天的,是直升机呢?还是他跳的舞呢?肯定是直升机。"

爸爸忽然皱眉,神色警觉:"那你是想借这个比喻说明什么呢?"

"那我就直白地说了,"我又灌下一口酒,"您当初成功的关键在于坐上了直升机,而不取决于您在直升机里跳舞、喝可乐还是打游戏。就连坐上直升机这个事情本身,您也不得不承认,有很大的随机性。这就是概率,这就是运气。"

"运气本身也是实力的一部分。"爸爸几乎是在我话音未落时接上了我的话,我看他微微摇摆着脖子,知道他真的生气了,并在习惯性地克制自己的愤怒。

"运气不是实力的一部分,因为你不能如臂使指地掌控它,谁也不能。"

我本想这样跟他讲的,但我没有。只是喝酒,一口接一口,我喝完就有些慌张地去别屋了。每个男人都有自己的逆鳞,那是禁区,任何人触碰不得。我意识到,自己触摸到了爸爸的逆鳞,不能再往下说了。

进屋时,我没有回头看他,但我知道背后的他此时很不高兴——虽然他习惯克己复礼,想把那种不高兴藏起来,但我的话踩到了他的痛处,他想藏也藏不住。

那是我们父子俩第一次聊起莫可揣度的天命,也是唯一一次。我看他实在是不喜欢听这种话,就不再讲了。如果他真的愿意,我觉得自己可以说服他,并不是因为我更年轻、更有力量,头脑较中老年人更机敏些,而是因为,我是对的。

也不光是爸爸,我父辈一代,50后、60后的许多成功人士都有同样的特质。他们勤勉、努力、坚毅,专心致志地耕耘事业田地常常能带给他们极大的正反馈。他们多半有两个坚不可摧的人生信条,一个是努力万能,另一个是苦难崇拜,他们总觉得埋头努力并能吃苦就万事大吉了,如果还是没有成功,说明你努力不够,吃苦也少。

他们对努力和苦难必然造就成功的这种线性观念深信不疑。然而,他们往往忽略的事实是,他们在潮起之时功成名就,而潮水总是有涨有落——当潮水退却,成功学效用达到边际时就会失灵,余下一地刻舟求剑的执念。

人生充满随机性,混沌且不确定。在概率和概率的碰撞中,人们砥砺前行,迎来各自起起落落的天命。

我升入高二时分科。

高二一整年，本该是乏善可陈、索然无味的。关于分科，我一点也没犹豫地选择了文科。我的这一抉择，裁判所是不喜欢的。他们不仅禁止我学习美术，还希望我去报理科。总之，凡事参照我那个做题家表哥，如果我和他有什么不一样，那就是我的错，没有任何理由。

2012年将近，互联网上到处散播着世界末日的小道消息。这种谣言自然没有人真的相信，人们嘴上说着末日，心里想的常常是狂欢。

但对我来说，末日也不是没有，如果真的有末日，那一定是2013年我的高考了。我的状态和初三是差不多的，明知不可为而为之罢了。虽然被失败主义情绪所笼罩，但同时我还是该干嘛干嘛。

我心里清楚，中招考试我还能侥幸压线考上四十七中，但中考只是郑州市内的竞争，没多少人。高考我要面对的是全省七八十万考生，这回死定了。人可能偶尔幸运一次，但不能指望好运接二连三地到来。

等待我的，只有弃绝——我会悲惨地流落到一个名不见经传的小学校，被我自己弃绝，被以后的人才市场弃绝，被爸爸弃绝，被家庭弃绝，总而言之，被我的天命弃绝。

然而，情形忽然间又发生了变化，峰回路转，扶摇直上。

天气转寒，新年将近，我听到了出乎意料的消息：北京在问外公外婆要材料，我听到诸如"离婚证""出生证"一类的字眼。这意味着,我早就不抱希望的户口一事,居然出现了转机——我排队居然排到了。

排到就好办了。接下来,程序推进得很稳当,从不可能到可能之间的重重阻滞像是决口的堤坝,被一口气冲卷而去了。记得是元旦后不久,爸爸就让我回京去办事,新身份证照相、签字,都要我本人在。

我在教委小住了几天,派出所就让我去走程序了。和我在郑州改名那次差不多,拍照片,再等一等,然后就能拿到新身份证,简单利索,平平无奇。

不过,不管对我自己还是对汪家人而言,这都是个大变化。

"行啊,小子,算你走狗屎运了。没想到排队居然这么快就排上你了,这可是谁都没想到的——原来大家都以为来不及了呢。这几天你就能拿到身份证,这下,你是真的回了北京了。努力吧,借这个机会给我振作一下,一年后考个好学校!"爸爸拍着我的肩膀说。

"好的。"

裁判所也不甘落后,对于我户口迁回来一事,他们也高兴。只是,从他们的角度说出来的话,常常只能让他们自己高兴,让我听起来刺耳:"哎哟,真好,咱们英毅回家啦。我还说呢,再在河南待下去,咱们英毅就成了'小河南'了!咱们不是那儿的人,那都小地方,不行。英毅,以后出去了,人家问你是哪儿的,你可不许说你是河南来的,听见没有?你得说你是北京人——咱们就是北京人，在北京出生的呀。"

"嗯嗯。"我点点头，懒得再说话。我觉得他们在夹枪带棒地暗讽妈妈家，心里只觉得很窝火，但看在爸爸的面子上，又不便发作——每当此时，他的脸上永远是木然的。我不想听到有关这两家剪不断理还乱的是非纠葛了。就算硬要论出一个是非对错，也无非是八百年前的旧账，我完全没有必要对两家中的任何一家耿耿于怀。

按照早先的构想，我回原籍这件事要分两段做。第一步是先把户口迁回去，这一步已经在2012年初完成了；第二步就是要转学，在西城区找一所学校上。我那时的状况，偏科已经成了严重的痼疾，总成绩不好看，不可能进得了他们念兹在兹的实验中学。

退而求其次，我记得我们还考虑过三十五中这一水平线的学校。为了打听转校的事情，爷爷为我亲自跑了几所学校，收到的答复也不理想。这些学校普遍不愿意接收高一以上的转校生，唯恐对转来的学生不知根底，到高考拖累了自己的升学率。倒是教委附近的二龙路中学好像是愿意接收，他们又看不上该学校，认为这所学校调皮捣蛋的孩子太多，会把我带坏。

看来，回京计划的后半段是不好做了。爸爸不知道怎么办才好，自然只有问计于裁判所。裁判所回答得也很痛快：既然转不了，那就不要转啦。我在郑州四十七中索性读到底，到高考那两天来考试就行。理由是河南毕竟是高考大省，出的题目比外省难得多。如果河南的题目能做好，北京高考自然可以高枕无忧。

裁判所给出的建议，一向是事实上的决议，没有讨价还价的余地。爸爸当然是信受奉行，再也不听别人的话。他责令我在河南安心学习，直到一年后夏天去北京高考，转学的事情就不要再"胡思乱想"了。

裁判所的决议在爸爸看来是金科玉律，他们讲话一言九鼎，我听也得听，不听也得听。

说到底，裁判所总能对我的内务指手画脚，完全是因为爸爸对他妹妹和妹夫一边倒的偏信。不看僧面看佛面，就是再不满，我也得顾及爸爸的感受，不好当面说什么。出了家门，他们的号令就没有一丁点效力了。妈妈家的人，更不吃他们这一套。

"这能行吗？北京的题再简单，你们做的总归不是一套卷子，题型也不见得都一样吧？"

回郑州后的头两个月，我和家人们一直在商量下面的路该怎么走。我们都怀疑，留在郑州读到最后是一步险棋，也是一步臭棋。北京方面给的说法，让人疑惑，不能说服我们。

"好像是不太一样，就比如英语吧，北京听力算分，河南只播放，不算分；还有我听说北京英语作文有两个，一个命题作文，一个看图作文。"

"那就是啊，题都不一样，判卷标准肯定也不一样。你在这边读完三年直接去考试，风险很大呀。"

"可现在没有学校愿意收，说什么，怕影响升学率。"

"转学不行，那就借读呀。人家怕你拉低升学率，那是因为你学籍也转进学校里去了，要是借读，人家没有了这种顾虑，那可能就没关系了。"

"有道理。我看，也是要去北京读一读。"我点点头。

"那你再去问问他们家人吧。打电话问问看，借读行不行？"

我那时候是不愿意跟除爸爸以外的其他人多说话的。高中这一两年交道打下来，我对爸爸和他的原生家庭多少是有了些了解。这个家庭的观念复古保守，他们把长幼尊卑秩序看得太重，和年轻人代沟很深。平等对他们而言是个奢侈的玩意儿，要么我压倒你，要么你压倒我。家长只要说话，无论正确与否，晚辈只能照办，提出不同意见就等于抬杠，长辈会受不了。你除了接受之外没有别的选项，换句话说，双方就是命令与服从的关系，人格平等的交流是不存在的。

尽管如此，为了前程，我还是要跟爸爸的妹妹打电话，询问借读的可能性。

不问还好，我这一问，直接把她给激怒了。

他妹妹义正词严地说了许多话，显得我这通电话打得很多余、很无理。大意是，他们已经为这件事来回奔走，问过许多家了，不能转学是最终结论，不行就是不行。而且，汪家已经尽了养育我的义务,所以她的总结陈词听上去也理直气壮:"你不该再给你爸爸添麻烦了,就这样吧。"

我愤愤不平地想,好一个"添麻烦"。究竟是我给爸爸添乱呢?还是他们这些人丝毫不懂得避嫌,对我们的家庭内务指手画脚,给我"添麻烦"呢?挂了电话,我怒火中烧。

他妹妹这番话,像一只沾满黏稠鼻涕和粪便的脏手,伸进了我心灵的禁区里,即我跟爸爸的父子关系中大肆搅和。我不能容忍有第三个人介入到这段微妙关系中评头论足,并教导我如何去当我爸的儿子。自此,我对裁判所的愤怒流溢出来,也有一部分迁移到爸爸身上。

但是,我不能对裁判所这些干涉成癖的三姑六婆发作。

我很自然地想到,如果我和裁判所有冲突,爸爸都是他们天然的同盟军,一定会拉偏架,伙同他们对我叫停是他的本能动作。他会告诉我,并且告诉过我许多次了:"这事儿就照你姑的意思办。"

我对爸爸除了不解、怜悯、失望外,还开始多了一点儿不可抑止的轻蔑:我觉得他是个被别人牵着鼻子走的男人,他的温和善良常常会走到极致,变成软弱。

我绝不能学他。

5．迷狂

曾几何时，也就是我上高一时和同学聊天，聊到考大学，我就不知天高地厚地说过："三年后要是能考到河南大学，我也就此生无憾了啊！"

那时我搞不懂河南大学和郑州大学的区别在哪里，从名字上看，河南要比郑州大，所以我就认为河南大学是省内第一学府。开学后不久，我被现实打醒，知道这个学校是我可望而不可即的，除非我去学艺术搏一把，否则只能过过嘴瘾。裁判所对我预想中的美术生之路给出了一票否决权，通往河南大学之路也就被彻底掘断，没有一丁点儿指望了。

因此，我的心态沉沦到底，想想一天比一天近的数十万人高考大战，心里总是有种将要赴死的悲怆和无奈。我知道，我这个文化课成绩是死定了，而且是一开打倒头就死的那种路人甲。

户口迁回爷爷家时，我的高中正好读了一半。以这件事为分界线，前一半我对高考的看法极度悲观，因为我已经找不到其他出路，只是在徒劳挣扎，等待最后一刻到来，黯然落榜而已。但后一半截然不同，不仅起死回生，而且日趋狂热，以至于完全跑到另一头去了——从前望尘莫及的"好大学"突然就出现在了不远处的地平线上，我跃跃欲试，志在必得。

这种情绪发酵得很快，到后来成了一种自欺欺人的迷狂，持续了一个多学期。

所谓"好大学"是指，从一本、211到985大学这个区间里的任意一所学校。"211""985"，这是爸爸从裁判所那儿了解到的一个新词儿。如果将来我上的学校能有这两组数字傍身，那在人才市场里就相当于有了一个护身符，不用担心受到学历歧视。反之，如果只是毕业于一个普通一本学校，可能连投简历的机会都没有。

爸爸说："取法其上，得乎其中；取法其中，得乎其下。"

现在，我"回家了"，这是一个难得的历史性机遇，必须抓住，目标也得随之拔高。

"河南大学"这四个字，就是呈现我心态变化的鲜明标杆。起初它的名字我望而生畏，后来愈发觉得稀松平常，三步并作五步地蹦跶一下，也就能考上。我说要考河南大学，就不是"不知天高地厚"了。最终考前报志愿，它彻底沦为一个冲击985失败的兜底选项。

大概到高二下半学期，我这种盲目乐观的狂想达到顶峰。我甚至开始认为，高考其实并不必须要很难，但是河南考生人数实在是太多了，僧多粥少，导致大家不得不内卷，靠反复刷题淘汰掉许多同龄人。如果到了北京，严峻的形势就会缓解了。前方危机四伏的羊肠小路，忽然变成一条光明开阔的坦途。

我常常暗中这样开小差，想起外省对北京"四百分上清华"的谣传。但是人的头脑也不会一直发热，它总有冷却下来的时候。

我的理性总是在夜深人静、万籁俱寂时觉醒。我知道，我从来没有在北京上过学，只是大概知道教科书的版本都一样，有些题型存在差异。但"大概"是远远不够的，我得尽量弄清，我得到北京，做了北京的卷子，由北京的老师批改下来能拿多少分，由此才能模糊判断我能上一所什么样的学校。但这些我是一无所知的，心里一点儿底都没有。

"不能这样，"我想，"大敌当前，毫无庙算。"

也许是出于焦虑不安的情绪，我开始每周都给爸爸打电话，和他聊聊天，寻求他的鼓舞。我们聊的话题围着高考转来转去，内容每一次都差不多，无非就是爸爸当年在三班倒的恶劣情况下学习如何如何刻苦，作为老三届，他又是如何如何骄傲，大学又给他的人生带来了怎样的逆转。

而我说的话也差不多，无非是跟他讲讲我这一周的学习状况，尤其是做了多少套数学卷子——我没有告诉他的是：不管我做多少卷子，那些会的题目我一直都会；而那些不会的，即使问了老师，我还是懵懵懂懂，照旧不会。换句话说，我做数学卷子其实没什么收获，只是把我从前熟悉的题型又刷了一遍，知识版图根本没有拓展，也拓展不了了。看起来是勤奋，但都是些无用功而已。

说到底，我跟他打电话是为了抚平我的焦躁，不是为了让我们两个人都焦躁。他的话有一种安慰剂的功效，能让我短暂地忽略我对北京考学情况实际上的抓瞎，让我继续在"我觉得我又行了"的错觉和迷狂之中再爽一会儿，再嗨一会儿。安慰剂基本上每周六或周四服用一次，药效长达一周，服药后最长八九天就失效，需要再次打电话给爸爸，以求注入些他的精神、他的信仰。

在我东拉西扯说过我这周忙活的内容以后，爸爸会不失时机地给我鼓劲，并提出他的期许。

"怎么样，儿子？好好搞啊，考个好大学！至少一本、211，啊！"

"您觉得去哪所学校好一点儿呢？"

"你要是行的话呢，就考厦门大学，爷爷就是这所学校毕业的，又在老家，这最好。而且这学校是一所985大学，档次足够了；如果你觉得把握不大呢，可以考虑考虑暨南大学，也就是我毕业的学校，是211吧我记得？"

"啊，是211大学。"

"嗯，朝这儿努力也很好！老子上过的学校，儿子再去上一遍，多好啊？儿子你记住，我们要作'老子英雄儿好汉'的事,可不能弄成'老子英雄儿混蛋'了。"

"啊,好,好。"

这通电话不仅没有让我心里稍微踏实些,反倒更加没着落了。看样子,爸爸对我的期望值也是水涨船高,觉得我可以想想冲击厦大或者暨大了。但我心想这件事绝不容易。我想爸爸对高考这件事,主要的消息来源也只有裁判所,裁判所说一不二,他们不会考虑让我转学的,这就是成命。

联想到他们"不要给你爸爸添麻烦"的立场,我的理智告诉我,如果从前对高考的估计是必死无疑,那现在的情况也只是续了一口气,最终能不能活,还在可与不可一线之间,别高兴太早。

另一边,对裁判所的判决,妈妈家的人也是满腹狐疑。我们都认为,留在郑州读到最后是一步险棋,也是一步臭棋。北京方面给的说法,让人疑惑,不能说服我们。

"唉,他们家人不都是'老北京'吗?在北京待了那么多年,还都是大院子弟,多厉害呀,怎么给你再找一所借读的学校就这么难呢?"

"我看他们并不想管,或者就是真觉得这件事就得这么办。"我不想在两家之间火上浇油,故而裁判所"添麻烦"的那些话,我没有转述给妈妈他们听。

"高考这事儿太大了,不能冒险。真就不用去北京读书,直接考试就行了?我得问问。"

不久，妈妈就从一个前同事那里得到了些信息。她的这位前同事有一个儿子，也在北京读书，2012年刚参加过高考。和裁判所斩钉截铁的说法完全相反，他听妈妈讲了我的情况，当时就替我着急起来："哎呀，你们怎么搞的？两个地方命题逻辑根本不一样的啊！赶紧让孩子来，再不来，到时候考试要出大问题了。"

他的孩子才高考不久，他的经验更容易让人信服。听了这番建议，我们的犹疑很快变成了担忧。我们决定立刻甩开裁判所，放弃对他们的所有幻想，找一所学校借读，以便让我尽快适应北京高考。这件事由妈妈托人去打听，几番辗转后，事情成了。

我没有在西城上学，转而去了朝阳的一所学校。当我又回到北京的时候，又到了冬天，距我迁户口已经过去了一年时间，离高考只剩下一个学期。

我总算要结束郑州的学业，准备一过寒假就去北京上学。这时候，爸爸家突然传来噩耗：爷爷去世了。我没有来得及见到他最后一面，这是我的遗憾。在追悼会上，爸爸痛哭流涕。我到上了大学以后才知道，爷爷的去世对他打击极大，对于这件事，他心里总是觉得有愧，一直没有走出来，这也成了导致他日后积郁成疾的一块心病。

2013年的春节，是寂静哀伤的。爷爷离去的坏消息像是一盆冷水，浇灭了这个家年关将至的喜庆，我对考大学所有不切实际的狂想，也随之浇熄了。

开学后，我离开四十七中，成为新学校的一名借读生。学校在朝阳区，在北京的家长们看来，东西城及海淀的教育资源最好，朝阳比起这三个区，只能算"教育洼地"，好学校不多。不过我很满意，至少我逃出了裁判所的预定安排，能适应北京考题一个学期，而不是在高考前一周才匆忙披甲上阵，慌忙回京考试——那跟送死差不多。

那时妈妈的家在东四，我每天坐公交或地铁上下学就行。北京地贵，市区里学校面积普遍不大，在四十七中时，每个班都以三张桌子为基本单位凑成一列。在新学校，学生们可以单人单桌，而班级数目，文理班加起来也不超过十个。因为地方不大，人也不多，所以同学们抬头不见低头见，三年下来，差不多彼此都相识。

不过，我无暇在这里拓展友谊。我匆忙而来，又将在三四个月以后匆忙而去。幸而老师和同学们对我都是很友善的。我记得刚去学校做课间操时，满操场的同学上身都穿着高中生蓝白相间的运动校服，裤子都是蓝色的。只有我，从头到脚一身黑色便装，格外扎眼。不多久，班主任就帮我找来了一件没有人认领的校服，我穿上它，才能在学校里显得不那样另类。我很感谢她。

我努力使自己忙碌起来，迅速将北京的考题熟稔于心：英语的听力的确要下一番工夫恶补，那时候的河南高考，听力只播放，不计分，考生不用当回事；作文也不一样，一共两道题，一个命题作文，一个看图作文。对后者，我一无所知，需要赶紧抓住写作技巧。此外的学科也够我忙的。只要忙起来就好。忙起来就能让焦灼、忧愁和不满等乱七八糟的情绪减弱些。

每当我安坐在新学校窗明几净的教室里，在我单人的位置上稍微感到无所事事的时候，一个画面就会涌上来：我参加完爷爷的追悼会，打算离开教育部回妈妈家。我从教育部的后门走出去，想拦一辆出租车走。出门刚过马路站定，突然间，我觉得这个地方格外熟悉，多年之前，我就曾和爷爷站在这里。

多年前那个下午的画面再次浮现。那时我和爷爷就站在这个位置，我羡慕地看着对面放学的学生。

爷爷指着他们对我说，很快，你就能成为他们中的一员了。时光匆匆过去，物是人非，当年爷爷和我一起站在这里的时候，万物生长，阳光灿烂。而那天我独自一人站在教委的后门时，冷风刺骨，仿佛目所能及的一切，都在凋零，都在破碎。

那时我和爷爷都以为，这个"很快"可能也就是几个月或者两三年。世事难料，弹指一挥间，十多年就过去了，许多误打误撞之后，我才回到了最初的原点。我来了，爷爷、奶奶、爸爸，他们都高兴，就好像我终于回归故里，成了和他们一样的"北京人"。但过去是抹不掉的，在我对北京的熟悉中，叠着好几层生分。教育部门卫的询问，北京学生千篇一律的校服，还有在学校，接近中午十二点餐饮公司把盒饭箱子推到每个班门口时的摩擦声音，它们是一个个生活碎片，像镜子一般。

透过它们，我照见自己。此前十几年，我都没有仔细参与过这里的生活，我根本不是一个久游归家的游子，我是一个过客、一个异乡人。

我今天能坐在这间教室里，是我妈妈帮我打听询问的结果。她手上已经没有对我的监护权了，但我们有亲情，她愿意为我联系学校。如果没有她的努力，不知道高考考场上的我会茫然失措到什么地步。

反观爸爸那个事无巨细都要由裁判所裁断的家庭，真是"阎王好见，小鬼难缠"。我说起我的新学校，他们就笑一笑，表示"这个学校没听说过，比起实验中学肯定差得远了"。

然而不来这个学校，我的高考就死定了。当然，我不是他们的亲生子女，死活自然和他们无干，在他们眼中，我的职责毕竟只是"不要添麻烦"。

回北京以后，我决定和爸爸多亲近——用汪家某些人的说法就是，去找我爸"蹭吃蹭喝"。所以，只要他不在外地出差，我每个周末都会去爸爸家住。因为他睡觉时总发出很大的鼾声，所以我们是分屋睡的。我们睡一张床时我读初二，那之后就再也没有了。

每个周末，我带上作业，通常是周六白天到家，然后就进他练习书法的屋子，背书或者刷题。

我们的房间里，总是不能彻底安静：他的手机保持着每两三分钟一响的频率，偶尔有电话进来，外面好像堆着参加不完的活动，忙不完的琐事，它们挤成一团，透过缝隙窥视这里，只等时机一到就挤爆纸糊一般的防盗门与窗户，伸出魔掌，把爸爸拽走。

黄昏时节，我一天中最困乏的时候，我就先甩开功课，瘫在沙发上，小声外放着音乐，头一歪，看着时而踱步，时而进屋听电话或写大字的父亲，把双眼半闭，不悲不喜，什么都不想。

窗外，天空被夕阳烧至六七分熟，殷红。

"想考好大学可不能睡觉啊！"

爸爸说着，以用力擦着地板的快步移动而来，坐在我旁边的沙发上，身子往后一靠，抬起一条腿，搁在我们俩面前的茶几上，不足一秒，可能因为姿势不大舒服，这条腿迅速放下，换另一条腿翘上去。

他简单地调整好坐姿，喉咙里发出清嗓子"嗯嗯嗯嗯，嗯！嗯！"的声响。然后，他举起手，食指与拇指做捏合状，"小子，我跟你说……"

每一周，每一次见面，他总会找机会和我谈话。谈话的内容大概有两个话题：高考的神圣以及它的极端重要性，再有就是关于努力与奋斗改变命运的经验。这些内容他有意识地不断重复，他根据自己几十年来的经验摸索，或者说是幻想出了一条育儿方法："天天讲，月月讲，反复地讲"。通过不断地口头重复，他相信他的理念总会灌输到我的头脑里，驱动我向他期待的方向走。

我应和他说的话，不再试图反驳，我知道我的想法说出来，就又不可避免地会让他不高兴。我放弃了，大多数人终究不能跳出自己多年来的习惯与经验，爸爸也是，我不能奢望他走在这个时代之前，甚至仅仅是跳出自己的时代。

实际上，那一届八中出身的同学们早就为了应对高考，开始了"八仙过海，各显神通"式的炫技。他们有五花八门的信息渠道，可以接触到很多学生整个高中三年听都没听说过的竞赛项目，然后小班培训，参加竞赛，拿一个保送名次。这些同学根本不必在高考的大阵仗里杀得脸红脖子粗，就可以提前被普通一本到985这个区间的学校录取，一切都合规合法，照政策来。他们的竞争对手，往往是和他们一样消息灵通，且有管道的人。最厉害的一个，听说是参加了天文项目的研究，天上有一颗星星，以他的名字命名了。

我们早早就看到现实。人生是一场以家庭为基本单位的接力赛。父辈或者靠走，或者靠跑，乃至靠骑马、飙车、开飞机把棍子传递或空投到子辈的手上，子辈再传给下一代，谁掉链子，谁就掉队，最终出局绝嗣。

爸爸给我描绘的人生图景是一场类似500米加速跑的短促突击，快快地跑过某个节点，你就能赢。这和我看到的情况大不相同。

"我不是跟你说了吗？我那时候在工厂里面干活很累，经常上夜班。那时我就想，我必须得考上大学，这样的日子必须得结束。然后我半工半读，也考上了。你现在条件这么好，有什么考不上的？"

我在心里盘算，说到这儿，爸爸差不多要讲他刚上大学头一个月是多么开心高兴了："整整一个月都不敢相信，如梦似幻。"

预备，起。

"我考上大学高兴的，头一个月都没过来劲儿。走在学校里面，如梦似幻，都不敢相信这是真的。"

果然，爸爸把之前说过无数遍的话又重复了一遍，情节和次序我已经烂熟于心。我猜对了，他果然又一次开始描述他考上大学之后如何开心、如何惊喜了。我笑出了声，不过爸爸显然以为是他的讲述对我起了激励效果，也立刻跟着我笑，越说越起劲儿。

"爸，我尽量考呗。"我心里发虚，看来爸爸还没从盲目乐观当中走出来。我想我还是给他打个预防针得好。

"别尽量，一定给他拿下了。拼这一把，上一个好大学……"

我的英语和语文都稳了，数学还是只能做些死板的基础题，稍微灵活些的就不行。距离高考已经很近，大局已定，不能对超常发挥之类的意外因素心存幻想。

"爸,说实话,现在距离高考没多久了。我现在这个成绩,也很可能是考不上的。"

"别说丧气话。现在毕竟还有些时间,你充分利用起来,一定给他考上,"爸爸放下了踩在茶几边沿的脚,身体前倾,强调道:"别让我出去没面子,我等你好消息。行了,我不跟你说了,去学习吧,抓紧!"

考不上让爸爸没面子的后果,我不敢想。只好对自己反复催眠:"能考上,能考上,能考上……"

我的自我催眠应该是起了一些作用,从报志愿到最后高考期间,我在心理上又出现了一波又一波迷狂的高潮。就在这个高潮当中,我报了大学志愿。一个是中南大学,另一个是河南大学,其他有哪些学校我已经忘了,他们都排在第二三志愿凑数,我压根没走心——事实上,第一志愿我也不是很认真,我心里对中南大学没有特别向往,只是因为它稍微好考些,且有一个985的牌子,能让爸爸说出去有面子。反正早两年我学美术的理想已经被扼杀,正所谓何处黄土不埋人,去哪儿不是去呢?

剁椒鱼头成了我那段时间的最爱。越是接近高考,我就越频繁地想去吃鱼头。倒不是因为我贪恋美味,而是因为吃鱼头时间"鱼仙"的迷信环节,能够舒缓我的焦虑情绪。

鱼头里边有一块刀状的大骨头,江南人管它叫作"鱼仙",据说可以用它来问事,挺灵的。

问"鱼仙"的操作方法是,吃鱼时挑出这块大骨头,拿它在每一样菜上点一点,象征性地请鱼仙尝一尝桌上的所有饭菜,然后默默许愿。想好愿望以后,把骨头拿高再松手,看看这块叫"鱼仙"的大骨头能不能在桌上立起来。如果在十下之内立起来了,代表你问的这件事情能成,反之则说明没戏。靠"鱼仙"预测升学大事,当然是无聊的迷信,但我就是要不断地心理暗示,来稍稍抚平大战在即而无处安放的忧虑。

我好几次扔鱼骨头,想问问我能考上怎样的大学。

"鱼仙,鱼仙,尝尝这桌饭菜,"我不顾旁边服务员或邻桌客人莫名惊诧的目光,迫不及待地捏着一根鱼骨头在桌上点来点去,"告诉我,中南大学,能考上吗?"

扔了十次,"鱼仙"都没立起来。

这不由让我焦躁不安。我不甘心,就又换了一个说法,问同一个问题:

"鱼仙,鱼仙,告诉我,我能考上让我满意的学校吗?"

这下,扔了一次就中了。

"中了,中了!"

那可能是从报志愿后到高考期间最快乐的几个片段之一。我盯着一根鱼骨头,想象着未来的形状。

在自己给自己生造出的梦境里,我看到,未来向我走来,它看上去俏皮可爱。

6．泡影

2013年6月6日下午，天空像一块脏兮兮的抹布。阴天，下小雨，空中偶尔传来沉闷的雷声。

高考前夜，我不悲不喜，心里空空荡荡。

我先去爸爸家和他碰面。准考证、涂卡笔、黑色签字笔，我来回检查了好几遍。确认无误以后，爸爸开车带我到三里河的宝瑞酒店，这里距离四十四中考场不足三百米。

爸爸联系宝瑞酒店订房间，不料慢人一步，标间全满，只剩下套房。

爸说，套房就套房吧，一定要在最近的酒店住，不能耽误。

高考这件关乎前途、决不允许出现半步差池的大事，终于还是来了。从爸爸家到四十四中其实不远，但四场考试都开车去考场，难保中间不会出状况。不可以，绝对不行。为了扫平通往考试之路，爸爸非常谨慎，他要消除一切意外。幸而后面有人退房，我们才侥幸捡到标间住下。

我们的房间在七或八楼，到底在哪一层我已经记不清楚了，只是房门号一定是同时有数字"7"和"8"的。我们俩摸到门口，正试着用卡刷房门。

"停。"我说道。

我提到过，在高考前一两个月的时候，我有点神神叨叨的。我虽然跟爸爸拍着胸脯说，我一定能考上重点大学云云，但那说到底是顺着爸爸的意思讲的，说别的，他老人家不爱听。

我心里其实也很忐忑，就像坐上游乐园里的海盗船，在好坏两个极端之间来回摇摆。时而觉得这一场考完了，此后人生一马平川，尽是坦途；有时候冷静下来，又会想到分数不够，没有好学校肯收我的悲剧下场。所以，我总是疑神疑鬼，感到末日将至，心里空空如也，飘无所止。

比如看到考场是北京四十四中，我心里就有点不舒坦了。两个四，岂不是死定了？不过转念一想，我的幸运数字向来是二，两个四，二四得八，就等于四个二。算是个祥瑞，也能说得过去了。

房间的门牌号，我自然也要做一番文章。

我说："爸，先别急着进门。你看看咱们的房间号，这又有七又有八的。您给解读解读，说个彩头出来，就当祝福祝福我。"

爸皱着眉，眯着眼，暂停手里刷卡开门的动作，对着门牌号左看右看。

不一会儿，他丧着脸，苦笑道："嗨，七上八下吧。"

说着,他抬起胳膊,继续刷房卡,门开了。

"七上八下,七上八下……都这时候了,就不能说点儿好听的吗?"

"那可不就是七上八下呗。"

"我想了想,七上八下也好。"

"好什么?哪好了?"

"还别说,我越想越好。不是小好,不是中好,是大好。"

"什么意思?"爸本来半个身子已经探进门去,听我一说,又退了出来。

"七上,八下嘛。你看,咱们现在考试是在六月,一个多月,也就是七月份放榜出成绩;八下,紧接着预兆了八月份的行动:南下。说明我会被一所在南边的学校录取,或者这学校名字里带'南'。所以,'七上八下'就是说:七月录取上学,八月南下报到。中南大学,稳了。"

"但愿如此吧。"

进屋稍事休息,我准备和爸爸一起下楼吃饭,爸爸说不急。他从西裤裤兜里掏出手机放在床上,"这样,你定一个闹钟,我也定一个闹钟,这是双保险;我再跟前台说一声,让他们到点把咱们叫醒,省得明天不小心睡过了——必须叫醒,上三层保险,应该可以了,"说着,又拿起床头柜的电话,"你好,前台吗?麻烦明天七点半把我们叫醒,我们要考试。务必要叫醒,不行就砸门啊。对,砸门,没事,只管砸。"

"哎对了，"临出门，爸爸又想起件事，"晚上你是想和我睡一张床呢，还是自己睡一个小床呢？如果你想自己睡，那也趁现在让他们送个小床上来吧。"

"当然是我自己睡。"我不假思索地回答。其实这个问题，爸爸就算不问，他自己心里也应该早就有数。他入睡速度奇快，一旦进入状态就打呼噜打得震天响，从无例外。跟他同床，很难睡踏实。

一切安排妥当，下面即可按部就班：下楼吃饭，去考场外转一圈，而后回房，复习，睡觉。

爸爸虽然说，晚上无论如何也要看看书，毕竟只有区区几个小时，看点是点，把语文默写篇目通一遍，数学拣基础的几个公式再过两眼，这叫作临阵磨枪，不快也光。

看过考场，在酒店一楼吃了晚饭，我们回到房间里去。我斜趴在小床上，一目十行，草草看书。但这时候是决战前夜，我已经不愿意看书了。我现在的首要之务，不是让自己再对知识点生吞活剥，而是尽量放松、得意、忘情，在六月六日的晚上安稳得睡上一觉，次日安心考试。

他起初是不愿意多说话打扰我的，但看我已经无心学习，也就不强迫我读书了。他躺在床上，一边划拉着手机，处理着信息，一边和我讲话，在我看来，今天的他像一个随军牧师，在对我进行战前布道。

他考大学的历史，努力，奋斗，吃苦。不知道从什么时候开始，我们俩之间只剩下这四个话题。我不应和，也不反驳，只是静静地听他说，听他说已经说过无数次的话。

"爸，能说点儿别的吗？反正明天就考试了。"

"小子，你爹我说来说去没别的，都是这些车轱辘话。"

"好吧。"

于是爸爸继续回忆他已经逝去的高考岁月，那些岁月在我的脑海中活过许多次。我想高考对他来说，真是太重要了。十二年寒窗到底是一场漫长的苦行，高考就是鲤鱼跃龙门的飞升渡劫之夜。

即使就在此时此刻，我们俩面对面，他还在热切地跟我聊着天，我心里还是有种很强烈的孤独感。

我觉得他完全不懂我，且试图把他有局限性的观念灌输给我，洗我的脑子。他不能明白的是，就算他再跟我强调多少遍吃苦至上的道理，我也不会认同的——真理自然可以说服人，但他说的不是真理。

话题从高考做了些延伸，爸爸总结道："我觉得你还是吃不了苦。还是要多吃苦啊。"

"我为什么吃饱了撑的没事干要多吃苦？"

我不服气。我当然不能吃苦，我打心眼里讨厌苦难、仇恨苦难，我不相信正常人会真的喜欢苦难。吃苦是为了避免二次吃苦而不得不去偿付的代价。没有人有义务和能力，去把世间的苦难照单全收。美化苦难，为了吃苦而吃苦，那是完全没有价值的损耗，最终什么也得不到。我不愿意自己堕落成一个逆来顺受、只擅长自我感动的自虐狂。

到晚上十点左右，我们俩没别的话说，就熄灯睡觉了。与初二、高一和爸爸住酒店的经历差不多，熄灯不久后，爸爸就迅速入睡，鼾声响了起来。我一时半会儿有些睡不着，脑海里仍旧琢磨着高考的事情。那时我十八九岁，没有人生阅历，在我的视野里，人的一辈子还是只有两件大事：中考和高考。它们是两扇大门，推开它，就能一眼把未来几十年的人生走向望到头。结局是通往天堂还是坠向地狱，考完试，推开这最后一扇门，就都清楚了。

现在，我正在门前，踌躇、辗转。我想这样的时光，以后是再也不会有了，于是一阵淡淡的惆怅，如同雾气般在我心里弥散开。在这股突如其来的惆怅里，我昏昏睡去。

六月七日的语文、数学，还有六月八日上午的文综，真成了我们进酒店房间时爸爸说的"七上八下"。

我做语文卷子的习惯是，拿到卷子先翻过来看看最后的作文题，然后再动笔写。只要作文的大方向能想明白，就相当于吃了一颗定心丸，整场考试都稳了。

接下来一边做题，一边趁空档想一想作文的写法，最后又回到作文部分时，想法也已经成熟，再审审题，直接提笔就可以写了。中学六年，大大小小的月考、期中、期末，乃至几次摸底考试，莫不如此。

高考卷子一到手，我按照习惯往后翻看作文题目，窗外忽然电光一闪，接着慢半拍的雷声轰隆隆粗暴地撞进教室。大眼一扫作文题，心脏猛一收紧，我觉得血气上涌，有些头晕目眩。

作文题目是一个科学家和一个文学家就手机谈了一番话，考生要就这番话谈谈感想，写出八百字作文。

我细细读了两遍，题目里的每一个字都认识，每一句话都清楚，但合起来看却又一头雾水，搞不清楚它到底想让我写什么。虽说是"自拟题目，自选角度"，但我想到头来阅卷只会有寥寥一两种标准答案，其余的恐怕都要出局。又横竖看了几遍，还是拿不准切入角度。没办法，只好先做前面的题，寄希望于做题期间灵光一现，顿悟出写法来。然而，缓兵之计也以失败告终，前面所有题目都已做完，又回到作文题的关卡前，干巴巴地念叨几遍题目，心里依然空空如也，束手无策。当下无可奈何，心一横，拟出一个读起来比较平稳但也并不出彩的思路，干涩麻木地拖起笔，懒洋洋地写。在区区一篇八百字的文字里穿针引线，时刻在反躬自省，究竟有没有跑题。

我觉得那是我中学六年最危险的写作，那仿佛是一场在地雷阵里的危险穿越，稍有不慎，就粉身碎骨，万劫不复。

语文考试结束，随着悲欣交集的人潮走出考场，耳边响起几个考生叽叽喳喳的对题交谈：

"诶，你作文怎么写的？"

"就那么写呗，主题一看就明确了。"

"哎呀哎呀，我也是呢。"

正当此时，我心里的孤独和悲凉像一座躁动不安的火山，在它就要喷发时，我及时按捺住了。在西城四十四中的这个考场，人来人往，考生们分为两波，一波穿着本校的校服，叽叽喳喳，高谈阔论。另一波是穿便服的外校生，也都凑成一个又一个圈子，欢声笑语，庆祝这最后的解脱。

我失魂落魄，走路也软绵绵的，脚踩在地上，觉得根本没有一个安稳的着落。连一向拿手的语文，考完都恍恍惚惚，不得不说是首战失利。之后的数学、文综，一个向来惨不忍睹，另一个感觉也平平无奇，思来想去，这次是要兵败如山倒了。

我要栽了。

果不其然，六月七日下午的数学，还有六月八日上午的文综，同样的"七上八下"，不知道自己做对了几道题，又做错了几道题，全是模棱两可。

但是心里再没有底，回到宝瑞酒店面对爸爸，却又不想如实和他讲。他不愿意听别的，虽然"考得不太好"这五个字好几次就要从我嘴边溜出去了，但几经强忍，又被我拽回去，说出去的还是能让他放宽心的另外五个字：

"考得还可以。"

我的失败，他不愿意看到。我的孤独，那时我也不能三言两语和他讲明——也许根本就不可能讲明。

下午最后一门是英语。本想睡一场午觉，但因为想到和暑假只有几个小时的距离，我睡也不是，不睡也不是，干脆侧卧在小床上玩手机。没想到，玩着玩着，困意就涌了上来。

爸爸还是躺在床上用手机回信息，他的手机从来都是响个不停的。

"哎，小子，你的手机，等会儿不能带进考场吧？"爸爸突然想起来，昂起头，朝着我问。

"啊，不能吧。但是关机带进去，只要不响，就没事。"手机玩着玩着，我就生出睡意。爸爸说的话，我一味答应，不再过脑子了。

"你别。安全起见，就放我这儿吧。下午我办事儿，把你的手机捎回家。给你五十块钱，你考完试，坐地铁或打车回家都行，不过我希望你还是坐地铁。我乐意你吃点儿苦，锻炼锻炼。"

"行呗。"

"时间过得真快，"爸爸把眼镜推到额头上，看着他右手边的窗外，"一转眼，你的高考就要结束了。"

"是啊，真快。"

"等会我下去退房，然后就出去办事了。待会儿你在考场外面的时候，我给你拍几张照片吧？难得这么一次经历，以后也能留个念想。"

"我想，还是不必了。"我脱口而出，否决了爸爸的提议。

"为什么?"爸爸觉得奇怪。他满以为我跟他想的一样。

"我也不太清楚,就是不太想照相。"大概我跟他说完这句话以后,就睡着了。

高考的两天,是我人生历程中的一块里程碑。它醒目地竖立在我的时间轴里,标记着新阶段的启程和旧时光的覆灭,并不是平凡无奇的两天。但彼时彼地,我却希望时间可以加速,再加速,让这一天能够很快过去,我也就能够尽快忘记它——忘记这一天的烦恼,忘记这一天一个"小河南"在"家"不知道该如何自处的尴尬,忘记这一天难以名状的寂寥。

我上面已经说过,来我所在考场考试的学生分两拨,一拨是四十四中的本校学生。这些人特别好认,都规规矩矩地穿着红白相间的运动校服,作风一派四平八稳;另一拨男男女女来自外校,全是便服,打扮时髦,格外惹眼。其中不乏染了头发的漂亮女生,穿着牛仔短裙,聚堆儿在教学楼下七嘴八舌。这让我想起了四十七中,想起了"老头儿"和他的那帮男女朋友们,我也曾是他们中的一员,我们浑身上下都有种十八九岁黄金年龄活泼的气息,眼前这些外校考生也多半是这样。我猜他们中有不少是艺术生,或平时不太在学校里,总之是不大受那些刻板校规的约束,惯于放飞自我的。从事后看,爸爸如果给我拍照留念,说不定也会一声不响地把他们一同拍进来。那是关于一失永失的、青春的最直观颜色。

可当时我不这么想。我只希望快些,再快些,赶紧考完试,彻底推开高考这最后一扇门，让我看到我人生中的所有答案。眼下，关口即将打通，我想还是不留痕迹，轻快过去，以后就再也不要回头想，时间长了，自然就忘了，拍照是画蛇添足、多此一举。

我迷迷糊糊，在介于清醒与昏沉之间的状态中停留了半个小时左右，就红着眼起床，洗了把脸，准备提前去考场。

"儿子，现在把手机给我，我给你带走。"

"嗨，有这必要吗？"

"小心驶得万年船，最后一门了，小心点没错，别到考试的时候手机响，全废了。"

"那好吧。"

"怎么样，你确定不要我给你拍照了是吧？"

"确定，你下午直接去办事吧。"

"那好。你去吧，去搞定这最后一场'战役'。"

"我去了。"我跟爸爸挥手道别，头也不回，斩钉截铁，无怨无悔。

刚出门不久，我就后悔了。

坐电梯下楼，下了一层就停下，进来一或两名安静寡言、略有些含胸驼背的考生，间或有送他们上场的家长。又下一层，进来两个女生。

其中一个女生个子高挑，穿着黑色三道杠薄外套，灰色运动裤，脚上一双匡威帆布鞋。我已经记不清她的模样，但她肯定是挺好看的,第一眼便让我感到惊艳。她在笑,看起来有点骄傲,就是那种睥睨众生然而也是未脱稚气的笑容。她和她的同学走进电梯,转过身来。

从后面,我看到她一头乌黑长发,在那时的中学生中,这头发的长度算得上是放肆,发梢直指腰部。她头发保养得极好,染过,略发红,质感厚实,光泽柔顺,不起毛。

那天,北京的天空沉溺于霉斑样的乌云、黏稠细雨,在与仿佛嗓子里有痰的低沉雷鸣三者相交媾的躁郁情绪里,我大约度过了生命中的 6935 日,十二年中小学生涯于此盖棺入土,被五门课的高考卷子搞得失魂落魄,心神不宁,战战兢兢,惶惶如丧家之犬。因为手机被爸爸没收而感到通体不自在。

但是,眼前这个女生瀑布一样的长发却给了我一种莫名的慰藉。那不仅是自青白头皮上顺流生长的三千发丝,更是一种扑散着香水味的青春美。即使高考两天状况百出,应接不暇,因为这种白驹过隙的美,我也能忘掉几天来那些让我所恼怒懊丧的一切。

我那时戴着耳机在听歌,断断续续,听见她和一旁伙伴不完整的对话:

"哎,你怎么样,抄上了吗?"

"没有。"

"……考完了去哪儿呢?"

"……"

"我还要去顺义打牌呢。"说着,她举起双手,用手背拨拉一把头发。那乌黑瀑布霎时呈波浪状摇摆、分散,滑过她的手背,差点击中我的鼻子。

我想说,"我也想跟你去顺义打牌。"

幽默或者自以为幽默地逗逗她,然后去要她的手机号,如果她不给,嘲笑我像一个不自量力的白痴,那就拉倒。

张了张嘴,蓦地想起自己的手机已经被爸爸收走了,而这也是我自己答应的。而且,爸爸送我来考场并拍照留念的提议,也被我莽撞地拒绝了。

这一迟疑,舌头就打了结,搭讪的念头胎死腹中。

出电梯,经大堂出酒店。此时北京上空阴霾的霉迹被扫去一大半,但阴郁的痕迹并没有来得及被阳光彻底抹去,地上还有坑坑洼洼的雨水,迎面而来的小风也依旧清凉微冷。我在半袖外面套了一件黑色衬衫,像要去参加葬礼。在外走路,不冷不热。脚边有一只空可乐瓶,被我轻轻一脚踢开。我看着黑长直走在我前面,欲言又止,放慢脚步,看着她和她的朋友越走越远。

那前后一分多钟里,我觉得与我一期一会的少年时代,就那样轻飘飘地随着一个素不相识的漂亮女生的背影远去了。

本来雨已经停了,但坐进考场后,又听到窗外雷轰低鸣。那雷声就像卡在嗓子眼不上不下,引而不发。既没有爆发,也不甘于缄默。无论怎么看,雷声出现得都很不合时宜。下面英语听力就要开始播放了，万一正放到关节处，爆出一串雷，导致什么都没听见，那可就糟了。当时所有的考生，心里都在犯嘀咕。好在有惊无险，正式开始考听力后没有暴雷出现，考场一干人等捱到听力结束，长长舒了口气。

听力搞定，我心里就有了数，英语可能是我这几门里分数最高的。听力这一部分，如果不出意外，应该是全对，没有哪道题拿不准，我都听到了。再看后面的单选、完形、阅读，我发现英语出乎意料地简单，一路过关斩将，做完卷子。我环视周围，考场单人单桌，人数有限，空间排得很开，且空调在不顾外界气温地吹，冷得我昏昏欲睡。

外面不知道什么时候又下起了雨。

2013年的高考，就这样来到了尾声。我原以为，高考落下帷幕，这世界就会成为新天新地，我会看到天堂或者地狱，但考完了，这件事经历过去，却发现自己依旧活在人间，没有什么不一样。

考试结束，考场里的人们如同难民四散而去，一小会儿就哗啦啦全部走散，四十四中空空荡荡，如同不曾有人来过。我拐回宝瑞酒店的门口等了一会儿，想看看那个长头发女生会不会来退房。如果她出现，就尝试和她说说话。结果等了十分钟，既没有看见她，也没看见有别的考生再进酒店。

我以为我会很快忘记她，但是并没有。从那天起，直到今天，我每天还是会把2013年6月8日的这一场景回想上七八遍，这已经成了我的习惯。每当我处于半睡半醒、朦朦胧胧之间时，多年以前的这一简短画面就会如期而至，席卷我的意识，使我惊醒，而后失落。

很久以后，我才渐渐想明白忘不掉她，忘不掉这个场景的原因。她就好比是一面镜子，就像以前任何一个提醒着我——我不是北京人，而是裁判所嘴里的"小河南"——的镜子一样。

透过她，我看见我生命中的残缺，看到不圆满。

她漂亮，又表现得无拘无束，说粗话，有点放肆。她肯定是在西城长大的孩子，看见她，我会不由自主地自卑，想到一个注定没有答案的命题：

"如果这个家庭没有被割裂，我会不会跟着爸爸妈妈在西城长大，就像她一样，考完试就想着打牌，不用去想那么久远以后的事情，不用为了讨好哪位家人，为了哪位长辈的体面去做自己没兴趣做的事？"

对西城区，还有对爸爸家，我始终是一个不该"添麻烦"的外来人。这个区有上百万人口，但高考的两天，在这里，我没有一个相熟的同学和朋友。我不能和他或者她聊一聊，这场考试考得怎么样，作文怎么写。吊诡的是，西城恰恰是我生命开始时的第一个家。

我想，如果这个家庭没有过去的波折和冲突，我会在这里平静地长大成人，免于颠沛流离。现在的我就是一个逐水草而居的游牧民，一个居无定所的精神流浪汉，跟哪里都有些纠葛，却不全然是那里的人。

现在我想到2014年、2015年发生的事,会自然地认为已经过去很久了。只有2013年的那个雨天,那个我连名字都不知道的陌生人,我至今想起来仍旧历历在目,宛如标记在昨天的一场梦。因为这一天、这个人,都是承载了我内心欲望的泡影。

然而那只是泡影,虽然那只是泡影。

7．五味

我对爸爸有过崇拜，有过敬佩，也有过理解，这都是我自己知道的。

在我对他所有的情感里，只有一种是我一直不曾直面过的，那就是厌恶。对的，就是厌恶。

刻板的儒教孝道虽然从一百年前就开启了衰颓至死的进程，但百足之虫，死而不僵。它的文化惯性依旧巨大，或多或少，主流社会中的每个人都不免受到其潜移默化的熏洗。在这样的基调下，正视子女对父母的厌恶，更像是一种奢谈，让人产生怪诞的负罪感。

这种厌恶被我压制、掩藏在心底很久很久，以至于我都要忘记它的存在了。其实事后静静地回忆起来，这种情感草蛇灰线，由来已久：从初二初三之交，我搞清楚我家一分为二的过去时，它的种子就种下了；从我上高中，艺考的想法被"裁判所"粗暴抹杀时算起，它开始发芽。越到后面，我和爸爸的分歧就越大，我也越来越觉得我跟他聊不来，彼此完全不在一个频道上。

那时,我心里已经下意识地积攒了很多对他的不理解,这种不理解慢慢发酵,酝酿出厌恶和蔑视。他不厌其烦地向我灌输老一辈钟爱的"努力""奋斗"和"吃苦"这三个语词,教育我要多"吃苦"。

这是一种片面推崇苦难的错觉。他从来没有辩证过,苦难本身并没有什么意义,方向不对的努力反而会把事情搞得更糟糕。苦难只会折磨人,而很少能塑造人。吃苦正是为了避免再次蒙受磨难而不得不付出的代价,它必须是有方向的:我付出什么,并将得到什么;又或者,我拿出怎样的筹码去赌,输的代价是什么,战利品又是什么,赢的概率大不大,我要心中有数,才肯下注。

没有目的的受难,只是纯粹的消磨,我一点也不想经历——我看他不会去想这些,只一心想把我往苦难的锻造台上推。

他期望人能百炼成钢。但我想,即使是贵重金属的锻造,也是要严格讲究工序的。没有头绪的熔炼,我和他得到的只能是一堆几经摧残的废铁。

另一条,我也向他抱怨过几次,就是他凡事都要问一问"裁判所"的习惯,但没有用。在"裁判所"的眼里,我是一个不该给这些上等人"添麻烦"的乡巴佬,他们又怎么会真正顾及我的未来呢?而爸爸对这一点毫无知觉,在他眼里,我、他、裁判所，是不可割裂的一家人。但我看得很清楚，我跟爸爸是一家人，"裁判所"跟爸爸是一家人，"裁判所"跟我可就不是了。他放任"裁判所"干涉我们的内务而不以为意，使得"裁判所"总是习惯性地把手伸得很长。

两条可以归结为一条，背后折射的，也是造成亲子隔阂的常见症结：不去体谅，也不交心，不顾彼此感受，只有发令和服从。两个单薄得没有血肉和灵魂的纸片人儿，和几百年前服膺儒教、满脑子君臣父子的祖先没什么本质区别。

我的厌恶并没有被下意识地扼杀掉，相反，它破土而出，并在我高三那年达到高潮，在暑假爆发。

最终，我和爸爸大吵了一架。

老师们常说，高考一结束，你们就解放了。从考完试到录取这段时间里，我并没有感受到解放的快感，只有无所事事的无聊。我进而想到，人的一生根本就没有一劳永逸的解放可言，而是一个受到欲望感召，不断翻山越岭的过程。没有如愿上山，就会受不满足的苦，爬上山后，又会随斗转星移而倦怠，去攀登下一座山，循环往复。

我在等待高考成绩，最好的结果自然是被中南大学录取。不过那样，我会去湖南，而不是待在北京——我每天都会想起六月八日偶遇的姑娘，想想她，想想北京，五味杂陈。过客毕竟是过客，我终究没有能力两全其美，又上一个好学校，又能留在这里。

等了一个月，到大概七月中的一天凌晨，教育考试院放榜了。但是那时挤在网上看结果的人太多，我始终没刷出自己的成绩来，只好等第二天再看。那天晚上我的心里火星迸发般地冒出许多念头，大抵一半是侥幸，一半是怯惧。高考成绩是白纸黑字的，在它出现之前，我可以尽情地自我欺骗，但只要最后结果水落石出了，不管它是不是我想要的，除了面对，没有第二条路可走。

次日我看到成绩，知道中南大学肯定是没戏了。

数学只考了七十多分，这让我极度懊恼。我的语文和英语都近乎双双放弃不学了，把时间挪过来全砸在它身上，结果在满分150分的情况下，语文和英语一个108分，一个125分，反倒还能看一看；可这最后一场数学，连及格都没有。我这一生最后一场数学大考，不仅像往昔一样证明了我是个蠢东西，更把高考——这决定之后几十年人生质量的一扇大门给关上了。

我记得看到成绩时，我去照了照镜子。镜子里的我面无表情，实则怒火中烧。

纸包不住火，清算的时候到了。不管考前我怎么哄爸爸安心，现在落榜的事实摆在前面，他也很快就打来了电话。

"你怎么搞的？才考了这么点分？早就跟你说过，要努力，要吃苦，你就是不肯！看看现在什么结果！"

"我早就跟你说过，"我的愤怒呈干冰飘散的形态，在心里迅速蔓延，我的心脏着火了，把我的脑仁都烧得沸腾，于是说话也迅速强硬起来，"我三年前就跟你说过，数学我学不会！我要学美术，你一开始也同意了，到后来别人随便张张嘴，你就伙同他们对付起我来了。你就是非要把我往这条路上逼。现在走岔了又怨我，我没跟你说过吗？你信谁都不愿意信我！"

"我怎么没信过你？！考试前你怎么说的？那样子简直是985在望，一本稳拿了。你看现在，能上个什么学？！"

"我说我考不上，这种话你愿意听吗？！你就知道听你想听的！你就知道要你的面子，我请问你，你的面子多少钱一斤啊？"

"你怎么敢跟我这么说话？！"

"我怎么不敢跟你这么说话？！"我跟他吵到这里的时候，忽然想到我很早就听过，并置若罔闻的老说法：爸爸在家瘫倒，被表哥和姑父扶助，这才想起我，才想起要多和儿子亲近。

还有，他和妈妈离婚以后，本来是要和别的女人结婚的，但父母这关没过。我不由想到，现在他就这样不咸不淡，如果有了其他子嗣，我就更将会被弃如敝屣。说来说去，我是一个不得已而用之的备胎，一个有点狗屎运的弃儿，一个被捏着鼻子启用的工具人。

"裁判所"说的也是，我不该给爸爸添麻烦。

电光火石间，我狠狠拆掉了心底里压抑已久的封印。于是对爸爸厌恶、怨恨的那一面，全部井喷出来：

"从小到大你管过我几回？！你来过郑州几次？！"我厉声质问他。这句话刚出口，我的第一反应是，这话一定很伤他。但我恨，就硬着心，梗着脖子，绝不收回。这根刺，我一定要扎过去，扎到痛处，也让他麻木不仁的神经知道我的痛苦。

"我不怎么去见你，就是因为我不想跟你家人说那么多，告诉你吧！"

这句话说完之后，我们俩都蔫了，爸爸就挂了我的电话。

从放榜到录取，我记得我们一共打过两次或者三次电话，每次都是歇斯底里，大吼大叫。其实主题只有两个，一个是眼下对失败的互相宣泄。另一个就是，接下来该何去何从。不管导火索是高考抑或其他的什么事由，只要心里积压了不理解，爆炸的一天就总会到来，绕不过去的。

我们的宣泄是极其粗糙的，爸爸和我，其实谁都没有点到问题的实质。我们家分裂的根源在哪里，我们在这种情况下又该如何相处，这是我们从始至终都没触及的课题，即使在和解之后，父子俩也没有掰开揉碎地整理过。但话说回来，面红脖子粗的电话争吵，又是父子关系间的一场外科手术。手术刀碰到我们此前藏在灵魂深处的病灶，那是酝酿怨愤与敌意的渊薮，也是一处脓疮。它不见天日，暗自生长，分泌毒素。它应该被剖开，切除，挖出来。

高考看情形是失败了。我想下一步该考虑复读，或者出国留学。对此爸爸无一例外，统统否决。出国和去做艺术生，在爸爸看来分别都不大，属于学习不好的孩子投机倒把的小伎俩，严重违逆他头脑里关于"体面"的想象与执著。

至于复读一年的方案，倒是让爸爸稍微动摇了一下。因为的确如我所说，我来北京来得太晚，并不是没有提升的空间了。这个理由，让爸爸听起来感觉"顺耳了很多""好像是你说的那么回事"，但他又举棋不定。

"这样吧，复读这事呢，我去找人商量商量、打听打听。"

"该不会又是我姑那帮人吧？"

"那肯定是要多方面打听的，不止他们，我也会托朋友问问——你就谦虚点儿吧！"

我一听，爸爸又要重走老路，去找"裁判所"求助，气就不打一处来。当初"裁判所"也说了，让我不必转学回北京，尤其是"不要给爸爸添麻烦"。如果不是中间我来北京紧赶慢赶地读了一个学期，就什么都完了。现在爸爸又要找上"裁判所"，那么结果是非常明显的——"裁判所"会把任何可能带来"麻烦"的选项都扫掉，而爸爸又那么听他们的话，没戏了，一切都没戏了。

"呵，他们。看来他们是骑在咱们家头上的'太上皇'啊。"

我愤怒，愤怒到疲惫之极，我也不想再跟他多说，扔下一句话就挂了。

这真是一个寒冷的夏天。我暗暗发誓，将来有一天等我说了算，我决不能学爸爸，允许有"裁判所"这样一个畸形的第二权力存在。不管他是谁，和我是怎样的关系，只要他萌生出一丁点对我的内部事务指手画脚的兆头来，那他就是我最可忌惮，必须除之而后快的敌人。我必须跟他翻脸，猛烈地掀翻他，再拽起来，再掀翻，如此反复多次，直到他发抖、战栗，不敢多废话一个字为止——如果他一定要讲，我会准许他卑微地低下头，字正腔圆地给我复读一千遍：

"对不起，我再也不会给你添麻烦了。"

我知道这次我是彻底玩完了——被摁着走上一条明知道要失败的路，眼睁睁看着自己一步步朝失败的深渊挪过去，最后无可奈何地坠落谷底。转眼第一批志愿录取时间已经远去，马上就轮到第二批。我在网上一遍一遍地刷新教育考试院的信息，发现有几所学校在北京因为录取人数不够，还在招生，其中一个是新疆石河子大学。这个消息让我忽然振奋起来，我想一不做二不休，干脆捡一个漏，去新疆上大学算了——管他什么大学，什么专业，只要不学数学，只要是211大学，那就只管报。家人被我只认211牌子的执拗给吓到了，纷纷反对。他们说，新疆太远了，人生地不熟。我一概不理会，恶狠狠地用鼠标点下报名键，生怕晚了就被人抢走。

结果却显示：填报失败。

我刚提振起来的心情，忽又沉坠下去。

"为什么填报不了？这是什么情况？这次难道是真的走投

无路了？"

家人提醒我："也不一定，你现在报不了，会不会是因为你已经被别的学校录取了？"

"怎么会呢？"我垂头丧气。

"你先看看能不能查到你的录取信息。"

"行吧，那就找找看。"

这才发现，我被河南大学录取了。三年前关键时刻的幸运再度出现，它又挽救了我一次。

我浸到一种深邃的安全感当中。那种感觉很舒适，身体的所有毛孔都被打开，清凉、镇定。畏惧、焦灼和激愤，都被蒸发得一干二净。因为我明白，两扇门，一扇中考，一扇高考，我终于都推开了。在当时的我看来，人生的胜局已定。

我立刻给爸爸打电话，跟他讲：

"爸，'七上八下'了。我考上河大了。"

"哟，好嘛！这不就皆大欢喜了嘛，哈哈哈哈。"

"对不起了，爸。"

"嗨。"

他很开心，我很得意，我们俩默契地没有过多提及此前的争吵，犹如这场争吵从没发生过。河南大学的录取就像是剧本里常见到的机械降神，瞬间把横亘在我们俩中间的矛盾给冲淡了。我们就再也没有理由和对方唇枪舌剑了，但与以往不同的是，冲突毕竟是爆发了。也只有让它爆发一次，我们才能得以重新审视这段需要去经营的父子关系。

那是我们唯一的一次争吵,它一边破坏,一边重建,事后再看,经历了它,我对爸爸的情感才真正变得五味俱全了。

他不再是我不知道该怎样措置的局外人,不再是高高在上、只受崇敬与仰望的半神,也不再是一个和我在观念上针尖对麦芒的"异教徒"。他是一个有血有肉的普通人,他有他的思想、他的经验,还有来自他那个时代的烙印与局限。他是我的爸爸,我们家老爷子。

录取后差不多一个礼拜,我又回到了北京。有一天晚上,他约我出来。我那时候还是常在妈妈家住,我们家在东四。他一反常态,开车出来接我,我们在美术馆对面的隆福寺碰面。我上了车,他没有急于发动车子。

"不着急走,聊聊吧。"他说。

我心里大概也知道他要讲什么,可能会批评我一顿,不过那时吵架也要怨我口不择言,他批就批吧。

"哎,你终于考上大学了,全家的一块大石头都落地了——你奶奶挺替你着急的,她以为你没学上了,急得都睡不好觉。"

"唉,真悬。我让大家都费心了。"

"可惜你爷爷不在了,要不然他这会儿一定非常开心。这是一桩大事。"

"是的,总算是了却了。"

"可不嘛,你小子还为这事跟我吵架。"

"对不起，爸。"

"我明白，我明白……"他低下头，"咱们家这个情况啊……"

我们俩在隆福寺碰面的时候，已经是深夜。街上车流稀疏，静谧无声。在车里，能清楚地听到我们俩的呼吸声，还有我自己的心跳声。此时此刻，突然的沉默都是刺耳的。

爸爸顿了顿，才接着说："咱们家这个情况啊，有很多的，嗯，历史遗留问题吧。就是说，咱们家的这些事，我也挺无奈的，"他转过头看着我，"挺无奈的。"

我顺势接下去："向前看吧。"

"对对对，就是你说的这个，向前吧。"

话锋一转，他问："明天我在家没什么事儿，你想想明天咱们吃什么？"

"早上的话，那肯定就是麦当劳啦，"我用手抚摸下巴，轻松自在，"中午嘛，要么就是自助餐，要么就是护国寺小吃了呗。"

"自助餐吧，民族饭店，京都信苑，嗯……"

"我都行，自助餐就行。"

"嗨，我看就职工之家吧，每次都是这俩，换个口味。"

"行，另外吃完饭，去我的高考考场转转吧。"

"四十四中呗？"

"对。"

"去那干嘛呀？怀念峥嵘岁月啊？"他笑了笑，凑了过来。

"当时在酒店里见到一女的觉得不错，但没搭上话，遗憾啊。"

"为什么没搭上话？"

"手机给你了，怎么要手机号呢？"我叹了口气，"说什么都晚了。"

"嗨，早就说了，让我跟着你，给你拍拍照片。现在呢，后悔了吧？人家早找不着了，没影儿了，你现在上哪儿找？你后悔也没用，哈哈哈哈。"

"爸，别笑了，没什么可笑的。我现在肠子都悔青了。"

"嗨，你小子就听你爹的，没得错。有我这么个爹，你小子偷着乐吧！"

说完，他发动汽车，一踩油门，我们驶上回家的路。

对于那次争吵，此后我们谁也没再提起过。但这件事还是在爸爸心里掀起了许多波澜，他后来接受媒体采访的时候，还专门为我写了一首诗。通过诗句，也足以印证他的心迹。

他写道："过去已成为历史，重要的是如何去写未来的日子。逝去了的会是一种暗示，它会影响却不能决定。你怎样写就明天的故事，生活不会是迎风招展的花枝。你将历尽艰辛，才能拿到开启成功之门的钥匙，去建一座美丽的城市，证明自己是最富有创意的设计师。"

他的这首诗总让我想起我们在隆福寺那个披星戴月的夜

晚，还有我小时候刚和他接触时的情景。他还是含蓄、内敛，不习惯把心里的感情和盘托出，于是用诗句向我隔空传话。即使历经多年，他委婉的处事习惯，仍旧没有改变。

后来，在西单，我们搞了一次家庭聚餐。奶奶、爸爸，还有"裁判所"的人也到了。当时我们一家人就近在西单大悦城里吃些西餐，或者快餐。众人庆祝我被大学录取，说了些诸如"万里长征第一步"之类的勉励话语。而我是心不在焉的，我看到邻桌都是年轻人居多，只有我们这桌，是老中青三代同堂。

饭后结完账，我们走出饭店的时候，我回头看了一眼我们的邻桌。几个高中生凑在一桌，插科打诨，欢声笑语。

那一瞬间，孤独感再次喷薄而出。我有点疯狂地想见到我的朋友们，那些此时此刻和我同样无所事事的男男女女，我们去网吧先花上二十块钱，然后再去吃烤串，吃完以后去酒吧喝点小酒，度数不用高，胡乱喝些调酒，在微醺中吹一吹夏天的晚风，回家打开空调，四仰八叉地躺倒在床上，庆祝我们又杀死了一天。

我只是看了一眼邻桌，就那么一眼，我自认为没有端倪，没有破绽，没有谁会去猜，以及能猜到此时此刻的我在想什么。

转过头来，爸爸在我面前。他看了看那桌年轻人，看了看我，小声说："我知道你想跟小伙伴一起出去玩吧？今天就陪陪老人，过两天你就自由了。"

他的语气轻描淡写，又有种笃定。就是这种只鳞片爪，偶尔一次显露的笃定，让我很讶异。我原本觉得和爸爸间代沟巨大，他不可能知道我的所思所想，更不要提一眼窥见我心里的秘密。但在那一刻，我忽然发现，他知道的比我想象当中的要多得多，只是他尽管看见，也习惯深藏不露。至于他对我的生活到底了解到了什么程度，却始终成了我生命中的一个谜团。

　　一个挺美丽的谜团。

第四篇　老爷子

（2013—2015）

1．衰老

我们一直以为,我和爸爸的父子之路还很长,起码还能相伴几十年。

上了大学以后,我总会想象一个画面:未来的某一天,我在北京找一家餐馆,开个包间,然后把爸爸和妈妈分别约出来,事先绝不告诉他们对方会来。我们仨,就我们仨凑一桌,聊聊天,没有外人干预,没有外人打搅。他们能不能聊得来,我是没有把握的,但我还是想和他们俩坐在一张桌子前面,随意吃些东西,随便说说话。上一次我们仨在一起吃饭,我住在左家庄,那时候我还是名小学生,真是很久以前的事了。

这个不成熟的想法永远也不能付诸实践了。爸爸在2015年4月26日与世长辞,从他患病到撒手人寰,前后过程只有几个月。从高考结束时算起,我们俩实际上只剩下一年多的时间来相处。他的离去于我而言是非常突然的,处在2013、2014两年间的我无论如何也不能想到,短短两年不到,爸爸就将与我、与他热爱的世界永诀。

他的染病与离去，事先没有征兆。我只是前一年才发觉到他的衰老，这是他也知道的事实。

"我这两年有个想法，在老家出钱修一个祠堂。"2013年暑假快要结束时，我也将从哪儿来回哪儿去，到开封的河南大学报到去。我和爸爸照例在家门口的麦当劳吃完早餐，在马连道散步，他聊起老家，聊起祖先，聊起逝去的人和事。

"打算什么时候修？"

"不知道啊，我现在太忙了，还是太忙，"他背着手，皱起眉毛叹了口气，"应酬太多，其实也不是必须去的那种，但你要是不去吧，还不好——你知道我经常应酬多到什么程度？比如我去一个地方，这地方有好几拨人都要找我，但我不能一一去跟他们吃饭，这样时间不允许，老这样身体也受不了。那怎么办呢？就只能把这几拨人约到同一个饭店，分别开几个包间，然后串场，这一屋去喝杯酒，吃几口菜，聊一聊，再去下一屋，一次性全解决了。"

"那这样的话，可就不知道这个祠堂猴年马月能修起来了。"

"是啊，但这个肯定要修啊，现在不行就以后呗，将来你爷爷也在祠堂里……"

他停顿了一下，说："唉，你爷爷都走了半年了。我常常想他，想起来，还是会很痛心啊。"

爸爸这样一说，我也不由自主地想念起爷爷来。他是这个家里很特别的人。

他学过历史,这可能是他即使年迈,身上也一直有一种藏不住的书卷气的原因。

在我成长的过程中,两家总会论起过去的是非。前期,我是听妈妈家数落爸爸家的不是,后期又成了爸爸家抱怨妈妈家的错处。公说公有理,婆说婆有理,几乎每个人都难逃褒贬。在那些埋怨中,妈妈慵懒散漫,奶奶专断,外公外婆"教育失败","裁判所"的人常在紧要关头出一些馊主意;至于爸爸,他是受指责最多的一个人。

他好像只醉心于自己的事,对家里,尤其是我的事情漫不经心,不过男性好像都有这样粗枝大叶的作风。只有爷爷,两家都很少提到他。即使提到他,说法也都一致,说他脾气好,通经史,讲道理。

爸爸刚成名,诗歌手稿多半由爷爷代为誊抄,他字迹典雅隽秀,让妈妈印象深刻。他的娱乐方式也很简单,就是安静地守着电视看那时候在市场上很火爆的香港武打片。那时走进单元楼,常常能听见从我们家传出的武打片里"噼里啪啦"的打斗声。

妈妈经过电视房间时,他会转过头,一本正经地问妈妈:"你要不要看?可以换台。"

他其实也有严厉的一面,但不多显露。他的嗜好简单,就是喜欢美食。老家的堂叔告诉我,他最钟爱的小吃是猪肉冻,但被妻子严格限制,每顿只能吃一块。直到有段日子,奶奶常在南城住,爷爷才获得猪肉冻自由,撒开了吃,而无人可以掣肘了。他的名言我觉得可爱,也通透:"哎呀,趁着能吃,就多吃啦。这样将来不能吃了,吃够了,也没遗憾。"

我记得最后一次下馆子和他吃饭,是在离回民中学很近的东来顺。

那时我的身份证刚办下来,我的情形他也都知道,因此边吃铜锅涮肉,边教训我要改邪归正,戒烟,认真学习,不要跟郑州的小兄弟们混在一起,家里也只能帮我到这一步云云。我一一领受,这才离开北京。那时我看他并没有异样。半年后也在"裁判所"匆匆见了一面,临别时,他仍在用我听不大懂的福建普通话,嘱托我学习上的事。

高二暑假,我看他一如既往的健康,像我小时候见到他一样。没想到短短半年后,他就与世长辞了。

当我想到他的时候,我会想起童年和他站在教育部后门的那个下午,想到高二去北京时,我站在教育部楼前,不知道我家在哪个单元,只好站在冷风中给他打电话,等他出来接我。我还记得我去派出所拍照之前,爷爷特意带我去理发店修了一下头发,就是看上去正儿八经的那种发型,发型太正经,导致我照相时的表情也是板着脸,挺严肃……还有,最后参加完他的追悼会,我在二龙路,我们一起站过的位置静静站了会儿,心里感慨良多。

我终于来北京了。我来了，当初和我一起站在这儿的爷爷却走了。

爸爸说，他想起爷爷还是会痛心。爷爷去世时，我还在郑州，没能来见他最后一面。病人生命垂危时，医院就会问家属要不要继续抢救。

这真是一个艰难的抉择，我看不管怎么选，只要最后没有挽救病人的生命，家人就都会后悔。选择了抢救，会后悔让病人多受了无谓的折磨；不抢救，事后又会想，如果当初选择抢救的话，是不是真的有一丝希望把人从死亡线上拉回来？爸爸选择了前者，但人没能救回来。这让他总觉得愧对爷爷，他常常为此自责。

"对了，你还没回过厦门吧？"

"没去过。"

"那可不成，厦门可是老家呀！回头带你去看看。那儿特别好，空气质量要比北京强得多，你回老家一看，就会觉得自己置身在一幅画里。"

"有这么夸张吗？那回头有空就去看看呗。"

和我在可与不可之间的态度不同，爸爸是喜欢厦门的。尤其是那两年，他越来越中意这个地方。我记得他2012年在腾讯微博上夸过厦门的城市管理，说给民众的方便不少。他对厦门产生了一种愈发浓重的乡土情结，这是我以前没有意识到的——我想在他的认知里，北京才是故乡。我想起不久前的事来，才意识到爸爸在我面前流露过这种乡情。

6月7日高考——高考那两天的事我永远记得——暴雨，雷声，女孩子；上午考完第一场语文，我拿捏不准自己的作文有没有写跑题，从考场出来的时候蛮沮丧的。从四十四中走到宝瑞酒店的三百多米路，我走得异常缓慢。

我不敢跟爸爸交底，中午吃饭的时候就和他讨论了一下作文题，其他一律说"还可以""考得不错"之类的话。爸爸很轻松，觉得我云淡风轻，首战告捷，于是话题又转移到他当年的高考上。他每次回忆起这些事情，都滔滔不绝、感慨万千的。

忽然，爸爸罕见地中止了他的战时布道，把目光转移至我后方墙上的电视显示屏，并示意我不要讲话："停一下，我看看这个新闻。"

我侧过身子，向墙上的小液晶屏看去。新闻频道正在报道一起刑事案件。好像是一起公交车纵火案件，我扫了一眼，是一辆公交车起了火，造成了不小的伤亡，警察正在调查起因云云。事件发生在南方，具体是南方哪里，我也没留意。长江以南，我只对江苏还有些印象，其他地方都没留意过。

"真惨。"我转过头，准备继续吃未完的中饭。扒拉两口汤面，抬头发现爸爸却没接着吃，只是把筷子伸进碗里漫不经心地来回搅动，眼睛依旧直直盯着后面的屏幕。

"哎哟，厦门啊。有人在公交车上放火。"爸爸用筷子轻轻磕了下饭碗。

"抓到了吗？"

"这就是时间问题。领导肯定会要求限期破案。如果下了死命令，那很快就能侦破。我还没听说过有哪些案子是在限期之内破不了的。"

"能破案就好。"

"厦门毕竟是老家，我对这个城市感觉很好，也关注这里的事情。"爸爸说完，就低头继续吃饭了。

他真正决定带我回福建，是2014年元旦过后的事情。直接原因和河南大学福建老乡会的一两次活动有关。那时我刚进入大学没几天，对学生会提不起兴趣，也不想过多参与低效的社团活动，就只报名参加了一个散打社，每周去练练拳脚功夫。让我意外的是，中间有一个学生组织倒主动联系上我了，就是福建老乡会。

老乡会的学长不知在哪里看到了新生资料，发现我祖籍在厦门，于是联络上我，请我定期去参加老乡们的聚餐。我除了户口本上祖籍一栏里填的是厦门以外，和这个省份就没有其他关联了。后来聚餐我去了一两次，发现自己根本听不懂"老乡"们之间通用的闽南话，于是也不再冒充福建乡民，他们的活动就不再去了。

我跟爸爸打电话聊起这段经历，是当笑话讲的。

"老乡会的人都挺好，互相之间也都实打实地帮忙，从工作到学习，都这样。不过只凭户口本籍贯一栏里的福建厦门，还是和福建说不上多大关系。以后老乡会的活动，我就不去了。"

爸爸在电话那头，先是没有应声，停了一阵才说："这不勉强，不想去就不去了呗。但话说回来，去和老家人接触一下也没什么坏处。"

"时间过得真快，这一转眼你都上大学了，咱们还没去过什么地方。正好等你寒假，一起回老家看看吧。"

"都可以。"我无所谓去或不去，也没太当真。他太忙了，有可能计划赶不上变化，到时候就不去了。抽出完整的时间专程带我到福建或别的地方，对我们父子来说是奢侈的。平时打打电话，互相讲一讲近况才是常态。

"不要'都可以'，你就跟我去吧。再不去，我看你就彻底成了老家的外人了。"爸爸很认真。他的意思是，福建是我们的老家，他对福建充满感情，而且他也希望我能继承这种感情，不要遗忘。我眼里的笑话在他看来并不好笑，反而还有种淡淡的悲凉。

就那时的状况而言，我还真是老家的一个外人。

我有两个故乡，或者说是一个半。

我在北京出生，郑州长大，后来又回到北京。其中在郑州待的时间最长，在北京的时间要少得多，只是寒假可能来过年，暑假来也是看看妈妈。福建按照顺位，应该是第三故乡，我从没去过那里,也没有见过除爷爷奶奶之外的福建人。但如果论资排辈,厦门是比北京和郑州都还早的故土:那是我的祖辈曾世代生活过的地方。慎终追远,没有他们,就不会有爸爸,自然也就不会有我。

过完年,我就去了厦门。

我对厦门的第一印象就是在天空中构建的。我从南苑机场坐飞机,大约三四个小时到厦门。当飞机穿下云层,不久后将要在高崎机场着陆时,我透过机窗向下看,看到海、山、岛的交织,基础色由一大片青碧构成,房屋星罗棋布,点缀其间。一片幽绿中,有掩不住的烟火气。居高临下,陆地与海洋交界的线条很柔和。这个地方,山清水秀。

那是我第一次去厦门,前后待了三五天。这中间还免不得跟随爸爸走亲访友,所以如果想转一转,时间是不充裕的,只能做些重要的事。对爸爸而言,最重要的事是回英村——我爷爷以前读书的旧宅祭祖。

英村是一个极为普通的村落,爷爷当年住过的老屋,也就是山下平房堆里土黄土黄的一个小院落,其貌不扬。左手边的侧间里挤着一堆鸭子,听说以前爷爷常在这间屋里读书,后来久没人住,就腾出来养家禽。屋前有一口井,对着正屋。

爷爷当初在这里读书、生活。我们去英村时,爸爸的堂兄弟安排车子来接。在路上,他跟我们讲起汪家以前的历史。

我们这个汪姓古时候并不姓汪,而是姓翁。五代十国间为了避祸，一个叫翁乾度的先祖携六个儿子归隐，并将六子依次改为洪、江、翁、方、龚、汪六姓。他的六儿子叫汪处休，我们就是汪处休的后裔。新中国成立前，汪家在同心县处境不错，有三百多亩地，位置大概在文理学院一带。这位堂叔的祖父（也可能是曾祖，他的口音我不大听得懂）那时家境殷实，我爷爷去厦门大学读书学习，就多亏了他在后面出资支持。

"哎哟，这一代一代，生生不息的，"爸爸发出感叹，"我们这么多人，往根上倒，都是那么一两个人的后代，不得不说，让人有沧海桑田之感。"

他若有所思地跟我讲："以后我会多来这里，真好。养老，我就在厦门了。"

"怎么说到养老了？"我问。

"岁月不饶人，如今我也是个老头子了。"

"我真不觉得您老。"

"还不老哇？看着不老，不代表就真的不老。我已经快六十了。想当年我们一起上大学的那些个同学，个个看着都倍儿年轻，倍儿有活力，如今都走了四五个了，"爸爸把眼镜推到额头上，眯着眼处理着他手机里的信息，"其实我有时候自己也估摸，我可能是我这一帮同学里最后一个走的，嘿嘿嘿嘿——我计划照着九十岁活，一百最好。"

我一开始觉得爸爸在说玩笑话，其实仔细想一想，那只是我没留意。爸爸在我心目中的形象，十几年都没改变过：斯斯文文,不善言辞。他走路时很喜欢把手揣在兜里,脚步外八,看上去步伐昂阔。从我记事起在郑州和他第一次见面,就是这样。他突然说他老了,我还不信。但我出生的时候,他就已经年近不惑,如今也马上要六十岁了。

"我最近看见一个很有意思的说法。说咱们现在生活的这个宇宙,大得很。但你知道它一开始多大?就一火柴盒那么大。"

他绘声绘色地说着,还举起右手,以食指和拇指比划出一个形状:"看见没,就这么点儿大。然后,经过一次大爆炸,宇宙就成现在这样了。爆炸力得多强?这是个天文数字啊——人脑根本就没法想象。"

"爸爸你现在关心起宇宙来了?"

"不知道为啥,我最近感触特别多。你想,人的一生还是太短暂了。一辈子也就是在这地球上跑来跑去,和宇宙的历史相比,人这辈子真是一眨眼的工夫就没了。"

"不过,"爸爸话锋一转,"我还听说了,科学家说,二十五年之内,有望解决人类永生问题。现在科技发展这么迅速,我看还真有可能。希望我能赶上,如果能长生不老,人生真是圆满了,嘿嘿嘿嘿。"

"啊,二十五年就可以吗?"

"我看有戏!"

"说实话,我倒觉得没必要活那么长。要是有钱当然活得长些好,没钱活着,不就是受罪了嘛。"

"你们这些小崽啊,还是年轻。等你到了我这岁数,你就知道没活够了——你爷爷活了八十多,那照样觉得没活够。"

正说话间,屋子里的祖先遗像已经被请出并安置妥当,一场简易的祭祖仪式就要开始。

小屋里的灯光亮微弱,导致我看不清在神主位的相片,是一位女性长辈。可能是那位周济我爷爷上大学的人物的母亲。听说她在世时,过得也蛮讲究,香烟非国外的一个牌子不抽。讲究归讲究,她却不是个小气的人。她能弄来许多国外的西药,西药在那时可是稀罕的东西。她从不吝啬,乡民谁有需要,就分发出去让人用了。我的祖先行事任侠,因此过去在同心县有些人望。

我们到英村时非年非节,因此祭祖的程序简便,却又不简单。首先接过三根点着的香,看看祖先遗容,在心里清点一遍祭品,然后心里默想些说辞。要平心静气,诚心地请祖先享用后代的祭物。祭祀之后,还要掷三枚钱币,根据硬币落地后正反面的组合情况,来确认祖先是不是"吃饱了"。只有祖先"吃饱了""吃得开心",这场祭礼才算圆满。

孔丘说,祭如在,祭神如神在。大意是祭祀先人时,就要如同先人活生生在世时那样恭敬祭祷,这也是儒教"事死如事生"信条的注脚。前辈与后人,就这样在一场或隆重或简约的祭典里,凭借无法斩断的血脉突破生死隔离再度相会,前者提供庇佑，后者寄托哀思。尽管我对儒教是有些反感的，但在这总共不过几分钟的祭祀仪式中，也不能不产生一瞬的情感触动。

简单的祭祖是我对老家的首次致意。香火氤氲蒸腾，恍惚间，我停止了自己惯常向外的追逐，收心屏气，守望故里。

祭祖的场面和仪轨，让我想起一年前爷爷的追悼会。那时候老家来了人，指导我们用老家的规矩给爷爷办事。他们说，在老家办白事，长孙的地位要比儿子重要得多。这个观点，我在北方多年从没听说过，可能是出自儒教《礼记》中的"尸礼"。长孙在灵堂正襟危坐，扮演先祖，即所谓的"尸"，来接受族人礼敬。爸爸生平最喜欢的历史人物是岳飞，他敬仰岳飞的大义与忠诚，也常常讲"做人以忠孝为本"的话。

把这些细节串联起来，就能勾勒出汪家的骨骼——这是一个儒教家庭，不管时代如何变迁，在天南海北，它的根底，它的骨架都是用儒教价值搭建起来的。这个家的每个人心里都植入了儒教的基因。

就在他弯腰祭拜的那一刻，我心里忽然觉得有点沉重。在那一刹那，我见证了他的衰老。他老了，只有老人才会畏惧衰老，迫切期待长寿。年轻人时间还多，对寿命也就不敏感。生命毕竟是如此精彩，值得热爱的，因此人们想要永永远远地活下去。这一天，爸爸对科研人士的估计充满希望，可能他此时此刻的想法，和古代那些求长生不老药的儒生道士是差不多的。

也是因为他老了,对乡土的感情才会愈发浓郁。他知道我和老家没有联系,和这里的人也是互不相识的,所以也希望我能尽快与福建完成初见与磨合,多用脚步去丈量老家的土地,并可以在他所眷恋的土地上留下一处根基。这一切都要快,不能拖,尽管衰老与死亡之间的空隙可能是漫长的,但他要趁着他的身体还不错,为我和故乡之间扫清障碍,搭建桥梁。

我印象里那个永远年富力强的爸爸,居然老了。

作为子女,看到父母的衰老,毕竟不是好事。然而,那时那地的我又是幸运的。有生之年,爸爸带我回了一趟老家,虽然匆匆忙忙,但我们毕竟在那里留下了一段共同的记忆,接续上我们与故土的精神血脉。

每当我想起厦门,眼前出现的画面,就是爸爸在按照祭祀流程缓缓鞠躬、祭拜、念词、抛硬币,一丝不苟,格外虔诚的样子。

这是我们父子相处最后一年的序章。在厦门,我后知后觉地发现他的老去。但我不能想到,他的衰老距离生命的凋零,剩下的不是我们期待的三十年,而是短短一年。生命的最后一年,他没有虚度,还是如愿做了些他爱做的事。

2．主持

爸爸有位故交叫司马南，把他们两位放在一起看就很有意思了。

两人同年同月同日生，在彼此还没成名的时候就相互认识，交情历经三十年。虽是至交，但两个人从性情到行事等很多方面几乎都反着来，互为镜像：爸爸文静，南先生好动；对政治问题，爸爸奉行的是老汪家"夹着尾巴做人"那一套，习惯缄默不谈，而南先生很喜欢就时政发表他的看法。

在人多的地方，如无必要，爸爸不喜欢引人注目，有点拘谨，有时甚至是呆滞，南先生相比起来，则多了些洒脱老到。而按照南先生的说法，他不喜欢和爸爸站在一起，因为爸爸会把他给"衬托成一个毫无气质可言的赳赳武夫"，毕竟爸爸"更加的文质彬彬"，女人们更喜欢和他挨在一块儿。

司马南活跃于公众视野，也是二十世纪九十年代到本世纪初这段时间。他最广为人知的几个手笔，就是和那时很有些市场的气功大师论战，搞一些起底揭秘的节目，推广科普。很多气功师被他砸了饭碗，招摇撞骗的勾当无以为继，因此对他恨之入骨。其中名堂最响的一个，是号称能隔空抓蛇的王林。

抛开政治观点以及他和崔永元、方舟子的先后交恶不谈，单说口才方面，司马南非常厉害。我很早之前也看过他的视频，一个是在美国之音上的辩论，当时美国之音安排了四个专家和他辩论，被他一打四反过来压制了；还有两个视频，都是他办讲座和搞活动时，被不速之客突袭砸场子的。他有一种临危不乱的派头，一番唇枪舌剑的缠斗之后，总能化险为夷。

2018年夏天，他是一档社会时评节目的嘉宾，那时节目是在望京一个演播室里录制的，我随行参观过一期。时长一个小时，天南海北地抛出十个社会新闻，一个接一个播放，他随播随评。一两分钟的社会新闻刚播完，他就能形成观点，并有条不紊地讲出来，我很羡慕他——六十多岁的人了，思维还能这样灵敏迅捷。

在演播室里，我恍惚了一阵，不由自主地联想到爸爸。他在时，尝试过的最后一次跨界就是当主持人。如果他今天还在，也许我还常常能在各大视频平台的文化类节目上看到他吧。

2014年夏天，爸爸跟朋友一起去了一趟美国，那是他在美国的唯一一次旅行。出国之前，适逢单位组织员工体检，爸爸不想让一众好友等他一个人，因此就没去参加。此前他已经周游列国，诸如俄罗斯、东南亚诸国等，美国并没有在他心里掀起什么波澜，他觉得那里没有国内方便。因为他赴美的时间正好赶上我大一放暑假,他微信用得少,我也打不出越洋电话,所以他在美国期间,我们是没有联系的。

那个夏天可以作为一个分界线。

诗歌市场衰竭之后,他事业的重心开始转向自己的音乐作品,还有书画艺术。他经常做的事情有在高校讲学,为图书出版进行现场签售,还有为景区题字等。

音像和书画,各有一位负责与合作方洽谈,打理作品相关事宜的经纪人。其中书画方面的经纪人总会为他联系些在各县或地级市举办的活动,这就使他不得不转战各地,奔波在每一个活动现场。很多景区也会找上爸爸,希望他为景区题字。

爸爸的想法是,景区题字能推广个人知名度,因此忙归忙,累归累,也值得去做。这种方法在2005年也许可以奏效,但再往后就收效渐微了:一方面,电视与网络的发展已经足够成熟,各个节目平台可以直面最为广大的巨量用户。另一方面,爸爸自己也是明白的,他不再是个中年人,他开始步入老年。全国各地连轴转的奔劳,是对他体能的巨大消耗。

美国行之前,他曾在电话里跟我抱怨道:"现在搞活动太累了。景区题字这个你也知道,我就不多说了。有时候还要搞签售,最多的时候一天能让我签上千册,我也受不了啊。"

"上千?这也太多了吧?"

"没办法呀,搞活动你不能不签啊。"

"那也太多了。这种活动还是少去的好,您也该悠着点儿。"

"是啊,以后少去吧。"

"这种活动一般给您的出场费是多少?我不跟别人说。"

爸爸犹豫了一下,吞吞吐吐地告诉了我一个约数:"咳,每次差不多就这个数吧。"

他告诉我的出场费,我觉得对他来说是挺低的。为了这样一个价位,年近六十还要去奔波劳碌,我为他感到不值。

"那以后这种活动呢,就少去或者别去了,效率太低了,最主要的是跑来跑去还累——是别人的面子重要,还是自己的身体重要?显然是自己的身体重要。我建议您还是多上上电视节目吧,这样效率高一些。"

"上电视?那你说说,怎么个高效法?"

"也不复杂,看电视的人多呗,景区的题字还是局限了,大家得到那些景区玩的时候才能看见字,并且他们也真不一定关心是谁写的。电视节目就直接多了,直接露脸。"

"你说得有点道理。"

那个夏天过去之后,转机很快就来了。

"我先试试水,如果效果不错,就改行干点主持方面的事。"

这是当年入秋,爸爸参与广东卫视《中国大画家》节目录制期间对我开的玩笑。不同于以往,他不再以嘉宾、评委或分享者的身份登上舞台。这一次,他要作为节目主持人站在舞台中央的聚光灯下,顶在各种长枪短炮、火力聚焦的最前线。

做主持人对他来说,是一个既陌生又熟悉的新方向。他在各大卫视参与录制的节目有很多，比如早期的《鲁豫有约》，那时这个节目不在演播室里录，也没有现场观众，而是约在茶馆一类的场所单独访谈。还有湖南台的《越策越开心》《天天向上》。比较长期的是去央视农业频道做嘉宾，但没有正式的电视台主持经历。只有在1991年，他参加了央视主持人大赛。

当年他成名不久，也还年轻。据他早年的公开说法，是电视台叫他去的。他不想给人留下摆架子的印象，于是就参加了中央电视台的主持人大赛。不知道该说他的运气是好还是不好，那一年新星云集，选手的实力都很强劲。其中好几位后来变得家喻户晓的后起之秀以这次大赛为起点，开始了广播电视领域漫长的南征北战：凤凰台的许戈辉、央视的张泽群、歌手李玲玉，都在此次比赛中大放异彩。

这次比赛的视频我一直没见到。图片倒是在网上见过一张：在二十世纪九十年代电视的陈旧画质里，父亲的头发梳理得一丝不苟，身着西装，手拿话筒，伫立不动。他在三十出头的年龄，身材仍像学生时代一样，非常瘦削。他的皮肤远没有后来那样白净，不知道是在南方读大学时阳光暴晒的遗留，还是灯光的原因。

爸爸在这次大赛里拿到了第六名，按说也是个不错的成绩。但是他对自己在比赛中的表现不太满意，他觉得自己有点拘谨，没有太放得开，所以发挥得不太好——他像爷爷一样，有种书生气，脸皮薄，被镜头对准的话会容易紧张。但主持人这个行当，恰恰要求一个人能调动现场观众的情绪。

这方面，父亲多次和我提到过汪涵。因为在湖南台做过嘉宾的缘故，他们一起合作过两次。

就在登上《中国大画家》的舞台之前，爸爸还不忘回味一下汪涵的主持风格："汪涵挺厉害的，主持功力很不一般。他的反应是真快啊。他有急智，现场出问题，他是可以快速想出办法化解的主持人，要做到这点很不容易。"

他当主持人，这是一个转型，也是一个挑战。我的爸爸，一个诗人，即将接过主持人的话筒，这让我感到很新奇。

"那您觉得您紧张吗？我还挺不喜欢当着一大堆人说话的。"

"说实话，也有点紧张，"爸爸在电话那头有点害羞似的笑了起来，"当嘉宾嘛，跟主持人还是不太一样的。做嘉宾不用管那么多事，问到你，你说话就行了。主持人就操心了。而且，人一面对镜头的时候，就会自然而然地紧张起来。你会想，这个节目是卫视节目，一播出去全国观众都看见了，那感觉，你想吧。所以我也觉得这是个挑战，电视台给的也是友情价，我呢，也稳一点，别给人家办砸了。"

那种面对大庭广众讲话的紧张，我特别能感同身受。这个真的需要一些天分，在生活里除了天生就喜欢展示、表现欲强的人以外，大家面对这种场景时多少是会不自在的。尤其是爸爸这种内向型的性格，要靠大型活动的经历才能把临场心态锻炼出来。

我不禁想到自己幼儿园时的趣事。幼儿园时的事情我都忘得一干二净了,但这件事我依然印象深刻、记忆犹新。

当时班上办了一次讲故事大赛,每个小孩子都要准备一个故事,然后等到家长会那天,在老师、家长和同学面前讲。谁讲得越利索,中间停顿越少,名次自然就越高。除了一两个孩子表现得比较欢欣雀跃,大多数人都很茫然,也害怕,甚至不想来幼儿园了。

我那时也就四五岁,不太把它当回事,觉得无非是讲个故事而已,上去几分钟就下来了。我不在意这件事,没有做足准备,我连当时要讲什么故事都忘了——因为后来压根没讲出来。

比赛开始前,妈妈问我故事准备得如何,我就点点头,没说话。她以为我已经成竹在胸、胜券在握,进到状态里了,就没再问。

我还没有经历过当着一群人说话的场面,更谈不上习惯。第一个同学上场开讲,全场瞬间安静下来,只能听到些微弱的私语。我注意到,所有人的目光都齐刷刷地盯着他。这时我才觉得不对劲了。当这里鸦雀无声,只剩下自己一个人的声音在场内回旋,而台下的人们都在聚精会神地看着我时,我会感觉到他们能捕捉到我每一个微小的情绪变化或失误。

这时，心理作用会放大自己的恐惧。台下观众们的眼神，在台上的我看来就是有形状的，一个尖锐的棱角，同时又有温度，很烫，能把我烧得热汗直流。接下来最常出现的情况就是，大脑一片空白，直接像死机了一样，想不到后面要说什么，甚至想起下一句话都很费劲。但是恰恰不能中断，万一停下来，紧张和恐惧感猛涨，阵脚就彻底乱了。

我只是稍微代入了一下那种感受，就呼吸不顺畅了。报数的又凑过来，提醒我还有两三个人就到我了，现在准备一下。

没什么可准备的了。本来就记得不牢固的故事，因为紧张，在我脑子里更乱成一谈，缺胳膊少腿了。真正到我要上场的时候，我死也不肯上去丢人现眼。那个报数的小孩子，我记得他还是班长或副班长一类的人物，他好声好气地想拉我上去，被我勃然大怒地一脚踹翻了——我害怕当着这么多孩子和家长，尤其还有我的家长的面，像个哑巴一样站在讲台上说不出话来，他却来拉我了，简直是存心要我出丑。

因为无论好说歹说我都不肯上台，比赛又得进行下去，所以老师们无奈地放了我一马，干脆把我跳过去了。

老师放了我一马，但妈妈可没有。我回家挨了顿打，她命令我打起精神，好好准备一篇故事，过两天补上。没办法，为了免于挨打的命运，我只好下了番工夫，背了一篇《武松打虎》，两三天后，又上台搞了一个单人专场，给小伙伴们讲了一遍。这次还是有点紧张，但因为准备充分，还是顺利讲完了。

这次成功让我一发不可收拾，每到老师让人举手讲故事的时候，我都举手，上台背一遍《武松打虎》。我讲过很多遍《武松打虎》，次数之多让很多同学都听烦了，问我能不能有点新意，换一个行不行。但我也不管他们爱不爱听，只要我说爽了就行，管他呢。

那是一段令我难以忘怀的经历，我记事以来，首次把我心里的恐惧给打趴下。我想爸爸也一定能够把他的拘谨、不自在和紧张克服过去。只是我那时候面对的无非是一个班的小孩子，他要面对的却是全国观看这场节目的观众。

到当年的十一二月，他的节目已经录制了好几期，电视和网络都能看到了。

《中国大画家》这个节目很有创意，主打的是国画竞技。参赛选手都是民间画手，他们按照节目给出的题目作画，然后由台下老资格的国画大家做评委点评，逐级选拔。这个主题是新颖的，毕竟国画一直是雅致的文人爱好，在这档节目之前，还没有类似的节目。按照类似于选秀的竞争晋级模式来选拔画家的节目，这更是头一个。

我不懂国画，不知道怎么看一幅画是好是坏，我是冲着爸爸才看的。我想看看距1991年主持人大赛过去二十三年之后，在舞台上正式拿起话筒主持节目的爸爸。从诗人到主持人，一切都是崭新的。所以每期节目我一律跳着看，基本只看父亲出场的片段。

因为是与传统文化强相关的栏目，因此登台时他一改往日西服衬衫的打扮，换上一身精致细密的唐装——一期宝石蓝，一期胭脂红，如此交替。他站在台上，直视镜头，神态自若，讲起话来节奏放得很缓，相对于标准播音腔慢了半拍，但具体到场上意境，他的语调和音速又脱离了模板样式，反倒和背景音的古风雅乐形成恰如其分的贴合感。

爸爸日常工作之余，也雅好书画，我之前以为他配合评委点评选手画作时，会把重点放在绘画技巧上，谈些心得体会，台风还会是四平八稳、中规中矩的。不过和我预想当中的不同，爸爸的主持风格和节目的意境搭配得极融洽。他毕竟是个诗人，看到画，胸中就先有了意境，有了意境，就有了诗句。看到选手画出来的话，他总能恰逢其时地吟咏出贴合画境的诗来，妙合画里。

我印象最深的一句是："所向无空阔，真堪托死生。"

他点评一幅奔马图时，吟诵了杜甫《房兵曹胡马诗》中的诗句。此诗是杜甫夸赞房兵曹的大宛良马所作，所谓"胡马大宛名，锋棱瘦骨成。竹批双耳峻，风入四蹄轻"，这匹马从不以空旷辽阔为难，奔腾起来无拘无束，直可寄托生死。他有意无意间提到的一句诗，未尝不是他身入电视主持行业的情景写照。早年参加比赛，表现不尽如人意，而后就经年累月地借各种各样的场景、活动积累经验，从生疏到熟稔，时隔多年，终于变化气质，重新披甲上阵。

这档节目本来打算录制第二季,但大概是因为播出后反响不太强烈,于是后续节目的播录便没有再安排下去。这也难免,国画还是高雅艺术,不太接地气,虽然赛制新,却也不如娱乐节目更吸睛。但是对爸爸来说,《中国大画家》的主持经历却是一个良好开端:他跨界主持的新闻引发了多家电视台的注意,已经有好几家电视台要和他洽谈,让他担任文化类节目主持人了。马上,陕西卫视的《唐诗风云会》及河北卫视的《中华好诗词》也都要播出了。他转型的开局,就算不是没有瑕疵的,也是大致稳定的。

我常想,如果他今天还在,就再也不必在一个又一个城市间舟车劳顿,匆忙穿梭于一个活动和下一个活动之间了。他可以不用那么拼,开开心心地做些他喜欢的文化节目了。但是,身体终究是一切的本钱,过去的劳累极大消磨了他的本钱,积重难返,到最后造成了身体的透支。

3．演讲

爸爸生病之前，我们的最后一次见面是在开封。十一二月份之间，他在《中国大画家》节目组的录制收尾，这次来开封是应校方邀请来办一次讲座。

在三个月前，我就向爸爸转达了两个讲学邀约，一个是我的大学，一个是徐州的中国矿业大学，我的一位初中同学在那所学校的学生会做干事。两个邀请发出的时间差不多，我就一并跟爸爸讲了。爸爸欣然答应，但机缘不巧，从邀请到讲学开办的两三个月内，父亲都是琐事缠身的状态，一来要参与广东卫视节目的录制，二来各地邀请他去参加的活动也不能放下。我们先是暂定了一两次时间，但又适逢国务院侨办叫爸爸去搞活动，这个也推不开，讲座日期只能一推再推，最后终于敲定在十一月二十日。

"爸，还有件事。我有一个老同学，现在在矿大读书，徐州那个矿大。她目前在学生会做着干事一类的工作。我前两天跟她聊天，她跟我提了下，说是学校那边希望能邀请您去做个讲座。这件事情呢不着急,以您的时间为准,您什么时候方便,我就跟她说一下,我校的事情结束之后,那边顺便安排一下呗?"

"嗯嗯。同学啊,我看是女同学吧?"

"是女的。您看这事可还行?"

"哈哈哈,行啊。不过这阵子事儿太多了,还是跟她讲一下,可能得往后错一错啦。"

早在我还没出生时,爸爸就已经去过很多高校做讲座了。其中,在北京大学做讲座是最富有挑战性的。

"在北大办讲座的话,那确实要好好准备。北大的学生可不好糊弄,出了名的有性格。他们听你讲东西是有保留的。要是觉得你说的很无聊,他们不想听,那才不管你什么面子不面子的,起身就走——那是真的起身就走。他们一站起来,屁股下面的那种折叠凳子立刻就弹回去了,"啪"的响一声,然后你就能看见他们头也不回,雄赳赳气昂昂地走出教室大门了。"

"以前就有比较失败的,在北大讲课,结果学生们听了十来分钟,很多人都不爱听,起来就离场。一会儿走一个,场上就噼里啪啦地响,让他在台上觉得非常没面子,很尴尬。结束的时候再看,人稀稀拉拉就剩小一半了。"

"那你去讲的时候怎么样?"

"还行吧,"爸爸清了清嗓子,表现出那种很得意的谦虚,"反正没听到有学生离场、椅子噼里啪啦合上的声音。我就那儿跟他们聊,话题嘛一个接一个,跟说相声似的,他们听着也挺来劲,哄堂大笑吧。"父亲说到这里,憋不住笑了。一众口味挑剔的学生听众对他的"单口相声"产生兴趣并觉得开心有意思,让他很有成就感。

"现在讲座主要讲什么呢?"

"这些年的一些经历和体会。"

我挺好奇他在各地院校讲课时,讲了他的哪些经历,又是以什么样的方式去讲的,以至于起到像说段子一样的效果,引起学生们此起彼伏的欢笑的。

这个时候,我嫉妒那些听过他讲座的人。即使到我上了大学,爸爸跟我的聊天还是以督促学习为主,很少有其他话题。内容千篇一律,都是些老生常谈的车轱辘话,倒是他从成名至今的心得与趣闻,都讲给别人听了。问起他,他也只是含糊其辞,一笔带过:"主要就是第一回发表作品、出书,还有去参加文艺座谈会的那些事。这些我回头再专门找个时间跟你说,现在有事要做。等我去你们学校讲课了,你也就全知道了。"

"好吧,我等你过来讲课。"

我对他在讲座上演讲的内容越来越好奇,对他以"段子""单口相声"形式娓娓道来的从艺经历兴趣骤增。这个机会就要来了,在冬天,开封,我的大学。同时也很不幸的,它来了,但并没有被我们抓住。

爸爸要来学校,需要先坐飞机到新郑机场,我要随同学校老师去新郑把他接回开封。在上车出发前几天,我听老师说我们要坐面包车去接汪老师,接的时候要安排一个同学在机场给他献花。我想这种事一般是女同学来做,路上几个小时,有个同龄人聊聊天也好。不料到上车那天,才发现只有我一个学生,前面坐的都是老师。计划变了,由我来给爸爸献花。

那天下午,天气很冷,但我看见爸爸从机场里走出来的时候,只穿了件红色的西装。我看到他拖着一个大箱子,步伐健朗地从机场里走出来,看见我们,原本四顾寻找的面庞容光焕发,露出他带着酒窝的笑容。我看见他,也松懈下来,就向前走了几大步。我一激动,反倒把献花的事情忘记了,于是我当即转身回头,从学校工作人员的手里接过花,径直向爸爸走去。那是个大花篮,塞满冒着香气的鲜花,拎在手里颇有分量。

我提着花篮走过去:"爸,您来啦!欢迎您,我来给您献花。"

"好啊,谢谢这位同学。花儿你就拿着吧,嗯!"

那时爸爸的状态显得略为疲倦,我们上车以后,没说几句话他就开始说最近的事情很多,各处的邀约不断。不过谁也没多想:成年人的世界里没有容易二字,大家走入社会以后还不都是这样,为了事业,或者为了家庭,在空空荡荡的人间做一只来回奔波的候鸟。除了少数人会关心他飞得累不累以外,其他人只看他飞得高不高。

我们在距离学校不远的开元名都酒店入住。他在开封的这两三天，还是要求我不要耽误功课，白天去上课，晚上回酒店休息，三餐随他一起吃。因为我睡觉轻，所以仍不和他在一张床上睡觉，而是让服务员在客厅又安置了一张折叠床——这样的配置让我想到高考，想到高中和初中我们的若干次见面，还有最初他来郑州看我，我们均沉默不语的场景。

酒店，是我和爸爸独处形式的起始，想不到它也是我们见面的终结。

"咱们这房间有个好处，"晚上，只剩下我们两个人在房间里，他看着窗外的金明池说道，"窗户外面就是湖，风景还可以。"

"我经常来这儿散步。"

"是吗？可这湖还是有些小了。"

"这地方叫金明池，我觉得蛮大了吧？"

"再大个四五倍正合适。"

金明池这个地名古已有之。按《梦溪笔谈》载，金明池早在宋太平兴国元年开凿，其故址位于开封城西。曾经有若干名胜古迹从开封平地而起，声名远播，但开封挨着喜怒无常的黄河，黄河一旦泛滥决堤，开封就是头一个遭受水患的地方，因此许多胜迹都没能保存下来。今天在开封见到的，多半是在原址上复刻出来的建筑。本地人常说，开封的高楼许多都建在西面，一是因为土地承载不了高层建筑的重量，有塌陷的危险；二来就是开封有"城摞城"之说，开建地基，唯恐伤到埋藏在地下的古迹。

我们望着夜色下的金明池，好久没有说话。过了一会儿，爸爸才开口问我：

"我办讲座那天，你会到的吧？"

"会的，我拿着票，跟着人群混进去，不动声色，找个不起眼的位置坐下。"

"就这样办，"他伸了个懒腰，"最近办了很多事情，真累。"

"那我来给您松松筋骨。"我上去捏他的肩膀和脖子。从身后近距离看爸爸，他的耳朵显得非常大。我一开始没注意，乍一看，他的耳朵好像垂在肩上一样，就轻轻"啊"了一声。

"怎么了？"爸爸问。

"没有，我看错了，"我笑笑，"您的耳垂真大。"

"耳垂大还不好啊？"爸爸得意地闭上眼，咧着嘴笑，"咱们家人耳垂都大。你的耳朵还是像他们家人。"

"耳垂大好，有福，我这是羡慕。"

"咳，你有这爹，就够有福的了，用不着什么耳垂不耳垂的了——偷着乐吧。哎，你还别说，在你们学校开讲座，我还真有那么点紧张。"

"哈？"

"我就想啊，我这是来我儿子的学校演讲啊，那不一样，"他嘿嘿嘿笑了几声，又砸吧了一下嘴巴，歪了歪头，端详窗外的夜色与湖面,"我可不得露一手?千万不能有闪失啊,哈哈哈哈哈。"

爸爸的话让我莫名感动,我不知道当我坐在台下,看着他在讲台上讲述他的往昔岁月时,会是怎样的独特感受。自豪?骄傲?更重要的,是一种不足为外人道的隐秘快乐,差不多就是爸爸所说的"偷着乐"吧——在台上谈笑风生的人正是我的爸爸,而全场只有少数几个人知道。

本来我去爸爸的讲座上听一听,是板上钉钉的事。不过就在演讲当天,还是出了点小意外。

下午虽然有课,但我并没有怎么听进去,所思所想都贯注在晚上父亲的讲座上。四五点钟一下课,我就会尽快去到酒店,吃顿饭,稍作准备就回学校,准备听他的讲座。

房间里放着些闲书,供客人们阅读消遣,其中有一本金圣叹评注本《水浒传》。我是喜欢看《水浒传》的,就拿起来读,从武松大闹飞云浦起,一直匆匆走马看到江州劫法场。读累了,就抬头看一眼窗外的金明池。耳边,他的手机仍旧两三分钟、三五分钟响一声短信通知。时间稍长,这个频率给我造成了时空变换的错觉,仿佛这里不是酒店,而是家;既然是家,那除了睡觉也没别的要事可做。我听着听着就开始犯困,忘记了自己看到哪一个章节。恍惚间,我仿佛回到了高考前在爸爸家沙发上打盹的下午,爸爸在我面前走来走去,发现我睡着以后，就叫醒我，让我接着用功学习。

半睡半醒之际，朦胧地听到父亲接了一个电话，对话十分简短。他在里屋，我听不清说话的内容，只隐隐听到父亲好像在发问，挂电话时叹了口气。

父亲走出房门，挠着头，皱着眉，好像遇上了棘手的小麻烦。

"儿子，有个事恐怕得让你帮我弄一下。"

"什么事？"

"这个，我们领导啊，让我弄一个报告，明天要交。"

"明天吗？什么报告？"我从困劲里挣扎起来，虽然表面看起来与平常无异，但实际上我蠢然无心，反应、思维统统慢半拍，都还没到位，只是机械地咀嚼着"明天""报告"等寥寥几个字眼，脑子却不做工。

"说是让我写一个，什么……展望部门未来三年发展的报告，"爸爸笑了笑，"真不明白，领导不知道怎么想的。现在就59了，明年我就该退了，居然让我展望未来三年。未来三年我展望得再好，人不在岗位上了，有什么用？但他既然交代了，那就不得不写。我晚上没时间了，这个事情，你来帮我做吧。"

"他要多少字？"

"最好是两三千那样，一千五保底吧。要明天上午就提交，要不没时间弄了。"

要写报告，晚上的讲座我就去不成了。已近晚饭时间，学校的工作人员马上就会来房间敲门，让我们去吃饭。之后稍作接洽，把之前商量好的流程再对一遍，就该送爸爸去现场了，这中间的时间根本不足以完成报告的写作。晚上回来再写，这倒也是个办法，但恐怕会拖到深夜。第二天，学校还有些安排，睡眠还是要保证的。最恰当的时机，就是在爸爸讲座这一个多小时内写完。我放下了手里的《水浒传》，看了看爸爸。显然，他也想到了这一切，就说：

"小子，这件事你能摆平吗？"

"嗯，不需要太严肃的格式，应该就可以吧？"

"不需要。你来搞定，晚上回来我审一审，我相信你是可以写出来的——讲座的事嘛，咳，这次不成还有下次。这回真是没办法，领导要的急嘛。"

我现在清楚，因为这一篇完全是形式主义而又不得不去完成的、下面不想写，上面估计也懒得看的垃圾报告，我已经没办法去现场听讲，只能遗憾地与爸爸这次讲座擦肩而过，并且憧憬着不知道什么时候会来，但感觉上总归是应该会到来的"下次"。生死无常，无从逆料，我们父子这次抽到的是下下签——对于我们父子而言，再没有下一次讲座的机会了。命运的签文所写的不是"有缘再会"，而是"过期不候"。

吃完晚餐，我有些丧气地和爸爸坐上了回学校的车。车在夜色笼罩下静静开进我的学校，来到讲座所在的大阶梯教室。教室门口已经人头攒动，路灯下面挤着一大帮过来捧场的同学,好不热闹。他们一看到车子缓缓向他们的方向开过去,就敏锐地猜想到,汪老师本人已经现身校园,还冒起一阵小小的惊疑与骚动;车子稳稳停在大阶梯教室门口时,他们的猜测得到证实,交头接耳的小声议论转而变成此起彼伏的小声惊呼,宛如某个偶像人物的小型粉丝见面会。车里的工作人员打起十二分精神,身手敏捷地拉开车门跳下去,开始维持现场秩序。爸爸身经百战,这种场面见的自然也多,稳坐中军,岿然不动,颇有大将风度。

忽然,他扭过头来,冲我微笑道:"儿子,报告的事,这次就拜托你来捉刀了。"

我点点头:"您放心去吧,爸,我特喜欢给领导写报告。不唯此次,以后你的报告不想写了都发给我,我绝对给你弄得漂漂亮亮。"

"哈哈哈哈,可以。我去了。"

车门拉开。此时,我的爸爸,别人眼里的汪老师,面带微笑,自信而淡定地稳步下车,沐浴在路灯柔和细润的白光之下。他甫一站定,四周学生便围拢而至,堵住了车门。他们喜笑颜开地向爸爸问好,爸爸也礼貌地向他们回以问候,同时在工作人员的指引下,准备向大阶梯教室走去。我一边埋着头,身子尽量向后、向里面靠,尽量隐匿在静谧的黑暗里,省得有哪个认识我的同学看见我。但另一边,我又想目送爸爸,看着他进场。没出两三步,他就被热情的学生所环绕包围,他的个头在年轻的学生里面并不出挑,所以他的背影我很快就看不全了,只能依稀看到他穿的那件西装,好像是被来回走动的人群切割撕扯的一抹红影。

车门一拉,关上了。

那一瞬间我又冒出来一种感觉,我爸爸,又一次被社会活动、人情世故,总而言之是外面的世界给抢跑了,而我是无能为力的。

车门的隔音效果很棒,一关门,外面的热闹气氛瞬间就被推远了。车里车外,被隔绝为楚河汉界。外面那些热闹、欢喜、敬意、期待,在今夜都与我无关。司机把车开走,送我去办公室,我要借用那里的电脑凑一篇报告出来。有的朋友发微信问我坐在哪里,怎么没有见到我,我没有回复,孤身朝办公室走去。

爸爸要的报告是务虚型的,并不难写。下笔千言洋洋洒洒,其实多半都是引用,以及对所引用内容的同语反复,很快就凑够字数了。我坐在办公室,此时偌大的学院就我一个人,空旷寂静。我戴上耳机,一边听歌一边抽烟,直到估计爸爸的讲座差不多结束,才锁了门,徒步往酒店方向走去。

赶回酒店,刚好在电梯口和爸爸他们遇上。我看大家有说有笑,知道讲座办得顺利,也就松了口气。

老师在一旁,连声说爸爸讲得好,把大家都逗乐了,早知如此,安排一个小时恐怕是不够的。

此外，这一次同学们热情归热情，度把握得也好，没有出状况。可以看得出，爸爸听了这些话以后非常受用，只是他表达得很含蓄，都是佯作不知，几句"是吗？""哦，这样啊？"就给轻描淡写地顺过去了。

我没能去成现场，而是在写报告，全然不知道当时是什么状况。后来听老师描述，爸爸在讲座上没有丝毫学究气，段子一个接一个，讲了下自己的经历和心路历程，间或夹杂着在哪些大场合里面的趣事。这就让讲座的内容充实、亲和、不干瘪，让大家听得津津有味。大家听着高兴，爸爸和学院自然也就圆满完成了这次活动，可谓皆大欢喜。

虽然爸爸在老师们面前表现得淡定而矜持，但在只剩下我们俩的酒店房间里，他还是毫无保留地把他的喜悦展现无遗，近乎手舞足蹈。台下同学们的爆笑和掌声，他看得一清二楚。那晚回来之后他先花了十几分钟跟我说讲课的过程，以及当时台下的反应。然后问我，你觉得同学们反响怎么样。我在手机里搜到一些贴吧内容和微博信息，都是同学们的好评，然后呈给他看。

"您在讲座上都讲什么了，这么好笑？"

"1991年我去中南海参加文艺座谈会的事儿，挺好笑的，给你讲一段儿吧，"爸爸嘿嘿笑了一声，把眼镜推上额头，"中南海什么地方你也知道，你爹我当年去开会的时候，心里也紧张。我当时是骑车去的——我问你们同学，XX牌自行车，都见过什么样吧?他们都在下面笑,说,'见过''见过'——在门口检查完毕,放行,我就进了新华门。"

"啊,然后呢?"

"有意思的来了。我当时进了新华门,要往怀仁堂去。我就开始为难:我是骑着自行车进去呢?还是推着进去呢?要是骑着吧,总觉得不太礼貌,万一中间被中南海的工作人员喊住,那场面就难看;不骑吧,当时北京才三月份,天冷得很,推着走,还要走一大段路,我又嫌冷。我一说到这儿,下面又是哄堂大笑。"

"那最后是怎么去的怀仁堂呢?"

"我灵机一动,"爸爸把一条腿翘在另一条腿上,抖了抖,又迅速放下去,另一条腿再翘上来,"我决定'滑'着过去。我边说边演示,就是一只脚踩着脚蹬,另一只脚蹬地,双手扶好车把那样,滑着走,知道吧?"

"啊哈哈哈哈,我知道。您就是那么到了怀仁堂的?"

"我就是这么去的。到了怀仁堂,我本来会习惯性地锁一下车,结果刚一弯腰,我就觉得,没必要啊。这什么地方?不可能有人偷车的。这一段一讲,又一阵儿大笑。怎么样?有意思吧?"

"有意思。这些事情我都不知道,他们倒先听去了,我真羡慕他们。"

"儿子,没事儿的,以后机会多得是。你不知道的多了,有时间我给你慢慢讲,"爸爸摆摆手,拿起桌上的茶杯喝了口水,忽然想起了他交代给我的报告,"怎么样,儿子?给你布置的任务完成了吗?我看看。"

当晚没有聊太久,因为大家都折腾了一天,尤其是爸爸。他还搞了场讲座,说了一个多小时。我们都累了,于是简单洗漱后,各自睡下。第二天上午的安排是,我先回学校,他和领导出游半天,下午离开开封继续他的奔忙。他特意交代我,下午他直接走,我在学校待着就行,不必送。

这是他疾病爆发之前,我们共同度过的最后一个无忧之夜。每次回想起来,都恍如隔世:没有任何多余的话,我写完报告后看《中国大画家》的事也没跟父亲提一提,平平淡淡,晃晃悠悠,倒头就睡。这一夜就如同生命里每一个无怪无奇的瞬间,飘然而过。

次日清晨,爸爸说:"对了,下个月,我大概要去趟徐州。你那个矿大同学的讲座,今年我也给办了。"他补充道。

"那太好了,谢谢爸。"

他看了眼金明池,发现了什么东西似的,于是指着池面问我:"诶,你看,就在那湖里,那是什么东西?鸭子吗?"

"是游泳的人。"

无论冬夏,金明池里总有不顾水深警告下去游泳的人。他们通常在腰上系一根细绳,绑好救生衣,穿着泳裤就下水了。

"哎哟,这么冷的天居然还能下水游泳,这身体可真棒啊。"

他从椅子上站起身,双手叉着腰,目光跟随着湖里那个游泳的人,看着他越游越远,缩成模糊的小点,在水平面一沉一浮。

"诶,对了,你现在游泳怎么样了?"

"能游个七八米、十几米吧?实际上跟不会游一样。"

"才十几米远?那不行。你有空还是要重新学一下,游泳对身体好,而且说不定哪天就用上了。"

"行。"

"那好,过了年吧,跟爸爸出去游泳,啊。"

吃了早饭,我们俩很平常地道了别。出了酒店,我没急着回学校,而是拐了个小弯,跑到金明池边待了一小会儿。那个泳者,在冰冷彻骨的池水里极有规律地上下浮沉,只有绑好的救生衣被他牵动,若即若离地在他身后漂浮,在寒冬空旷无物的大池塘里,他的身形真是渺小而寂寥。

4．无常

说起爸爸的癌症病情，大夫便作遗憾状：如果能提早个一年半载发现，你爸爸的病，是有把握治疗的。

我想了想，提早一年半载，那时爸爸正好去了美国，错过了单位的体检。其实每年的体检，他基本都没落下，唯独那一年，他没及时去检查。那是炎夏时节，他在美国，我在中国，我无事可做，一人闲时就会在下午跑到美术馆东街的三联书店，找些拆了封的书看。我记得有《教父》三部曲、《华尔街之狼》这样的畅销书，也有像《悟真篇》一类的宗教书籍，宣扬的是些长生不死的信仰。那时我还很年轻，年轻到我好像永远不会死，因此这种书籍并不能引起我的兴趣。

傍晚，再设法约出在北京玩的朋友，和我一样穷极无聊的男女闲人，去什刹海，在酒吧街找间屋子坐定，一人一杯调酒，要么凑一瓶粗制滥造的假酒，一边喝一边听他们叽叽喳喳或骂骂咧咧，听曲儿，听风，听蝉鸣。在天地安危两不知的微醺中，懒洋洋地把一个又一个黑夜囫囵吞下。

总而言之，那个夏天的基调是一团杂色。我和我的世界陷入柔软的、无处用力的慵懒，在热闹与瞌睡之间来回切换。蚊虻般在耳边嗡嗡叫唤的琐屑事把所有人都裹挟了，人们向北、向南、向西，晕头转向，浮沉不定。

爸爸也不能未卜先知，预见后来的事。在他的未来构想里，他自信能活到九十或者一百岁。

事后看，2014年应该是他与病痛和死亡角力并翻盘的唯一时机。但谁也不可能未卜先知，真正预料后事，以趋吉避凶。所以，这个机会就这样轻易地和他擦肩而过。

尽管无常已经在闪击而来的路上，爸爸和我却都是无知无觉、门户洞开的。我们丝毫看不出端倪，谁能想到，短短半年多之后，情况就急转直下。

冬季，爸爸来我的大学做了一次讲座。因为中间要替他写一份报告去应付上级领导，他的讲座现场我就没去，据说他在场上一个接一个讲了不少段子，使听众们笑得前仰后合。但我不在，没见到，就想象不出那场面，我终究也看不着了。

爸爸做完讲座已经是年底了，不久便举行了期末考试。寒假开始没几天，他就病倒了。

我记得放假后没几天，我照例跟他打电话。那次通话很不对劲，爸爸说话虚弱无力，听起来疲累至极。不知怎的，我莫名奇妙地想起列宾的名画《伏尔加河上的纤夫》，电话那头的他给我的感觉就是画中的纤夫：躯壳失灵，已不听使唤。身体的各个器官沉重、迟缓，需要非常用力才能把几句简短的话从胸腔里拽出来。

"您这是怎么回事？"

"我这几天不知道怎么回事，就感觉特别累。大概是最近事情太多，没注意休息，累着了。我想可能躺两天就好了。"

"是感冒了？发烧了？"

"应该不是，感冒发烧也不至于这么累吧。"

"那我看要不要先回北京，赶紧去医院看一下？"

"不要。我的身体我有数，你替我保守秘密就行了，千万不要跟家里说，他们会着急的。我估计歇几天也就歇过来了。"

我自然希望他没事，但斑斑点点的狐疑已经粘在心底，抹不去，并有增长扩散的趋势。事出反常必有妖，爸爸的身体一向硬朗，忽然这样虚弱，用简简单单"累着了"着实解释不通。我心里开始发紧、烦躁，一粒粒虫蚁，从地板缝儿里密密麻麻地冒出来，堆成波浪，蓄势扑来。

我隐约感到程度不明的危险正隐蔽地向他接近，我们无从捕捉它的方位、面貌、多寡，一切情状都不得而知。我希望是惯常的悲观主义神经质导致自己多想，爸爸运势向来好，怕什么来什么的墨菲定律也要对他网开一面。于是等了两天，再打一次电话，询问他的情况。

这次结果依旧一样，爸爸之前的疲倦不减反增，他也依旧像两天前那样，不大在乎，但警惕程度略微增加了些。连续困扰他好几天的疲乏从"累着了"被他定性成"可能真是病了",关于应付方法,他说"不行的话我看看,就在这找个医院瞧一下吧",末了仍不忘嘱咐我"你绝对不要跟家里说,一切尽在掌控,我的身体我有数"。

此前他还在海南,举办完一场活动后又匆匆忙忙赶赴上海。他仍沉浸在为自我事业增砖添瓦的奔忙中,心无旁骛,其他的一切都顾不上。

他这次病得反常,此前从来没有见他这样过。我嘴上答应他不说,但心里已经决定对他搞一次两面手法,阳奉阴违,取消对他病情的保密工作,给北京打电话说了。

爸爸在上海暂且找了间医院,躺了几天,仍不见好。他感觉到问题没有那么简单,这才放下手中事,回到北京住院。从那以后,事情极端不利的走向逐渐被看清楚了。他被确诊患病,前后换了三家医院。在第一间医院,护士中也不乏他的粉丝,得知病号是他,便从当当网上迅速订购了一摞他的诗集,要他签名。

"你现在需要休息。歇歇再签,或者不签,想必她们都可以体谅。"

"不要紧,给她们签了吧。"他来了精神,略带挣扎地起身,缓缓戴上眼镜,不无得意,也是手法娴熟地拿笔在给粉丝的书上笔走龙蛇。

他住在单人病房里。一共跑了三家医院,单人间都大同小异。进了门口，手边是洗手间，向前能看到半截床，走进去，空间还算是宽敞。在这里，探视者送来的鲜花的香气与医院住院部里弥漫的消毒水味试图互相压制，但旗鼓相当，久而久之，竟混合成一种新的莫可名状的气味，让人心里空空荡荡的。

这种空荡感，就好像一个人茫然地站立在陌生城市的车站。车辆、行人，以及空中飘浮的形状不定的云，来了又走，走了又来，把一批人从远方运达此地，又把另一批人由这里带走，去往未知的彼岸。

医院和车站，ICU与候车室，两者何其相似。来自四面八方的旅人因为这样或那样的缘由在这里流动和聚集，等候所属列车到来。他们高矮胖瘦，各不相同。善良的、阴鸷的、寡言的、活泼的、优雅的、粗鄙的，或不安或淡定，坐在各自的座位上，等待凋零或复苏。在这里，八九点钟的太阳和近于黄昏的夕阳，同时平等地出现在头顶的天空。

一班班列车提早到达，准点停车，晚点乃至本车次暂时取消，结局不尽相同。总是有依依不舍或久久等待的旅客离开，他们终于放下了人世间的重担，只身踏上最后的旅程，再没有留恋，也不曾回望一眼。随着列车发动的无声轰鸣，驶向代表着另一种长生、由宗教精神构筑的恒常世界；抑或是苦乐一齐湮灭，只剩绵绵无尽的虚无。

而车站或医院，是一个钢筋铁骨的君主。它不审判、不决断，它垂拱无为。在它的眼里没有悲悯，也察觉不出恶意。它只看到去或留,与往常已经看到过的一万遍别无二致。生死事大,无常迅速,人们喃喃自语着长生久视的虔诚祈愿,在成住坏空的定则面前,终究无所逃于天地。

2015年,爸爸五十九岁。距离他预想的保底寿命九十岁还差三十一年,我们希望留住他,我们拒绝他登上列车。

自然而然地,爸爸的单人病房不久即构筑起一座固若金汤的城堡,用来抵御死亡的洪流;如果不能抵御的话,起码也要尽可能迟滞它的脚步。建筑材料复杂多样,主次分明。在与天争命的防御战里,无论确定能起作用的,还是疑似有用,能起到安慰剂作用,以至于根本没有用的质料,只要够得着,一概不放过,一股脑儿地全被填充进施工草图里。

除了常规的现代医学的治疗计划、专家会诊和传统补物以外,出自西南省份中医高人的汤药也被编入作战序列。以一句"绳命是如此井猜"闻名的延参法师画下符咒,其被放在爸爸的枕头底下。他为爸爸祈祷,希望他能渡过难关。爸爸也说,如果能过了这一劫,出去之后就皈依佛教,做他的弟子。

那时爸爸身体虚弱,因此他的病情对外是保密的,除了他的个别亲友之外,没有再跟别人说。那时我感到很无力,来看他的人,多数都是我没有见过的,大家七嘴八舌,提什么建议的都有。大部分是让他静心养病,早日康复之类。也有些搞不清楚来路的人,建议他持咒念佛,祈求康复,并留下一本伪满汉奸王凤仪的所谓"善人语录"。书里都是些宣扬诚心忏悔就能百病全消的迷信内容，这引起了我的极大反感。这些都是再虚妄不过的事，平时用来当安慰剂自我消遣还行，现在爸爸正在生死关头，如果医学科技不能挽救他，这些东西更不能，只能徒增烦恼。我翻了几页，决定不对这种愚蠢的善意稍加丝毫宽纵，于是把书丢在不起眼的位置，爸爸后来应该是没有看到这本书。

情况一直不大明朗，医生们的口气均四平八稳，撒一张大网，把一切可能性都兜住，拿到家属面前；论及爸爸的病势究竟会向哪里发展，则没有人可以给出确定答案。关于患者生死的预判兹事体大，谁也不肯、不能、不敢铁口直断。

爸爸本人的表现一直很沉稳。我去病房时，会和他聊天，如果他睡着了，我就跑到医院外面透气。这是一种逃离行为，逃离医院里压抑的氛围。当到点熄灯的时候，这世上所有的鲜艳与美好，就都被屏蔽在轻薄的一扇门外了，回过头来，每一秒都是沉重的时刻。我需要外面的空气——无论是好是坏，纯净还是挟裹着雾霾——来中和这房间里的沉郁。

"其实我这儿如果没什么事儿，你看看吧，过了年，你就该回学校了。"

"我不着急回学校。"

"怎么就不着急回学校呢？学业不能耽误，听见没有？"

"好吧！"

重症病人的家属多半倾向于对病人隐瞒病情，也只在实在兜不住的情况下才吞吞吐吐地告知。我们也不例外，谈到病，还有死，我们习惯缄默，张开口时，真相就藏在咽喉下头，扭扭捏捏，不肯出来。

一方面，他的状况江河日下，我必须时时来到医院探视；另一方面，还没有人告诉他其实情况如何，他便按照自己乐观的天性，把情况估计得不那么严重，强调"我没事"，要我别"大惊小怪"，乖乖返校读书。我于是不得不数次往返于北京的医院和开封的学校之间。

那时福建的亲戚获知此事，北上驰援帮忙的不少。他们也许是为了安慰我，所以当我在学校打电话询问情况时，他们就选择性地告诉我一些好消息。比如，我爸最近几天精神头不错，吃东西也好；又或者某某指标有所下降，这是个板上钉钉的好兆头。

但实际上，爸爸的状况是在走下坡路。福建的亲戚纵然想尽量掩盖实情，也未必次次都可以瞒得住。因此，过了一两天后，我听到的又会是和之前截然不同的恶化消息。爸爸的病况在他们的描述下，表现得时好时坏。靴子始终不能落地，尤其是不能往好的方向落地，被渲染得愈发浓烈的悲观情绪，加剧了我性情中躁郁的一面。

我变得疑神疑鬼，稍听见一句好消息就异常欢欣雀跃，好像爸爸再有两个礼拜就康复出院似的；反过来，如果有些委婉的、模糊的说辞，让我听出来事情在向不利于爸爸的方向发展,我又会陷入到暴躁和忧郁的怪圈里,怎么也出不来。

总而言之,这是场二十余年来我未曾遭逢过的剧变。在这场剧变面前,我六神无主,方寸大乱。

那几个月里,每当我忧心忡忡的坐上火车时就会想:爸爸这辈子已经遭受了多的奔波之苦,他总是有数不清的事情要办,数不清的活动要参加,数不清的应酬要去对付。

有人会劝他,歇歇吧,别那么累。他自己偶尔也会感叹,活动安排的太多了,忙不过来,有机会要停一停。但是,这个"机会"没有出现,他也始终未能享受清闲。

他放不下。光鲜可人的头衔太多——书画家、作曲家、主持人,他个个都想冲上前去打一场短促突击,想进入行业,博得一席之地。这或许是因为他拒斥,甚至想永久地改写大众对他的遗忘曲线。

不过,人生的随机与混沌是吊诡的。做诗人时,他得心应手,在没有"流量""营销""炒作"的年代因为诗句击中读者心灵成为炙手可热的爆款,大火了一把。而当他的时代过去之后,不论向哪个方向寻求突破,都不复当年声势。努力万能的人生哲学,不免被瞬息万变的新现实打得丢盔弃甲。

美丽新世界的游戏规则陡然变得复杂、微妙,也表现得对中年文艺工作者不友好。这里充满了精准投放与揣摩营销,他的灵魂忙碌、奔跑、追逐,对渐渐步入老年的肉体浑然不顾。

不知不觉间，疏于防范的他，不幸遭遇了体能的衰竭与崩溃。

爸爸总跟我说，男孩子，就要立志做大事。不过具体什么事算大事，他从前没有往下细说，我也没有往下细问。可能他说的大事，就是指声名远扬、光宗耀祖之类的事。从自我价值实现的角度看，这固然好；但换个角度想一想，那些要精疲力竭地追赶都不一定能站上去的位置，又何尝不是一个个涂上了蜂蜜的刀口，吊着诱饵的鱼钩。

真的值得吗？又或者大人的世界就是这样，没得选？

"我这次是大意了。大意，太大意了。要是这次能康复出去的话，以后不能像以前那么拼了。"我又一次从开封到北京时，爸爸已经换到了第二家医院。

"怎么叫'能康复的话'呢？你肯定能出去的。"我当时如临大敌，希望爸爸不要把事情往坏处想。

"我的情况，大夫跟我讲了，"他轻描淡写地说，"我这次有点凶险，可能出得去，也可能出不去。"上半句云淡风轻，到下半句忽然凝重，一字一顿。

他的淡定让我愣在当场，说不出话。他深沉得不像个在生死关口游走的病患，我焦躁得像是烧开了的热水壶，壶盖儿都快捂不住了，被热汽扑腾得颤动不已。现在不是我安慰他，反倒是要他来安慰我了。一个中箭的伤者，和一个暂没有被箭矢射中的人，身份好像发生了互换。

"奇迹或许能发生在我身上，毕竟你爹也是个善于创造奇迹的人，哈哈哈。"

"是啊，您经常创造奇迹。相信您这回依旧可以——不过，您心态是挺好的，我还以为你知道了实情以后，会很害怕。"

"我 1999 年的时候，病过一场。你那时候还小，应该不记得了。"

"我确实不记得当时的情况。"

"当时在医院，医生给我下了误诊，错误地判断我当时是癌症晚期。那一次，说真的，我心里是很害怕的。但这次，我就不怎么怕了。"

1999 年时，爸爸就被误诊过一次，当时医生怀疑他得了癌症。那一次，他的症状很凶险，已经有了黄疸性肝炎，各项指标也都居高不下。他得知消息后，如五雷轰顶，深感惧怕，为此还专程向他的朋友们道了别。到后来多方联络专家诊断，才搞清楚是误诊，虚惊一场。但即便如此，医生还是在诊断书里要爸爸定期复查，爸爸可能也是大意，没留意到医嘱，再者2014 年的美国之行又事出凑巧，让他推掉了体检——此前历年的体检，他基本都去了，指标也没问题，唯独差了那一次。

"我想，这次要是能出院，就在家歇上几个月，再出去旅旅游、散散心，再不能像以前那么累了。你看，现在我这样，哪儿也去不成——你在开封时，有没有去过什么地方玩啊？"

"开封倒没有，北京也只是回过一次高考考场，两年前，咱们俩一块去过的。"

"你还在回味那个你不认识的女孩子吗？"

"嗯，是啊。"

"现在都形成一种情结了，你真够可以的。"爸爸笑了。他的笑声再也不像过去那样爽朗，连笑都是虚弱无力的。

"等你出去了，一块回去回味回味。"

"好啊。"

"我等你，爸。"

我和他有一句没一句地聊天，把话题扯得尽量远，尽量疏阔，然后尽量装作对他的变化熟视无睹，就好像他依然健康一样。我不想让哪怕是微小的恐慌流露出来，使他即使面对死神粗野的嗅探，仍然可以保持云淡风轻。

他的体力、行动能力已经衰减得厉害，刚开始住院的日子里还可以自己走动，到后来则虚弱到需要将他搀扶到轮椅上；说话也渐渐无力，两个人的对话渐渐成了我说他听的独白，"来，跟爸爸说说话"不知道什么时候变成了"你说吧，我听着"。

最后，话题的开端总是一成不变："你在学校读书怎么样呢，课程都适应吗"……病痛在他身上最为肉眼可见的肆虐，莫过于让他本来略有一些肥胖的体型变得骤然消瘦。

我看着他，目睹一朵漂亮的植株变得枯萎并逐渐凋零，在那本该春暖花开的季节。

4月26日凌晨两点，爸爸走了。

我们最终还是没能留住爸爸。他登上列车，列车在无声中呼啸，然后疾驰而去，去向远方。他走之前，睡得非常沉静。

我在重症监护室里握着他的手，一遍又一遍地轻轻拍打着——监护室里放了一个小播放器，当时还在循环播放着他曾写过的诗歌。我不能久坐，医院给我的时间只有十分钟，本想和他说说话，但又觉得此时此刻说什么好像都是徒劳，不如静静地送他。

我从北京返回开封，在外面租了间房子，不想见人，只希望能寂静。

有天夜里，我梦见了爸爸。

梦里是在一个空阔的大教室里，只有我和他。他就站在讲台上，播着PPT，看样子是在做讲座，我看他穿着来学校演讲时穿的那身西服，喜笑颜开，手舞足蹈。

"这什么情况？包场啊？！"我颇感惊喜意外，犹如从梦中醒来：爸没有离开，他只是去了远方，和以前没完没了的出差一样，一会儿是俄罗斯，一会儿是泰国，他搞不好是去了泰国，看见让他膈应的不行的人妖，就又回来了。他总算是回来了，不仅回来了，还包了一间教室，专门给我一人补了一次讲座。

爸爸从他的青年时代娓娓道来，说到他的迷惘，他的奋起，他小心翼翼埋藏起来的忧伤。他动作滑稽而又传神地讲起他推着飞鸽自行车进中南海参加当年文艺座谈会的情景，点名时还被时任中共中央总书记的江泽民叫了声"哎哟，大诗人"。

这场迟来的讲座让我感到相见恨晚，如果给我一次机会重新选择，当时我就不替他写那个报告了。真好，一切都是一场噩梦，都过去了，彻底完结，不再来了。

渐渐地，我发现有点不对劲了。我在台下，坐在椅子上，趁没人在边上使劲揭他让我代写作业的短，但他在台上一点反应也没有，仍然自顾自地讲。这种不对劲让初感劫后余生的我凉透脊背，惊出一身冷汗。接着，我怕了，我大哭起来，我还没有完全清醒过来，不知道那是在梦里，只能用大哭大闹、捶胸顿足的办法来试图唤起爸爸的反应。但他仍然无动于衷，只是一边带着吹嘘的口吻讲话，不时发出我已经小半年都没听过的爽朗有力的大笑。直到这时，我才明白过来，我只是在梦里。

妈妈说，她也梦到了爸爸，就在他去世的那天夜里。她还不知道爸爸走了，就梦见爸爸躺在她身旁，看了看她，没有说话。如同时针倒拨，拨回初见的美好时刻；就像摔碎的破镜从地面回到桌上，自动复原；就好像回到了他们俩没有离婚，这个家庭尚完好如初的日子里。

但我知道，他终究是走远了，去了远方。

"一次远行，便足以憔悴了一颗羸弱的心。"

5．风华

人们多像一座座岛屿，在海上漂流，与其他孤岛平行、碰撞、合并、分离。这里遍布出人意料的欢欣和惊喜，但也有太多太多不得已。大抵是一个失而复得、得而复失的无尽螺旋，旧的一去不回，新的呱呱坠地。想到那些离开的故人，他们正如沉没消逝于水平面下的海岛，促使我的感性与理性左右互搏：我仍想看到他们，和他们说说话，但心底已知绝无可能。

即使如此，我们在浪潮行进中曾经发生过无数次相交，无论海上海下，他一直与我同在。虽然已沉下去的再也不会从海底浮上来，但下沉以前在海平面上掀起的波澜，久久不能停息，进而参与并建构了我的新生。

我记得在四十七中上学时，一个老师，在人群里显得有些边缘。包括其他老师在内，大家都觉得他面容有些猥琐，是被众人暗中嘲笑的对象。他讲话，没有谁会当回事。他曾讲到口干舌燥的知识点现在已经被我原物奉还，只有关于"二十五岁"的一席话我没有忘记。

他说:"二十五岁是个节点,你们要经历爱情的成熟、婚姻,还有新生命的降临。"

他说到这里,人群中发出窃笑。

老师停了停,又说:"同时,也要见证死亡。"

他说完这句话,没人笑了。我想不是因为死这个话题太晦气———一部分中年或老年人才会刻意去避忌这个字眼——而是由于我们还年轻,离生命的起点还不远,终点的抵达,对我们来说就是一个遥遥无期、远在天边的冷笑话。二十五岁只是个约数,或早或晚,二三十岁的年纪,成长与厄难交替到来、接踵而至,躲不过,也无需去躲。

在爸爸的追悼会上,看着他的亲友或读者进到大厅里为他送别,我心里有种强烈的不真实感。大厅里的荧幕上有一个显示屏,里面播放着缅怀追思爸爸的片子,其中有一张是他抱着年幼的我,直视镜头,表情平静。我想这肯定是在西单的时候拍下的。

那张照片一闪而过,我先是觉得恍如隔世,紧接着心头发紧,眼中极其酸涩。

他一生都是执拗的,他跟媒体说过的那句话,原话我一遍就记住了:"我是个越挫越奋的人。"从性情、价值观念上看,他传统、保守,潜移默化地奉行着许多儒教信条。所谓天行健,君子自强不息,这是他一生打拼的注脚。

从工人到大学生,他经历了高考的奋力一搏;毕业后写诗投稿的道路最开始也不顺畅，据说有的编辑翻着他十几页的诗作，"像是点钞一样"扫了一眼，就觉得他的诗不行，不愿意再多看一眼；1990年他一夜爆火，却又受到其他诗人们的围攻，说他是"最不像诗人的诗人"，说他的诗"就是今天心灵鸡汤的祖宗""充其量就是断了行的励志格言"。以我对爸爸的了解，这些话都是很刺伤他的，即使他在外面强自忍耐，并不显山露水。虽然道阻且长，但他还是做成了许多事，写诗、绘画、词曲，还有最后在主持方向上的尝试。他的事业天地是广阔而精彩的。

他的诗作会不会作为经典流传下去，这是他身后的人们聚焦过的一个话题。这个问题，我是没有资格置喙的，能决定他诗作历史跨度的，只能是一代代的读者。

另一方面，他的家庭是失败的。爸爸、妈妈、我，都因为家庭的破裂而蒙受了不同程度的伤害。爸爸提到这件事的次数不多，即使提到，也只能叹息几声"无奈"。他在家事上是少有主观能动性的，在我成长的过程中，又三番五次地被"裁判所"掣肘、左右，乃至在他身后也遗留下了长久的祸端，这是他不曾想到的。纵观我们俩从认识到最终离别的全过程，他就是那样一个敦厚长者，信人不疑，错不在他。

我们的父子生涯先天不足。在这种情况下，爸爸有爸爸要做的事，儿子有儿子要做的事，大家按照自己的本分做了了结，不伤天伦，不昧本性，也就可以了。

我记得我以前总在网上搜索他的视频看,他在接受《鲁豫有约》访谈的最后,写了一幅字:"风华"。这一幕我深深记得,但不懂什么是风华。

那天的追悼会上,来了许许多多从各地自发赶来为父亲送行的人,他们大多是曾被父亲诗句鼓舞和感动的读者。这些读者们大多四五十岁,但其中也不乏年轻人。我印象最深的是一个比我年龄还小的读者,可能是来访宾客中最年轻的了。他瘦瘦的,头发略有些卷曲,戴着眼镜,说话声音不大,看上去腼腆内向。

他告诉我,他是特地从西安赶到北京为汪老师送行的。虽然那天也有社会各界的许多人士送来花圈,或派来代表致意,但不知道为什么,这位年轻读者最让我感动——也许是因为爸爸的诗歌正像眼前的读者一样,仍然是年轻、鲜活而有生命力的吧。

每次回想起和那位年轻读者的交谈,我就好像又看到了父亲,看到了他从远方的1990年徐步走来。他选择,他行走,他走过风雨兼程的路途,然后到达一个又一个的远方。

"莫听穿林打叶声,何妨吟啸且徐行。竹杖芒鞋轻胜马,谁怕?一蓑烟雨任平生。料峭春风吹酒醒,微冷,山头斜照却相迎。回首向来萧瑟处,归去,也无风雨也无晴。"

那一刻我忽然懂了,也许,这就是爸爸的风华。

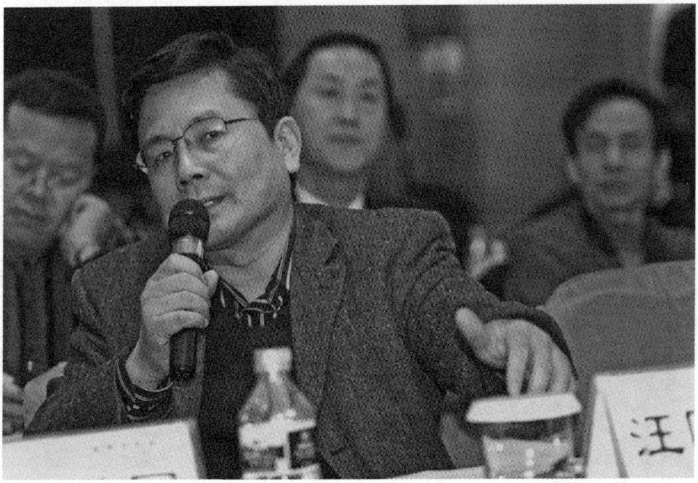
汪

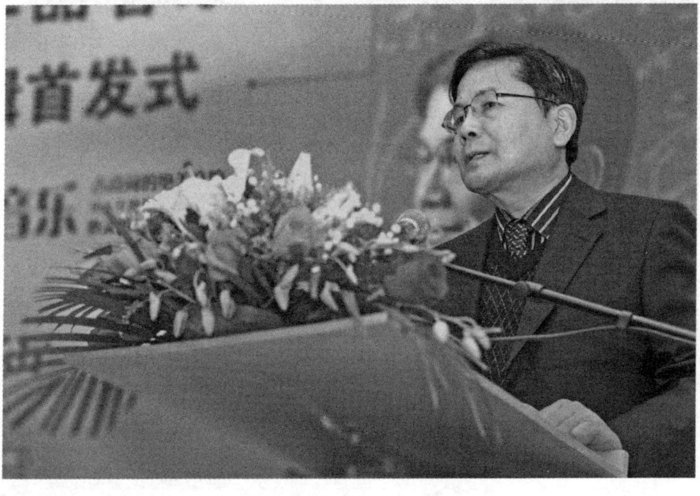
首发式

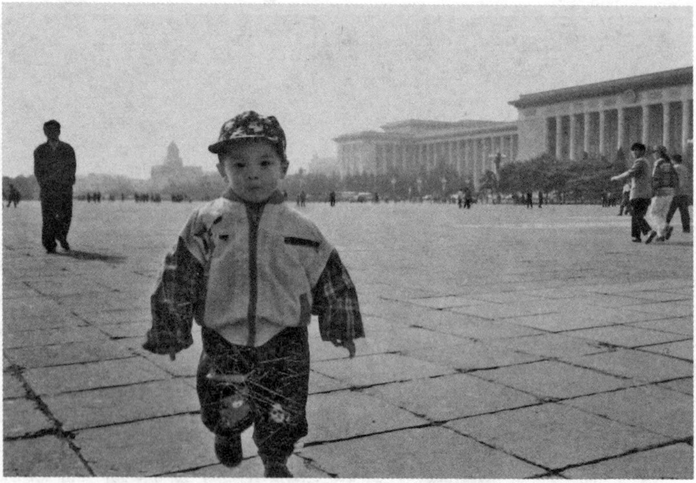

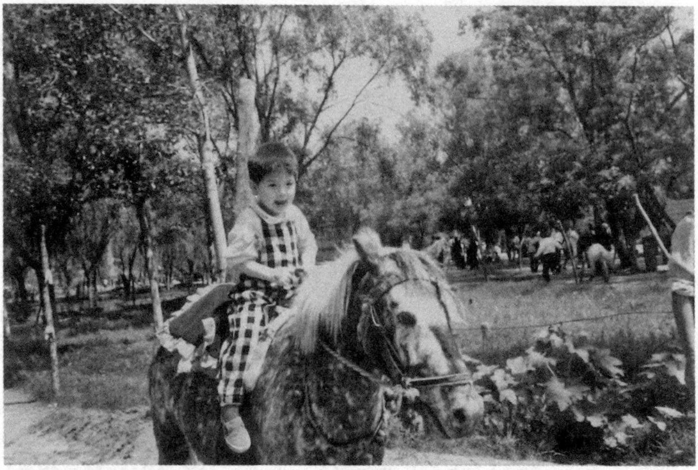

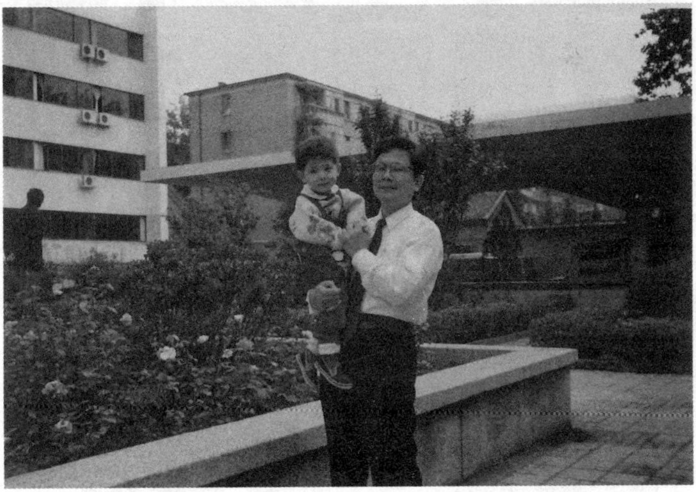

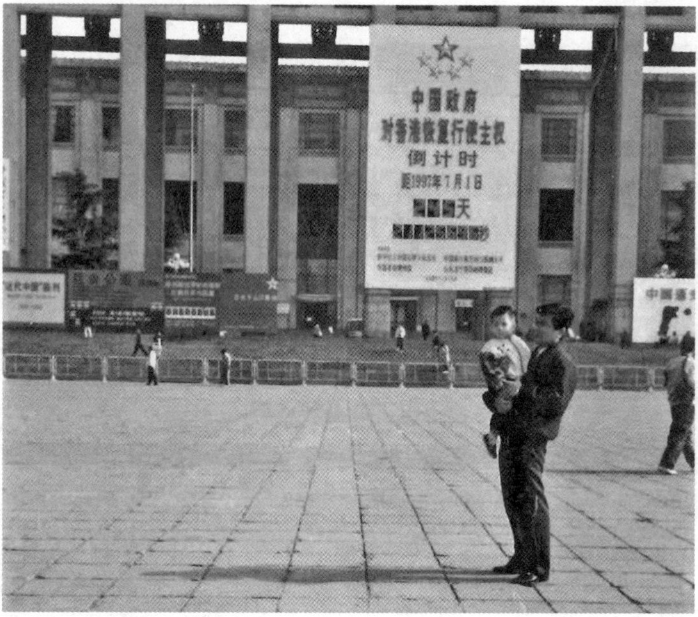
中国政府
对香港恢复行使主权
倒计时
距1997年7月1日
天

图书在版编目（CIP）数据

城池：我和我的父亲汪国真 / 汪黄任 著 . — 北京：东方出版社，2021.4
ISBN 978-7-5207-1877-6

Ⅰ.①城… Ⅱ.①汪… Ⅲ.①回忆录—中国—当代 Ⅳ.①I251

中国版本图书馆 CIP 数据核字（2020）第 247496 号

城池：我和我的父亲汪国真
（CHENGCHI: WO HE WO DE FUQIN WANGGUOZHEN）

作　　者：	汪黄任
责任编辑：	闫　妮
出　　版：	东方出版社
发　　行：	人民东方出版传媒有限公司
地　　址：	北京市西城区北三环中路 6 号
邮　　编：	100120
印　　刷：	北京市大新县新魏印刷厂
版　　次：	2021 年 4 月第 1 版
印　　次：	2021 年 4 月第 1 次印刷
开　　本：	710 毫米 × 1000 毫米　1/16
印　　张：	9.5
字　　数：	160 千字
书　　号：	ISBN 978-7-5207-1877-6
定　　价：	58.00 元
发行电话：	（010）85924663　85924644　85924641

版权所有，违者必究
如有印装质量问题，我社负责调换，请拨打电话：（010）85924725